がんと生き、母になる

死産を受け止めて

村上睦美

まりん書房

娘へ

装画　マイヤーまりん

目次

プロローグ　ハンドベル

幼稚園の園庭に準備されたハンドベル

2015年12月3日

幼稚園の園庭に設営された細長いテーブルに、金色に輝くハンドベルが並んだ。園庭の木にささやかに施されたイルミネーションの点灯式に合わせて、園児の母親たちがクリスマスソングを演奏するのだ。日もすっかり落ちて、あたりは暗い。園児たちがざわざわとしながら、母親たちの出番を待っていた。

母親たちは皆、白いセーターやカーディガン、ジャケットなど上半身の服を白に統一していた。スカートやパンツは思い思いの色合いだ。その中の一人、私は真っ白のセーターに合わせ、真っ白のニットスカートをはいていた。「おばさんが白いニットスカートをはいたら、ちょっとイタいかも」とためらう気持ちもあり、出掛けに着たり脱いだりを繰り返したが、思い切った。それほど、この二〇一五年十二月三日は私にとって大切な日だった。

母親たちがハンドベルの前に立った。私も両手にハンドベルを持った。目の前の楽譜を確認すると、その向こうに私をじっと見つめている四歳の息子の姿が目に入った。思わず、目頭が熱くなった。「ああ、夢がかなったのだ」という、しみじみとした思いが込み上げてきた。幼稚園のハンドベルサークルに入り、子どもたちの前でクリスマスソングを奏でるという長年の夢が、今日かなうのだ。

いま十一歳になる娘がこの幼稚園に通っていたころ、私は病気の連鎖の真っ只中にいた。血液がん「悪性リンパ腫」の再々発と治療。不整脈の悪化と手術。放射線治療中の敗血症の発症と治療。

耳下腺腫瘍の摘出手術。患っていた自己免疫疾患とは別の自己免疫疾患の発病……。サークル活動どころか、娘の育児や家事もままならない園生活だった。

治療による外見の変化も、気持ちのありように影響を与えていた。抗がん剤治療で抜けた髪はまた生えてきたものの、自己免疫疾患を抑えるためのステロイド（合成副腎皮質ホルモン）剤の服用で、顔は風船のようにむくんでいた。左耳の下の良性腫瘍は大きさが六センチにもなり、昔話「こぶとりじいさん」のこぶのように目立っていた。あまりの醜さに、人を避けて生活していた。人前に顔をさらすハンドベル演奏など、夢のまた夢。当時の私は、真っ白の服を着てハンドベルを振る母親たちを、後ろのほうからうらやましく見守っていたのだ。

私はこの幼稚園に帰ってきた。四十六歳で産んだ息子を連れて。さまざまな治療といくつかの手術を経た、病弱で高齢の私の子宮を通して、この世に生まれてきてくれた奇跡の子。早くに母を亡くすかもしれない愛しい娘のために、どうしてもつくってあげたかったきょうだい……。

息子を出産後、私の体調は憑き物が落ちたように回復していった。そして、五十歳にして再び幼稚園児の母親になり、かつて切望してかなわなかったことを一つ一つかなえていった。

まず、息子を送迎するための自転車を買った。娘のときは幼稚園への送りは三年間夫に頼み、迎えは電車やバス、車で行った。多くの母親が自転車の後ろのシートに子どもを乗せて送迎していた。が、自転車は私にとって、健康の象徴。手の届かないものだった。だから、息子の幼稚園入園に合わせて、思い切って購入した。弾む心に合わせて、鮮やかなターコイズブルーを選んだ。「わあ！ママ、ジェットコースターみたいだね」と後ろのシートに座る息子に言われ、泣きながら自転車をこいだ。

保護者会の幹事役にも手を挙げた。園から親たちへの連絡事項の伝達、保護者会に配布するお便りの作成、子どもたちが飼うカタツムリの夏休み中のホームステイ先のスケジュール調整……。このような〝仕事〟に嬉々として取り組んだ。「私がやります」と胸を張って言える喜びと、人の世話になるのではなく、人の役に立てる喜びを味わった。

そして、もう一つが憧れのハンドベルサークルへの参加だった。

目の前の指揮者の合図で、演奏が始まった。私はさまざまな思いをいったん心に封じ込め、楽譜に集中し、ハンドベルを振った。澄んだ音色が、園庭に響き渡った。

演奏とイルミネーションの点灯が終わり、帰路についた。自転車をこぎながら、私は後ろの息子に聞いた。

「ねえ、ママ素敵だった？」

「うん、ママ素敵だったよ」

息子は私の言葉をそのまま繰り返した。

帰宅後、小学校から帰った娘にハンドベル演奏の話をした。娘は「どうして教えてくれなかったの」と少しすねた表情で訴えた。

「クラブがあるから、間に合わないと思って」と私は言い訳をした。

「クラブなんて、休んでも良かった。ママのハンドベルを見たかった」

娘は涙ぐんだ。

「ママのハンドベルが見られて、恵まれてる！　ママが健康で恵まれてる！　私なんて、私なんて、いつもママの具合が悪くて……」と弟をうらやんだ。

娘の顔がゆがみ、頬には涙が伝った。

夢がかなった高揚感で心がいっぱいになり、娘の気持ちに気付いてあげられなかった。

「ごめんね。来年は見に来てね」

私は娘の長い髪をなで、謝った。

「うん。約束だよ」

娘は涙を拭いた。

娘の涙を見て、半年前の夏に娘が流したもう一つの涙を思い出した。電車通学する娘を、自転車で駅まで迎えに行ったときのことだ。普段は車で迎えに行くが、その日は息子を連れて外出していたため、外出先から自転車で駅まで行った。自転車を押しながら、娘と一緒に歩いて帰るつもりだった。

駅から出てきた娘は、私たちを見て喜ぶどころか、怒った表情をして近づいてきた。そして、後ろのシートに座る息子の上に無理やり座ろうとした。

「おねぇねぇ、嫌だ」

「いいじゃない。一回ぐらい乗せてくれても」

「嫌だ！　これは僕のだ！」

息子は手足をばたつかせて抵抗した。

お姉ちゃんらしからぬ行動を取る娘をどうしたものかと考え、私は提案した。

「家に帰ったら、ママの後ろに乗ってみる？」

「うん！」

娘は素直にうなずき、弟との喧嘩をやめた。

帰宅後、息子に「家から出ては駄目よ」と言い聞かせ、身長百五十センチの小五の娘を自転車の後ろに乗せて、私は近所を走った。走り出した瞬間、娘は私の体にしがみ付き、「わーっ」と声を上げて、泣いた。そして叫んだ。

「ママの自転車の後ろに乗るのが夢だったの！　ずっと夢だったの！」

ハンドベルや自転車は私の夢だけでなく、娘の夢でもあったのだ。

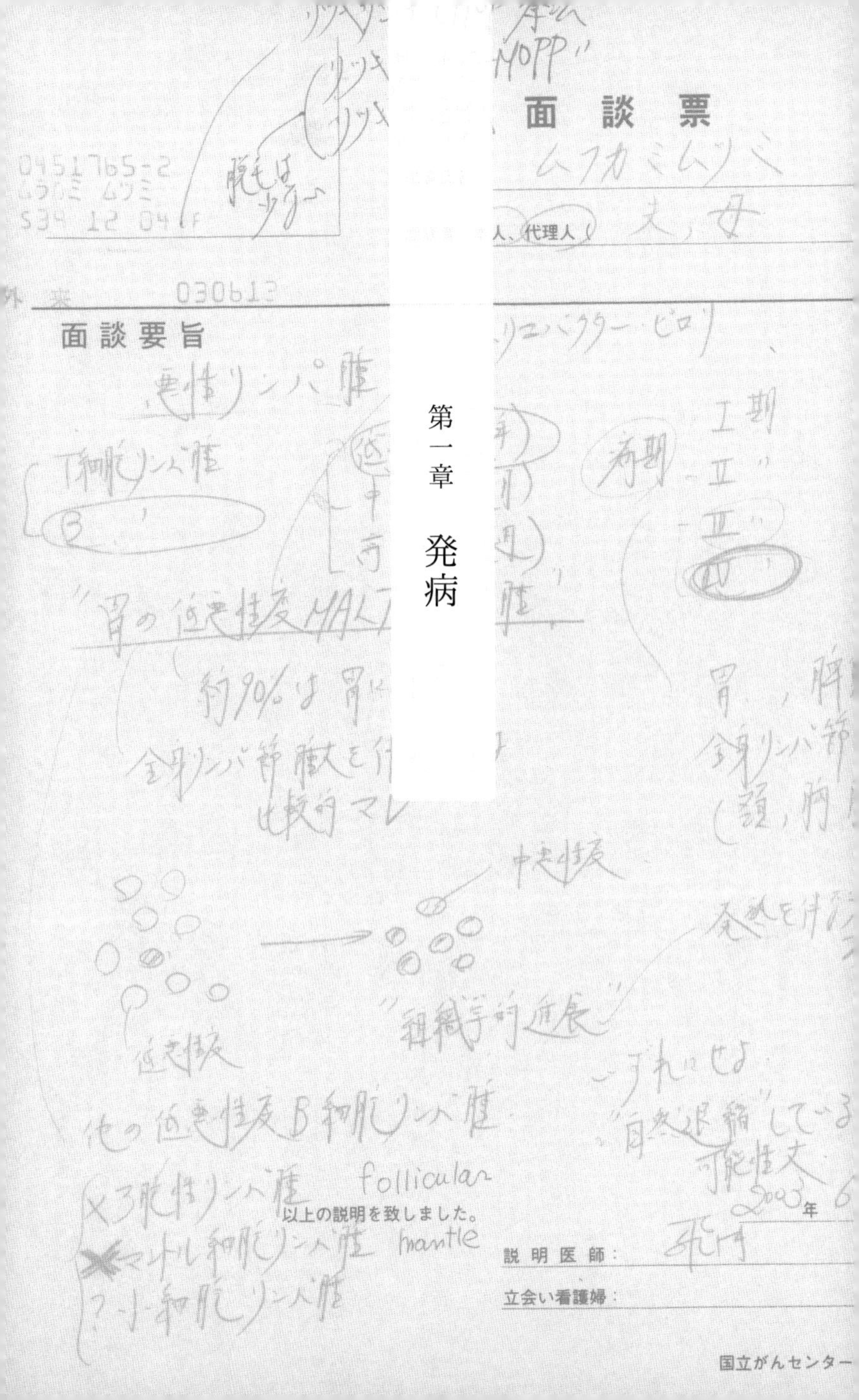

面談票

人、代理人

面談要旨

以上の説明を致しました。

年

説明医師：

立会い看護婦：

国立がんセンター

第一章 発病

悪性リンパ腫IV期の確定診断がなされたときの面談票

2003年6月13日

それは、背中の痛みから始まった。

ベッドを買い替えて間もなくのことで、マットレスが硬過ぎるせいだと思った。痛みはそれからも断続的にあったため、最寄りの病院の整形外科を受診した。エックス線検査の結果、「背骨に異常はありません」と言われた。しばらくしてから、胃の痛みが加わった。若いころから胃潰瘍に悩まされていたので、迷わず病院の消化器科を受診した。胃カメラの検査をすると、予想通り「胃潰瘍」の診断だった。飲み薬を処方された。

気が付くと、左耳の下にぐりぐりのようなものができていた。最寄りの耳鼻咽喉科のクリニックを受診した。「耳かきのし過ぎです」と言われた。

背中の痛みは増してきて、時に夜中に脂汗をかいて起きるほどになった。加えて、足首がむくんできた。大学病院の整形外科を受診したが、エックス線検査の結果、「背骨に異常はなし」。足首のむくみは、「ヒールの高い靴を履いているからでしょう」と言われた。当時、厚底靴が流行していて、バランスを崩して足をくじいてしまう女性が多いというのが医師の説明だった。「厚底靴もハイヒールも履かないのに」と思ったが、とりあえず、「異常なし」を信じた。

胃潰瘍の治療薬は飲んでいた。が、一時的に改善しても再び痛みがぶり返し、時に嘔吐した。大腸の病気を疑い、大腸検査も受けたが、「異常なし」。しかし、体調は一向に上向かず、体重が少しずつ減り、微熱も出てきた。でも、異常がないと言われたのだから、と疲れによるものと勝手に判断した。日々、仕事が忙しかったので、体調の悪さには目をつむり、痛みは市販の鎮痛剤を服用してごまかしていた。

そのようなとき、両親が札幌から上京した。私の変貌ぶりに仰天した母に、「こんなになるまで放っておいて！　大きな病院に行って検査してきなさい」と叱られた。

そのとき思い付いた病院が、東京都目黒区の「厚生中央病院」だった。大腸検査をした病院の待合室で女性患者から聞いたのを思い出した。その女性もあちこちの病院の「異常なし」に納得がいかず、「今度、厚生中央病院に行ってみるわ」と話していたのだ。当時私は北海道新聞社の記者をしていて、東京に転勤して二年余り。東京の病院についてほとんど知識がなく、病院選びには苦慮していた。だから、初めて耳にしたその病院名を、頭に刻んだのだ。

そして、その病院で消化器科を受診。しかし、後日診断を受けたのは意外にも、血液内科の医師からだった。二〇〇三年五月、三十八歳のときだった。

ようやく付いた診断

胃カメラとＣＴ、病理検査の結果について医師から説明を受けたあの診察室の風景は、いまでもはっきりと覚えている。診察室に入った私を見る医師の表情は硬く、後ろに立つ看護師も深刻な表情をしていた。医師が説明を始めた。

「先日の病理検査で、リンパ腫の診断が出ました」

一年以上に及ぶ体調不良の原因がわかって、まずはほっとした。首をかしげるような診断を受け続け、さらに体調は悪化するばかりで、いったいこの背中の痛みは、胃の痛みは、この微熱はどこから来るのか？　とずっと問い続けていたのだ。

「リンパ腫？　悪性ですか？　良性ですか？」

それが、私の最初の質問だ。リンパ腫というのは耳慣れない病名で、どういう病気かわからなかったのだ。

医師は「えっ？」という表情をしたあと私を見据え、「悪性です」と短く答えた。私は思わず、後ろの看護師を見た。彼女は気の毒そうな表情で私を見返した。私は顔を再び医師に向け、矢継ぎ早に質問した。

「悪性の腫瘍？　がんですね。がんにはステージがあると聞きますが、私の場合は何ですか？」

「リンパ腫の場合は四段階に分かれていて、Ⅰ期からⅣ期まであります。村上さんのリンパ腫はMALT（マルト）リンパ腫といって胃が原発で、先日の検査で胃以外にも広がっていることが確認されましたので、Ⅲ期となります」

「Ⅰ期が一番軽く、Ⅳ期が一番重いということですね」

「そうです」

「治療期間はどれくらいですか？」

「二、三カ月です」

「そんなに長くかかるのですか？　入院して治療するのですか？」

「ええ、そのようになると思います」

私は当時、厚生労働省を担当していた。年金・医療改革、世界的に広まった重症急性呼吸器症候群（ＳＡＲＳ）などについて取材に走り回っており、新聞記者の仕事がおもしろくて仕方がないというときだった。病名を聞き、最初に思ったのが「どうして、こんなに仕事がおもしろいときに病気になんてなるの！」。次に思ったのが、「治療に数カ月もかかったら、仕事で後れをとってしまう」ということだった。

「死ぬ確率は？」

「治療がうまくいかない場合は、その可能性はあります」

医師が聞いた。

「ご家族は？」

「夫がいます。両親はおりますが、札幌に住んでいます」

「そうですか。ここの病院では血液内科の医師は私だけです。あなたの病気は、数人がチームをつくって治療に当たったほうが良いと思います。ここで、と思う病院があったら言ってください。紹介状を書きます」

「先生、私は札幌出身なので、東京の病院を知らないのです」

「国立がんセンター、NTT病院……、もしご両親の近くでの治療を希望するのでしたら、北大病院も選択肢に入りますね」

がんなら、がんの専門病院にしようと即断した。

「では、がんセンターにお願いします」

「わかりました。早速書きましょう」

「先生。私の夫はアメリカ人で日本語が話せないのです。リンパ腫は英語で何というのですか？」

医師は「マリグナント・リンフォーマです」と答え、メモに英語のつづりを書いて、渡してくれた。

聞き漏らしたことはないだろうか、と私はぐるぐると考えた。待合室には多くの患者が待っており、時間は限られていた。「とりあえず、聞きたいことは聞いた」と判断し、「ありがとうございます」と礼を言い、診察室を出た。

後ろに立っていた看護師が診察室から出てきて、「あちらでお話ししましょう」と向かい側にあった、小さなテーブルと椅子を指差した。

テーブルを挟んで、向かい合って座った。

「気丈に、次々と質問されて……」と彼女は話し始めた。

「とにかく、聞かなければならないことは聞いておこうと思ったものですから」と私は笑った。

「村上さん。一度、深呼吸をしてみませんか？　私も一緒にします」

私は彼女の大きな深呼吸につられ、一緒に大きく息を吸った。そして大きく息を吐いた。吐く息と一緒に、涙が勝手にはらはらと落ちた。

国立がんセンター中央病院へ

「悪性リンパ腫と診断されたの」。夜、夫に報告したが、耳慣れない病名に夫も当惑気味だった。早速パソコンを開き、夫は英語で、私は日本語で検索を始めた。

それによると、悪性リンパ腫はリンパ組織にできる悪性腫瘍で、ホジキンリンパ腫と非ホジキンリンパ腫に大別される。また、進行度により、年単位で進行する低悪性度、月単位の中悪性度、週単位の高悪性度に分かれている。その十年ほどで効果が期待される新薬も開発され、治療法の選択肢が広がっていることがわかった。

病名を聞いた当初は少し動揺したものの、病気の概要がわかり、心を落ち着けることができた。

厚生中央病院で診断を受けてから約二週間後、紹介状を持って、東京都中央区の「国立がんセンター中央病院（現・国立がん研究センター中央病院）」に行った。紹介状は、血液内科（現・血液腫瘍科）長の飛内賢正《とびないけんせい》医師宛てに書かれていた。

有能でクール、というのが第一印象の飛内医師はその日から私の主治医となった。早速、血液と尿、エックス線、CT、胃カメラの検査をし、その二日後から心臓超音波と耳の下のぐりぐりを切って細胞を取る検査、核医学検査、骨髄の検査を行った。そして、初診の日から二週間後の六月十三日、すべての検査結果から確定診断がなされた。

東京都中央区築地にある国立がん研究センター中央病院

国立がんセンター中央病院血液内科の診察室。主治医の飛内医師が説明を始めた。

「村上さんの病気の種類は、B細胞リンパ腫といいます。悪性リンパ腫は低悪性度、中悪性度、高悪性度と進行の速さによっても分類されますが、村上さんの場合は低悪性度、つまり、年単位でゆっくりと進行する病気です」

年単位と聞いて、ほっとした。

「B細胞リンパ腫はいくつもの種類に分かれますが、村上さんの場合はMALTリンパ腫といい、胃を中心にできるリンパ腫です。胃のほかにも、脾臓、おなかなどのリンパ節が腫れていますので、Ⅳ期になります」

厚生中央病院での診断より病期が重くなり、一番重いⅣ期の診断だった。MALTリンパ腫は胃から採取した細胞の「生検」から出された診断で、耳の下のぐりぐりは「良性腫瘍」だという説明を受けた。

夫と、前日札幌から駆け付けてくれた母が私の後ろで、飛内医師の話にじっと聞き入っていた。夫には、私がときどき訳しながら伝えた。

「治療は、CHOP（チョップ）療法という抗がん剤治療と、リツキサンという新しいお薬を組み合わせて行います。リツキサンは最近認可され、悪性リンパ腫の患者さんの延命効果が期待されているお薬です」

「抗がん剤治療ですか……」

私は思わず、聞き返した。がんの治療についてはあまり知識がなかったが、手術のほうが回復は早いという先入観があった。

「村上さんの場合、胃以外にも数カ所に広がっていますので、そういうことになります」

「治療期間はどれくらいですか？」

「四カ月ぐらいです。ＣＨＯＰを三週間に一度六回行い、リツキサンをその間に四回投与します」

「ずっと入院するのですか?」

「いいえ、初めの一、二回は入院ですが、あとは通院で行います」

「私、仕事をしていて……」

「この病気は、仕事や家事をしながら治療をしていらっしゃる方がたくさんいます。始めてみて、具合が良ければ治療をしながら仕事をすることもできますよ」

私は胸をなで下ろした。頭の中は、仕事のことでいっぱいだった。ちょうどそのころ年金改革がヤマ場を迎えつつあり、どうしても取材を続けたかった。途中、少し治療で休んだとしても、いまは六月だから十一月の厚生労働省案ができるまでには復帰できる、と見積もった。

治療と職場復帰の見通しが立ったことで気持ちが落ち着いたため、私は飛内医師に次の質問をした。

「先生、私はあとどれくらい生きられますか?」

「それは治療の結果によります。再発した場合、この病気は低悪性度から中悪性度へと、より悪性度の高いほうに移ることがありますので、それによっても違います。統計的に言うと、十年生きられる方が五割、十五年生きられる方が二割と言われています」

飛内医師は続けた。

「しかし、私たちはこのリツキサンに期待を寄せています。このお薬を使うことで延命が可能ではないかと期待しています。ただ、新しいお薬ですので、その効果についてはまだきちんとしたデータは出ていませんが」

飛内医師は、表情はクールだが、一つ一つの質問に丁寧に答えてくれた。話をしているうちに、「この先生を信頼しよう」という気持ちになった。

「それから、これはあくまでも患者さんの選択ですが、いま、悪性リンパ腫について厚生労働省の支援を受けた研究班において比較試験をしています。CHOP療法を二週間に一度行う患者さんと、標準的な三週間に一度行う患者さんの治療結果を比較します。医療費は患者さん負担ですので、経済的なメリットはありませんが、将来この病気を治療する患者さんに、この試験結果を踏まえてより良い治療ができるようになることを期待しています。良ければ参加してください」

「試験に参加しなかった場合は？」

「参加しなくても治療にデメリットはありません。抗がん剤治療を三週間に一度、六回行う形になります」

「わかりました。やはり、治療しなければならないのですね」

体調があれほど悪かったのにもかかわらず、私は確認した。

「様子を見るということも患者さんの選択肢としてありますが、私は治療をお勧めします」

仕事のほかに、もう一つ気になっていたことを聞いた。

「私たち夫婦は子どもがほしいのです。抗がん剤治療で卵巣機能などに影響はありますか？」

子どもは諦める？

私たちはアメリカ・ミシガン州の大学で出会った。私が大学卒業後帰国して新聞記者の職を得てからも行き来を続けた。大学院修了後にカリフォルニア州サンフランシスコに移り住んでいた夫が、東京の外資系企業に転職する形で移住・結婚し、二年が経っていた。子どもはいなかった。結婚したとき私は三十六歳だったため、自然妊娠は難しいのではないかと考えて、間もなく不妊治療のクリニックに通い始め、排卵誘発剤を打つ治療をしていた。が、そうこうするうちに体調が悪くなり、不妊治療どころではなくなっていた。

治療後の妊娠の可能性について聞くと、飛内医師は「治療後、出産される患者さんはいらっしゃいますが、村上さんの場合、年齢が更年期に近いので、そのまま生理がなくなってしまう可能性がありますす」と言い、肯定的ではなかった。

「そうですか」。私は、落胆した。子どもを諦める――。この決断は辛い。

落胆した様子が私の表情に出ていたのか、飛内医師は私を静かにたしなめた。

「将来、生まれるかもしれない命よりも、まず、ご自身の命を大切になさるべきではないでしょうか？」

この説得力のあるひと言で、私は治療に入ることを決断した。飛内医師は入院日を翌月の七月に決めてくれた。母と夫、双方がいくつか質問し、その日の面談は終わった。

翌日、所属部の部長に診断結果を報告した。部長は「まず、体を大切に。仕事は部員全員でカバーするから心配なく」と言ってくれた。

そして、帰宅後改めて、飛内医師が言ったことを考えた。子どもを諦めるなんて……。諦められない。そう考えているうちにはたと思い出したのが、ある新聞記事だった。気になる新聞記事を切り取って入れてある箱の中をがさごそ探して取り出したのは、生殖医療が進歩して卵子を将来のために冷凍保存する人が増えている、という記事だった。それをじっくりと読み、「できるなら、卵子を凍結しよう。そして、治療が終わったら、受精卵にして子宮に戻そう」と思った。早速夫にも相談し、また二人で日米の医療情報をインターネットで検索した。

受精卵凍結を決断

アメリカでは、抗がん剤治療や卵巣・睾丸摘出前に卵子や精子を保存することはよく行われているようだった。治療後にその卵子や精子を使い、妊娠・出産したという患者による体験談もたくさんあった。一方で、当時日本のサイトで得られる情報は現在のように豊富ではなく、体験者による同様の情報はなかなか探せなかった。が、いくつかの新聞記事で卵子や受精卵の凍結保存は日本でも可能であることがわかった。

私は早速、以前通っていた不妊治療専門のクリニックに予約を入れた。

クリニックの院長である医師に相談すると、日本ではまだ、卵子を凍結する技術は確立していないが、受精卵を凍結することはできるということだった。しかし、それにはまず、生理が来て、その後の排卵日に合わせて排卵誘発剤を打ち、排卵日に卵子を採取、受精させるという手順を取るということだった。

クリニックに行ったのは、生理が終わって間もなくだった。計算をすると一カ月半かかることがわかった。「リンパ腫の治療開始を遅らせなければ」。私は必死だった。卵巣機能に影響を及ぼす可能性のある治療をしなければならないのなら、受精卵という希望を残して、それを励みに治療したいと思った。

不思議なことに、体外受精をしようと決めてから体の調子が良くなっていた。背中の痛みや胃痛も軽減し、食欲も出てきていた。

次の診察で、飛内医師にその旨を報告した。飛内医師からは、まれに症状がいったん改善する「自然退縮」が見られる人もいるという説明を受けた。

「先生、やはり、治療を受ける決心がまだつかないのです。決心がつくまで、少し延期をしてもいいですか？」

私はそう、聞いた。

「そうですか。私は治療をお勧めしますが、治療をする、しないは最終的には患者さんの判断です。そうお決めになったのでしたら、少し様子を見ましょう」

飛内医師には、体外受精し、その受精卵を凍結保存するつもりだとは言えなかった。

仕事をしながら、体外受精の準備をした。昼休みなどの空いた時間を利用し、排卵誘発剤を打ちにクリニックに通った。しかし、通常の量より多く薬を打っても、卵の育ちが悪かった。私の半分の薬の量で二十個ほどできる人もいる、とクリニックの医師は言っていたが、最終的に採れた卵子は十個。実際に受精卵となったのは四つだった。

一連の治療を終えたあとの診察室。四分割した受精卵をモニター画面で夫と一緒に見た。医師は言った。

「かろうじて四つできましたが、そのうち二つはあまりいい卵ではないので、子宮に戻しても着床しないでしょう。もう一度やりませんか？」

しかし、もう一度排卵日まで注射を打ち続けて、排卵日に卵を採取、受精。その手順を踏むにはもう一カ月かかる。私にはその時間がなかった。約二カ月治療を延期している間に、体調が悪化していた。「いいえ、もう無理です。治療が終わったらその二つの卵を子宮に戻したいと思います」と私は答えた。でも、画面に映った卵はきれいで、かわいくもあり、私と夫はその二つの元気な受精卵に希望を託した。

抗がん剤治療を開始

コンコンという咳が止まらなくなった。微熱も続いていた。私は治療開始を決めた。もう迷いはなかった。脱毛に備えようとデパートでかつらを買い、髪をショートにした。そして、告知を受けてから三カ月半経った九月二日、国立がんセンター中央病院に入院した。

「明日から治療」という心構えができていたが、追加の検査があるため治療開始は八日後の九月十日と言われて、心が揺らいだ。気を紛らわすため、本を読んだ。自宅の本棚から持って行った太宰治の「人間失格」だ。入院初日のことをつづったメモ帳に「正直に生きようとすればするほど破滅に向かう男の苦悩と諦観を描いたこの本からは、太宰の心の叫びがひしひしと伝わるような気がする」と書いている。宙ぶらりんの落ち着かない気持ちは、読書に集中することで紛れたのかもしれない。

入院の翌々日は、いてもたってもいられず、外出届を出した。飛内医師がにこにこしながら「もうお出掛けですか」と言い、承諾してくれた。病院前に並んでいたタクシーに乗り、霞が関ビルに向かった。入院しなければ取材するはずだった厚生労働省の「社会保障審議会年金部会」の審議を聞きに行った。この日は同部会が意見書案を出す日だった。一年半取材したのに、この節目に原稿が書けないことが残念でならなかった。病院に戻り、売店で日経新聞と読売新聞、朝日新聞の夕刊を買った。日経と読売が一面トップで、朝日が一面左肩にこの意見書案についての記事を載せており、それらを読んで気持ちがさらに落ち込んだ。

私が患った悪性リンパ腫は血液中のリンパ球ががん化して、主にリンパ節でがん細胞が増える病気だ。三十種類以上の病型がある。これらは腫瘍細胞の形や性質からホジキンリンパ腫と非ホジキンリンパ腫に大別され、日本人の約九〇%を占めるのが、非ホジキンリンパ腫だ。非ホジキンリンパ腫はリンパ球の種類から主にB細胞性、T細胞性、NK細胞性に分類されるほか、進行速度によっても分類される。私の病気はB細胞リンパ腫で、病型は「MALTリンパ腫」。原因はヘリコバクター・ピロリ（ピロリ菌）と言われている。胃のみにできるケースが約九〇％で、私のように全身のリンパ節に広がっているのはまれだという説明を飛内医師から受けていた。

治療を遅らせている間にリンパ腫は肺に広がっていた。当初予定したとおり三種類の抗がん剤と、ステロイド剤「プレドニン（＝プレドニゾロン）」を組み合わせたCHOP療法六回と、分子標的薬「リツキサン（＝リツキシマブ）」四回を組み合わせたR－CHOP療法を行うことになった。この分子標的薬は、正常な組織も破壊してしまう従来の抗がん剤と違い、がん細胞だけを標的にするため、副作用や体へのダメージが少ないと言われている。私は厚生労働省の研究班の比較試験への参加を決め、R－CHOP療法を二週間間隔で行うことになった。

初回の治療はリツキサンだった。点滴で約五時間かかった。高熱が出て体ががたがた震える反応があったものの、無事終了。翌々日のCHOP療法は吐き気止めの点滴を初めに打つことで、あまり吐き気もなく終えることができた。

治療前は、夜になると看護師に「この背中の痛みを何とかして」とすがり、鎮痛剤を点滴してもらっていた。が、その耐え難いほどの痛みも初回治療後程なく消え、夜も寝られるようになった。

「抗がん剤は効いた」と実感したのは、このときだ。

入院中は、父母が札幌から来て東京の私たちのマンションに泊まり、私や夫を支えてくれた。夫は会社帰りに毎日欠かさず見舞いに来てくれた。母も二日に一度は病院に来て、食欲のない私のためにパイナップルを買ってきてくれたり、自宅でゆでたそうめんを食べやすいように一口サイズに丸めて容器に入れてきてくれたりした。父も脳梗塞の後遺症により右手・右足が不自由で歩行に時間がかかったが、時折見舞いに来て励ましてくれた。

同室患者Kさん、ホスピス勧められる

二人部屋の同室の六十代のKさんは膵臓がんで、すでに肝臓とリンパ節に転移していた。「手術は無理だと言われたの」とさばさばと語った。入院前に五キロ、入院後に五キロやせたという。

Kさんの容態はどんどん悪化していった。最初は食事も取れたが、じきにそれができなくなり、点滴で栄養分を取るようになった。抗がん剤も効かなかった。「人間の尊厳というけど、そんなもの、身体を自分で動かせてこそ」とふらふらになりながらも歩いていたが、程なくベッドから起き上がるのもやっとという状態になった。ご主人が病室の外で肩を落として、「ホスピスを勧められました」と語った姿が、いまも脳裏に焼き付いている。

がんセンターでは、死はひとごとではない。同室の患者に降りかかったことは、明日は我が身に降りかかることだ。身につまされるような話は、日常的にあちこちで聞こえてくる。

「食堂」と呼ばれる休憩室がある。患者が気分転換のために病室に運ばれる食事を持って行って食べたり、面会者と会ったりする場所だ。そこで、患者の家族が見舞い客に、「せっかくこの病院にたどり着いたのに、治療してもらえず、ホスピスに行かなければならないなんて」と泣きながら訴えているところを見かけたこともあった。

「がんセンターから退院するということは、治療のめどが立つか、ホスピスに行くか、死ぬかのいずれかで、自分はどの立場で退院してもおかしくないのだ」

私は入院前に漠然と覚悟していた死を、身近に感じた。

体力がありそうな人でも、抗がん剤の治療中に免疫力が下がり、感染症などであっさりと死ぬこともある。実際、この入院の半年ほど前に、十歳ほど年上の知り合いの女性が、同じ悪性リンパ腫の治療中に肺炎で亡くなっていた。

私は入院前に簡単な遺書を書き、生命保険証書などの書類や私の死後に必要になりそうな連絡先などをひとまとめにし、必要事項を箇条書きにして夫に渡していた。不要な衣類なども捨てた。が、この初めての入院で、「日記などの処分を含めて、徹底的に準備しなければ」と気を引き締めた。

入院中、六回のうち二回の抗がん剤治療を終えた。一回目の抗がん剤治療が終わって二週間後、ちょうど二回目の抗がん剤治療をしたころ、ぱらぱらと髪が抜け始めた。約四週間入院して、私は退院した。起こしたベッドに体をもたせ掛けていたKさんが、目を赤くして見送ってくれた。

退院翌日、髪がごっそりと抜けた。ばらばらと抜けるのが嫌だったので、思い切ってシャワーで流すことにした。手で髪を引っ張ると手の平いっぱいに抜ける。あっという間に排水口が髪で真っ黒になった。十分ぐらいシャワーを浴びただろうか。それ以上浴びる体力がなく、半分抜けたあたりでやめた。翌日のシャワーで、全部の髪を抜いた。

鏡をまじまじと見た。ところどころに抜けきらない髪が一本、二本と頭に張り付いていた。醜かった。あまりの醜さにショックを受けた。が、悲しくはなかった。「とにかく、治療を早く終えて職場に戻るぞ！」という気持ちでいっぱいだった。

私は地方支社の報道部を初任地に、札幌本社内の記事に見出しを付けて紙面のレイアウトを決める部署、社会保障など生活全般に関わる記事を担当する部署を経て、東京支社の社会部に異動した。「政策決定の場で取材したい」という希望がかなって勤務した東京での仕事は、それまで以上にやりがいがあった。

私は、意欲はあったものの、上司である「キャップ」や「デスク」の手を煩わせた記者だった。同僚記者が良い記事を書けば、どうやったらこういう記事が書けるのか、とよくうらやましく思ったものだ。

「運動量は、すごいよね」と同僚記者にからかわれたことがある。運動量とは取材量のことだ。要領が悪くて文章も下手な私は、取材先をよく回るしか方法がなかった。頭の中は、いつも仕事のことでいっぱいだった。

いまの内情はわからないが、当時マスコミは全般的に給料が良かった。私が働いていた新聞社も良く、その給料に見合う分の働きをしようと心掛けていた。が、空回りは多かったと思う。職場復帰を急いだのも、焦りが最大の理由だった。健康な状態で、全力で働いて、ようやく人並みの仕事ができるのに、休んでブランクがあったり、心身ともに弱くなったりすれば、〝まあまあ〟の仕事さえできないだろう。だから、一日でも早く〝治療を片付けて〟仕事に戻る必要があった。

治療途中で職場復帰

三回目のＣＨＯＰ療法は、通院で行った。初めての通院治療を終え、日常生活も何とか送れると判断し、休み始めて二カ月というところで職場復帰を決めた。すぐ所属部長に会い、希望を伝えた。部長はずいぶん心配してくれ、「とにかく、無理せぬよう」と念を押しながらも、職場復帰に理解を示してくれた。

しかし、何とか職場復帰をしたものの、二カ月のブランクがあったため、あまり頭が働かなかった。体調も悪かった。疲れやすく、手足がしびれたり、口内炎ができたり、味覚がおかしくなったりなど、抗がん剤の副作用がいくつも出始めていた。日々の取材では集中力が途切れ、抗がん剤が脳に影響したのではないかと心配した。急いで職場に戻ったものの、前と同じ調子では働けない。あのときの焦りは相当のものだった。

そんなとき、他紙や民放テレビの記者にずいぶん助けられた。一番助けてもらったのが、同じ記者クラブで机を並べていた、西日本新聞社の藤井千佐子記者だ。藤井記者とは赴任時期が同じで、取材の仕方、記事のまとめ方、企画の組み立て方や書き方、デスクへの記事の売り込み方まで、多くのことを教えてもらった。

復帰したときも、私が不在だった二カ月間の流れを全部説明してくれ、何かと戸惑う私に、情報も知識も与えてくれた。

「集中できなくて、聞いている話のところどころに穴が空くんです！」と訴えると、「私なんか、いつも集中力が途切れると！」と豪快な博多弁で笑い飛ばしてくれた。

一省庁に多くの記者を配置する全国紙やＮＨＫ、通信社と違い、地方紙や民放テレビの担当記者は一人か二人。通信社の記事も使うので、重要なニュースを落とすということはほとんどないが、それぞれが独自の視点で記事を書く必要がある。そうした場合で、自社の記者だけでは取材先を回り切れないときは、記者同士が情報を交換し合う形で協力し合っていた。

あるとき、政党の取材で記者やカメラマンがごった返し、彼らにもまれてかつらが取れそうになったことがあった。私は片手でかつらを押さえ、片手でＩＣレコーダーを政治家に向けた。そのとき、民放テレビの女性記者が、「私が、かつらを押さえてあげるわ！」と明るい声で叫んだ。そのひと言で、私も、周りの記者たちも大笑いとなった。体調が悪く、気持ちも焦っていた私は、このような仲間のひと言でどれだけ救われたかわからない。

職場復帰後に行った、四回目以降の抗がん剤治療。これが大変だった。

最初の三回では吐かなかったのに、四回目のあとに初めて吐いた。夫と一緒のタクシーの中だった。マンションの前に止まり、ドアを開ける寸前だったが、間に合わなかった。夫は私を家の中まで連れて行ってベッドに寝かせてくれたあと、水を入れたバケツと雑巾を持って、タクシーの中に私が吐いた物を拭きに行ってくれた。

味覚もおかしくなり、食べ物すべてが甘く感じられたり、薬のように苦く感じられたりした。顔色も指先も爪までも茶色になった。眉毛やまつ毛も抜けてきて、顔全体が薄い印象になった。

嘔吐がとりわけひどかったのが、五回目のあとだった。吐くのは抗がん剤を打ったその日ではなく、その一、二日後だ。その日は朝から体調が悪かった。しかし、自民党本部での取材を予定しており、自宅からまっすぐ向かった。電車で十五駅ほどだったが、乗っていることができず、降りてホームのベンチに座って休んでは電車に再び乗り――を二回繰り返し、ようやく目的地に着いた。会議室のドアに耳を当てて漏れ聞こえる発言をメモする「壁耳《かべみみ》」をし、非公開の会議の情報を取る予定だった。しかし、せっかく中の声が聞こえる場所を確保したのに、吐き気をもよおした。泣く泣くその場を離れ、トイレで吐いた。他の部署の同僚記者がその場にいたため、取れた情報を回してくれるよう頼み、タクシーでがんセンターに行った。

がんセンターのトイレで何度も吐いた。看護師を呼んでもらい吐き気止めを頼んだが、「抗がん剤の副作用だから、この段階では抑えることはできない」と説明を受けた。吐き気がひどく、タクシーや電車で帰ることもできないので、空いた診察室のベッドを借りたり、待合室で休ませてもらったりして、その近くのトイレに行っては吐いた。夕方、夫に連絡をして迎えに来てもらった。夫に支えられ、いったん病院を出たものの嘔吐は止まらず、また病院に戻った。やっと吐き気が落ち着いて病院を出てタクシーに乗ったときは、夜の七時を回っていた。

不安と不眠と

仕事の勘が治療前の状態までなかなか戻らないことと身体の不調が重なり、私は夜眠ることができなくなっていた。ざわざわとした不安で何度も目が覚めるのだ。

ある日、いつものように仕事を終えて深夜に帰宅し、かつらを洗っていた。くたくたに疲れていた。洗面台のシンクにぬるま湯を溜めてかつらを浸し、シャンプーで洗い、くしでとかす。そして洗ったかつらをタオルで乾かし、翌日に備えるのだ。

本来は毎日洗う必要はないが、自分の髪がないのでせめてかつらだけでもさっぱりしたいと、日課にしていた。私は一連の作業をしながら、目の前の鏡を見た。皮膚が黒ずみ、髪の毛のまったくない、眉毛もまつ毛もほとんどない、げっそりとした、醜い顔が映っていた。

世の中の働く女性はいまごろ、お風呂の湯につかり、一日の疲れを癒して、明日に備えているころだろうか？　なぜ、私はこんな目に遭わなければならないの！

「ギャー！」

私は叫び声を上げて、その場に座り込んで号泣した。


次の診察日は、夫が付いてきた。

初めの診断日には気付かなかったが、治療の説明などで夫が同席する機会が重なるうちに、飛内医師が流暢な英語を話すことがわかった。夫は何度か飛内医師と話をし、その丁寧な応対から、飛内医師に信頼を寄せていた。

この日は夫が私の精神状態について説明した。飛内医師は静かに話を聞いたあと、「この病院には、治療で精神的に不安定になった患者さんを診る精神科の医師がいます。今日、その先生に会われてはいかがでしょうか？」と提案した。

精神科は、二階の外来部門の待合室から診療科の表示札が見えない場所にあった。名前を呼ばれても、精神科にかかっているとはわからない配慮がなされていた。その診察室で、私は医師に説明した。

「以前のように働けないいんです。集中力が続かず、取材中の記憶が一部抜けてしまうこともあります。会社で、同僚たちにさらに遅れるような気がして、こわいんです」

医師は優しく微笑みながら言った。

「あなたはいま、抗がん剤治療の最中なのですよ。健康な人と同じ質の仕事ができるわけがありません」

「でも……」

私は続けた。

「夜、眠れないのです。何かこう、ざわざわとした不安で目が覚めるのです。汗をびっしょりとかいて」

夫が片言の日本語で説明した。

「こんなこと、これまでにない。初めて。心配です」

医師はたっぷりと時間をとって私の話を聞いたあと、「少し心が落ち着くお薬を処方しましょう」と言った。

しかし、この薬を一週間ほど飲んだころ、血液検査の白血球の値が減り始めた。白血球が下がると免疫力が下がり、肺炎などにかかりやすくなる。結局はその薬は服用後一週間でやめることになった。

戻ってきた仕事の勘

職場に復帰して一カ月。体は不調ながらも、仕事の勘が少しずつ戻ってきた。

所属部長が何度も厚生労働省まで顔を見に来てくれ、「とにかく体のことが一番だぞ！　ご両親も心配しているだろう」と気を遣ってくれた。いま考えると、抗がん剤治療中の部員が戻ってくるのは、管理上、気のもめることだったに違いない。私は一人で悶々と悩んでいたが、同僚記者と一緒に昼食を取ったり、夜、会社に戻ってデスクに相談したりと、少しずつ心を開いていくうちに、だんだんと仕事に対する焦りが消えていった。

五回目の抗がん剤治療が終わってしばらく経ってから、点滴を打っていた左腕が真っ赤に腫れてきた。痛みもあった。飛内医師に説明すると、点滴が漏れていたかもしれないということだった。そのまま皮膚科を受診した。やはり医師の診断は同じで、腫れはしばらく続くと言われた。血液内科の診察室に戻ると、飛内医師はこう言った。

「六回目の治療は延期しましょう」

「延期ですか？」

私は早く治療を終えたかった。治療を終えて普通の生活に戻り、病気のことは忘れたかった。

「先生、とっととやってしまいましょう！」と私は思わず、言った。

飛内医師は少し微笑み、たしなめるように言った。

「抗がん剤の投与は、医学的判断に基づいて行うもので、患者さんのガッツで行うものではありません」

クールな主治医の冗談に私は大笑いし、治療の延期を受け入れた。

実はこの点滴漏れは侮ってはいけないものだった。腫れが引いたあと、腕が曲がったまま、まっすぐ伸ばせなくなった。皮膚科の医師に言われ、毎日意識して腕を何度も伸ばすようにした。

六回目の抗がん剤治療は十一月末に行った。点滴が終わり、看護師が腕から針を抜いてくれた瞬間は、本当に晴れやかな気分になった。治療前の背中の痛み、咳などの症状は消えた。発病前には五十五、六キロだった体重は、四十八キロに落ちていた。


そして、私はその年の年末を穏やかに迎えた。母からは心のこもった手づくりのおせち料理が宅配便で届いた。私と夫はシャンパンを飲み、美味しいおせち料理をほおばった。幸せなお正月だった。

年が明け、数日経ったころ、ふとバスルームの鏡を見ると、五ミリほどの髪が頭のところどころに生えているのが見えた。私は鏡に顔を近付けて、まじまじと頭を見た。念のため、あわせ鏡で後頭部を見てみた。やはり新しい髪が生えてきている！

たとえ数ミリでも髪が生え始めると、気持ちは弾んだ。それまでは気後れしてできなかったが、私は思い切って休日にデパートに出掛け、洋服を買った。夫が「治療を頑張ったから、何かプレゼントするよ」と言ってくれたので、アクセサリー店に行ってピアスを選んだ。かつらの髪を耳に掛け、ピアスを耳たぶ近くに当てて鏡を見ることは、店員にかつらであることを知らせるようで最初は躊躇した。が、かつらの中に髪が生えているという事実が、私に自信を持たせてくれた。

曲がったまま固定してしまうかと心配した左腕も、毎日伸ばしたり曲げたりする運動を続けることで、二、三カ月で元のように、まっすぐ伸ばせるようになった。

体の調子も良くなり、一時はなくなった味覚も戻り、顔色もどす黒い色から少しずつ、普通の色に戻ってきた。脂汗をかいて毎晩何度も起きてしまうような、ざわざわとした不安も徐々に心から消えていった。

職場では二年間担当した厚生労働省から、文化担当に変わった。この担当は、比較的夜も早く帰れ、時間的に余裕もある。また、三人で仕事を行っているため、私が体調悪化で急に休んだりした場合にはほかの二人がカバーできるという配慮がなされたのだ。主な仕事は日曜版の書評欄づくり。本を読み、書評欄に出す本を選び、評者を選んで書評を頼む。その他、本の著者のインタビューや、東京での文化・芸能の記事を書いた。

そうこうするうちに、春が来た。そして、私の体調に変化が訪れた。前年九月の一回目の抗がん剤治療以来止まっていた、生理が戻ったのだ。妊娠を願っていたころは、毎月赤い血を下着に見つけるたびに落胆した。でも、このときは飛び上がらんばかりに喜んだ。

私はますます健康体に戻っていった。髪も以前の直毛とは違い、くりくりとカールはしていたものの、びっしりと頭を覆っていた。髪の毛の長さが二センチぐらいになったとき、思い切ってかつらを取ってみた。近所のスーパーに買い物に出掛けたときだ。初めは道行く人がこちらを見て不思議そうな顔をするかな？　と気にしていたが、私の頭を見る人など一人もいなかった。私は開放感に包まれ、気分良く歩いた。

ゴールデンウイークには、両親が「回復記念に」と私と夫をバリ旅行に連れて行ってくれた。家族四人で南国のリゾートを満喫した。

双子を自然妊娠

バリから戻ったのはゴールデンウイーク明けの月曜日の朝だった。生理が来ないことが気になり、「まさか」と思いつつ、トイレの収納の奥にしまってあった妊娠検査薬で調べてみた。待ち時間の三分は長かった。見てみると、妊娠の陽性を示すくっきりとした横線が付いていた。

「見て！　見て！　妊娠しているよ！」

私はトイレのドアを開けて、夫を呼んだ。居間にいた夫が飛んできて、その検査棒を見た。私たちはトイレで抱き合って泣いた。

区内の病院リストで近くの婦人科医院を探して、受診。「妊娠五週四日で、予定日は平成十七年の一月一日」との診断を受けた。

自然妊娠だった。治療前、飛内医師は私の年齢のこともあり妊娠の可能性については否定的だった。さらに、抗がん剤治療を開始したあとは生理も止まり、戻ってきたのは治療が終わってから四カ月も経ってからだった。そのため、私は生理が戻っても妊娠のことなど考えもしなかった。生理が再開してすぐの妊娠はまったくの予想外だった。

自分のおなかに新しい命が宿っている――。これほど、うれしいことはなかった。翌日、会社にはすっぱりとかつらを取っていった。

私は病気を克服したことと妊娠の喜びで、胸がいっぱいだった。その十日後、飛内医師に妊娠を報告。気掛かりだった抗がん剤の胎児への影響について聞いた。飛内医師は「抗がん剤とリツキサンは約三カ月で体内から消えます。一〇〇%とは言い切れませんが、九九%は大丈夫でしょう」と答えた。安堵した。それを受けて、悪性リンパ腫の診断を最初に受けた厚生中央病院の産婦人科を受診した。

的確な診断をし、その病院で治療するよりも他の病院で治療したほうが患者にとって良いと判断した場合、しかるべき病院を紹介し、紹介状もきちんと書く。私は、こうした姿勢が医療機関のあるべき姿だと思っていた。

がんセンターに入院したとき、地方の大学病院などがずいぶん長い間患者を治療したあと、結局はがんセンターに送り込んだという例をいくつも患者たちから聞いていた。そういう場合の多くは聞いたことがないような珍しいがんで、そして入院してきた患者はほとんど手遅れに近い状態だった。患者にしてみれば、「初めからがんの専門病院に来ていれば、治ったかもしれない」「もう少し長く生きられたかもしれない」と考えるものだ。

私はそういう意味で、患者を抱え込まない厚生中央病院を信頼していた。

産婦人科の診察室には女性医師がいた。すぐ内診をして、画像を見た。

「あらっ、双子ちゃん」

「えっ？　双子なのですか？」

その言葉を聞いたときの喜びは、言葉では表せない。私は泣いた。次から次へと涙が出てきた。

医師は続けた。

「二卵性ですよ。二卵性はね、赤ちゃんがそれぞれお部屋を持っているので、無事に育ちやすいのですよ」

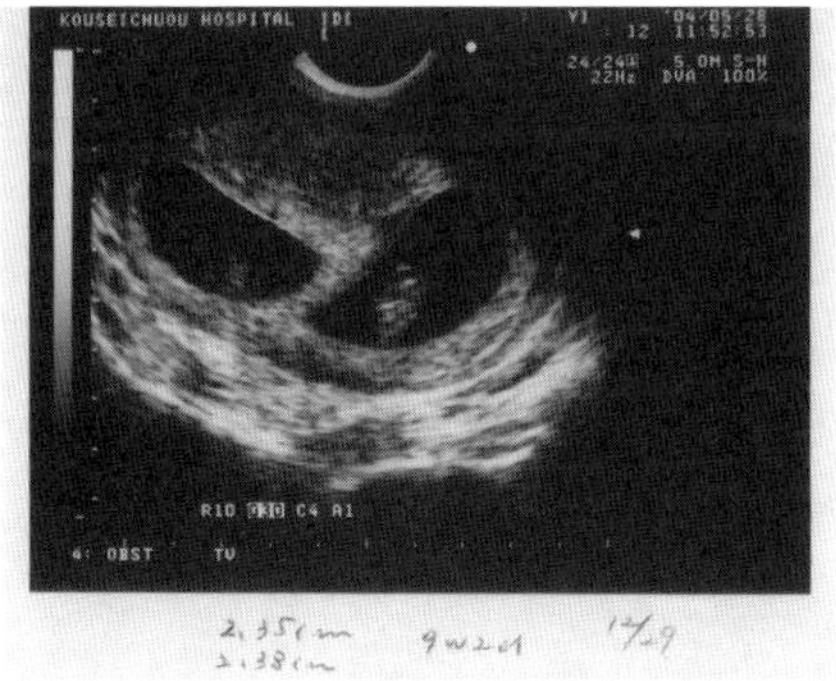

妊娠9週のときのおなかの超音波画像。双子はそれぞれの“部屋”に入っている
＝2004年5月28日、厚生中央病院

「双子ちゃん」の声に、看護師や隣の診察室からも男性医師が見に来た。

「おめでとうございます」「良かったですね」と声を掛けられ、私の胸は喜びでさらに膨らんだ。

私は抗がん剤治療が終わって半年しか経っていないこと、年齢が三十九歳であることを説明した。

女性医師は「高齢出産で双子なので、ＮＩＣＵ（新生児特定集中治療室）が完備している病院で出産されることをお勧めします。残念ながらここにはＮＩＣＵがなく、もし、お子さんが小さく生まれたとしたら、他の病院へ搬送ということにもなりかねませんので」

と言ってくれた。

医師に病院選びについてアドバイスを求めると、近隣では日本赤十字社医療センター（東京都渋谷区）と個人病院を紹介してくれた。私はその場で決められなかったので、宛名のない紹介状を書いてもらった。私はこの病院の医師の適切な処理の仕方に信頼感を増して、病院を出た。もちろん、双子の妊娠という奇跡のような出来事に胸を詰まらせながら。

結局、設備が整っているように見え、多くの診療科を持つ日赤医療センターに決めた。担当の男性医師は、淡々とした話し方をする人だった。既往症や年齢のことなどを説明したが、双子の出産が多いためか、自信を持っている様子だった。出産予定日は二〇〇四年十二月二十七日に変更された（後に再び三十日に変更）。そのM医師が日赤医療センターでの主治医となった。

仕事と家庭の両立は可能？

仕事と家庭の両立。これは私がずっと目指してきたことだった。私はがん死したジャーナリスト千葉敦子に憧れて新聞記者を目指し、「男女雇用機会均等法」施行から六年経った一九九二年に北海道新聞社に記者職で入社。男性記者と同等の機会と待遇を与えられた。仕事か家庭かどちらかを選ばざるを得なかったり、男性の補完的な仕事に甘んじなければならなかったりした少し前の世代と違い、やりがいのある仕事も家庭も両方求めることができるようになった世代だ。

だから、ある程度の記者経験を積んだあとは背伸びをし、「女性たちが、仕事をしながら家事・育児ができる社会の実現」を目指して記事を書いていた。当然、女性たちは経済的に自立したほうが幸せになると考えていた。国や自治体は保育所や学童保育を拡充するべきだと考えていたし、公的年金・医療保険や税制に組み込まれた専業主婦優遇制度は、女性の社会的な地位向上を阻む悪しき制度と捉えていた。

北海道新聞社では、子育てをしながら働き続けている女性社員は珍しくなかった。また、組合の女性部の先輩たちが、会社との交渉で、育児休業制度など働きながら育児や介護ができる制度を勝ち取ってくれていた。私自身も女性部でそれらの制度の拡充を目指して活動もした。仕事と家庭の両立がしやすい会社だったと思う。

だから、私はもし妊娠したとしても、仕事を辞めることなど考えたこともなかった。

にもかかわらず、抗がん剤治療後の三十九歳での初めての妊娠で、おなかの子は双子という状況になり、私の心はぐらついた。

まず、仕事と家庭の両立で前提となる「健康」にまったく自信を失くしていた。いくら治療を終えていったんは寛解になったとはいえ、再発率は九割と言われた状態で、仕事も子育てもきちんとできるという自信がまるでなかった。定時に終わる仕事なら、健康状態が多少悪くても可能かもしれない。が、労働時間が長く不規則な記者職との両立は、健康でなければできないのでは、という思いが頭をよぎった。

さらに、おなかの双子は、妊娠を諦めたあとに自然に授かった奇跡の子どもたちだ。三十九歳という年齢で流産すれば、もう次回は望めないだろう、という危機感もあった。

晩婚、晩産――。当時、よくメディアでも取り上げられたこの生き方を私は目指していた。若いころは男性と一緒にがむしゃらに働き、一定の仕事ができるようになり、会社で多少融通が利きそうな立場になってから結婚、妊娠、出産。残った体力と気力で、子育ても仕事もこなしていく。仕事を続けたい女性にとって、うまくいけば、理想的な生き方の一つかもしれない。でも、それはすべてが順調にいったうえでの話だ。その前提条件は健康であること、妊娠できる体であること、夫が家事・育児に協力的であること、そうでなければ頼れる親が側にいること、などだ。ハードルは高い。

私のように治療で会社を休み、その後しばらくは頭があまり働かない状態になる病気では、仕事と育児の両立を目指されては会社も迷惑だろう、という負い目も出てきていた。

仕事を続けるべきか、辞めるべきか……。

私はぐるぐると考えた。両親は私の健康を気遣い、そして流産してしまったら私が精神的にかなりダメージを受けるだろうと予想し、退社を勧めた。

夫は終始一貫、「決断するのは君だ。いずれの決断をしてもサポートするよ」だった。私は夫の意見に、少し突き放されたような寂しさを感じつつ、一方で相手を尊重する姿勢には感心するという、不思議な感覚を持った。

退社を決断

決断できずに仕事を続けていたある日の朝、下着に少量の出血を見つけた。土曜日だった。私はタクシーで日赤医療センターへ向かった。「切迫流産の疑い」という診断を受け、とりあえずその日は安静にしているよう言われ、帰宅した。翌日の日曜日にまた出血し、再び日赤医療センターへ。そのときは日直の医師に「入院して様子を見たほうがいいでしょう。安静にしていないと、流産するかもしれません」と言われた。看護師が車椅子を持ってきた。私は車椅子に座って、そのまま入院病棟に連れて行かれた。

翌日月曜日提出の長めの原稿を抱えていた。通信社の記事などで埋め合わせることができない、特集の記事だった。担当のデスクは、事件や政治・経済記事に比べて、当時軽視されがちだった、医療や社会保障、労働という厚生労働省関連の記事を紙面化することの必要性を訴える私に理解を示し、また、通院治療中も支えてくれた人だった。だから、迷惑を掛けるわけにはいかなかった。

私はどうしても会社に戻り、その記事を仕上げなければならなかった。

私は病室で車椅子から立ち上がった。そして、看護師に「やはり、帰ります」と言い、病院を出て、会社に向かった。赤ちゃんたちに「ママのおなかにしがみついているのよ」と言い聞かせながら原稿を仕上げて、提出した。

翌日、再び病院に行った。子どもたちは子宮にしがみついてくれていた。私は安堵し、「赤ちゃんたち、ありがとう」とおなかをさすった。そして、きっぱりと退社を決意した。赤ちゃんより仕事を優先することは、今後も起こるだろうと予想したからだ。

自宅に帰り、もう一度、自分の決断が正しいかどうか、分析してみた。起こりうることをメモ帳に箇条書きにし、その結果を自分がどう捉えるかを考えた。

起こりうることは四つだった。
一、仕事を続け、無事出産
二、仕事を辞め、無事出産
三、仕事を続け、流産
四、仕事を辞め、流産
一は理想的だが、自分の身体の状況、年齢、双子であることを考えると、賭けのようなものだ。私は子どもの命を賭ける気はない。

二の仕事を辞めることについては、将来後悔することはあるかもしれない。しかし、無事子どもを産み育てることで、自分自身を納得させられる。

三は生涯後悔するだろう。

四では、たとえ子どもを失っても、子どものために自分が大切にし、がん治療の間でも執着し続けた仕事を諦めたのであれば後悔しないだろう。

そして、私は、後悔しないであろう選択をした。

仕事を辞める決断は、それまで一生懸命努力して積み上げてきたものを一気に投げ捨てるようで、辛かった。また、自分の信条に反するようで嫌でもあった。が、無事出産することには代えられなかった。

また、家計への影響も大きかった。当時は夫より私のほうが年収は高く、さらに会社から手厚い住宅補助費も支払われていた。双子を育てるときの出費や、病気が再発した場合の医療費のことなどを考えると、経済的な不安は尽きなかった。けれども、夫婦の話し合いでも、「子どもを無事産むことを最優先に考えよう」ということになった。

退社の決断をした翌日、いつも仕事上の相談に乗ってもらっていた同僚記者に報告した。彼は「どうにか、続ける方法はないのか？」と引き止めてくれたが、私の決意は固かった。

その翌日には、所属部長に退社の意志を伝えた。部長も育児休業など社内の制度を使って仕事を続けるよう勧めてくれた。が、病気と双子であることを理由に決意は固いことを告げ、そのまま退社の手続きに入った。

社内の女性記者の反応はさまざまだった。

「いまは、一つの会社に定年まで勤め上げる時代じゃない。また働く機会はある」という子育てが落ち着いた先輩記者の意見。

「決断した理由、わかるような気がする」という子育て真っ最中の記者の意見。

「もったいないよ。ここまでやってきたのに。方法はあるはず」という独身記者の意見。

胸に突き刺さったのは、「仕事と育児・家庭の両立って、あなたがこれまで書いてきたことじゃないの？」という先輩記者のひと言だ。

自分自身もそれを一番気にしていたので、言行の不一致とは、まさにこのことなのだと思った。けれども、私は赤ちゃんたちを無事に出産したかった。そして、私は会社を辞めた。

至福のとき

仕事を辞めてからは、毎日がずいぶんのんびりとした暮らしになった。夜は夫と共に食事をした。結婚後、平日一緒に夕食を取ることがほとんどなかった私たちは「こういう暮らしが、普通の夫婦の暮らしなんだね」と笑い合った。

おなかはぐんぐん大きくなっていった。私は、日赤医療センターの多胎児の母親教室に参加したり、区の母親教室に参加したりして、友だちをつくった。そして、おそろいのベビー服や下着などをそろえ始めた。気が早いが、靴も二足ずつ買った。育児日記も二冊、ベビー布団も二組買った。二
妊娠六カ月になると、性別が男の子と女の子ということもわかったので、ベビーカーも買った。二人が前後に乗る縦長の双子用ベビーカーと、女の子には赤、男の子には緑のカバーが付いた、おそろいの一人用のベビーカー二台。計三台だ。双子用を選んだあと、一人用がかわいくて、「それぞれ一人ずつ乗せることもあるよね」と思い切って買った。私たちはそれらのベビーカーを何度も広げたり、閉じたりしては、子どもたちをベビーカーに乗せて歩く日を待ち遠しく思った。

妊娠中期になると心配ごとが生じた。女の子は単胎児の標準体重より一週間ほど成長が早かったが、男の子は一週間ほど遅れていたことだ。しかし、M医師の説明によれば、双子の場合、体重差があるのは珍しくないということだった。胎動が感じられるようになると、女の子はぽんぽんとおなかを蹴ったが、男の子はほとんど胎動を感じなかった。私たちはいつも、左側にいた男の子のことを心配した。定期健診のときは毎回その旨をM医師に伝えたが、超音波検査では特に異常はないということだったので、あまり心配せず、のんびりと過ごすように心掛けた。

そのようなとき、前年に受精卵を凍結した不妊治療のクリニックから封書が届いた。「受精卵の

凍結保存継続の確認」と題する手紙と、「凍結受精卵廃棄承諾書」が同封されていた。手紙を読むと、「継続する場合は来院して手続きをしてください」と書かれていた。受精卵を廃棄する場合は「承諾書」に夫と妻がサインと押印をし、返送することになっていた。廃棄する場合は、受精卵を生殖医学の基礎研究の発展のために提供することに承諾するか否かも聞いていた。

夫に意見を聞いてみた。夫は自分の意見を述べる前に、「君はどう思う?」と聞き返した。

私は答えた。

「自然妊娠したからといって、凍結した受精卵を捨てるわけにはいかないと思う。私たちの子どもだもの。一年間凍結を延長して、じっくりと話し合って、決めよう」

「君がそれで良ければ、そうしよう」。夫は静かに言った。

受精卵は四つで、そのうち二つは「質が比較的良い」と言われていた。その二つに希望をつないで、辛い抗がん剤治療を乗り切ったのだ。私は起伏が大きかった一年を振り返りながら、クリニックへ手続きに向かった。

私は幸せだった。世の中がすべて、澄んだ色に見えた。夫と幸せを語り合った。〝四人〟で散歩し、夜は子どもたちに話し掛けた。毎日毎日、幸せをかみしめた。双子ママ用の雑誌を毎日毎日、何カ月も飽きずに読んだ。「辛かった去年の抗がん剤治療から一転して、こんなに幸せになれるなんて。『禍福は糾《あざな》える縄の如し』とはこういうことをいうのだな」と思いながら、至福のときを味わっていた。

仕事とつながる細い糸

そのようなとき、新聞を読んでいると小さな記事が目に留まった。東京のある大学が医師や看護師など医療従事者、官僚などの医療政策立案者、医療ジャーナリスト、患者支援者を対象に週に一度、一年間の講座を開くという内容だった。そこでは、受講者たちが医療の現状を学び、討論し、日本の医療政策に対して提言を行うという。

私はその小さな記事を切り取り、何度も読み返した。魅力的な講座だった。仕事柄、日本の医療政策について取材し、考えてきた。自分なりの意見もあった。それについて、専門家から学び、そして受講者たちと議論し合える。新聞社は辞めたが、無事出産したあと、医療・社会保障を専門とするフリーライターとして働けないだろうか、と考えていたところだった。

その講座は一カ月後の十月初旬にスタートすることになっていた。週一回、夜の数時間。場所も、自宅の最寄り駅から電車で、三十分ほどで行かれる駅のすぐ近くのビル内だった。私の出産予定日は十二月二十七日。出産直前と直後は四、五回休むかもしれないが、何とか時間はやりくりしてできるかもしれない——。

わくわくしながら、夜、夫に相談した。夫は「良い話だね。週に一度だったら、僕も早めに帰って、子どもたちの世話ができるよ。良いチャンスかもしれないよ。参加したらどう？」と言ってくれた。

その記事が出てから応募締め切りまで、一、二週間はあっただろうか？　その期間、いろいろと迷ったが、締め切り前日の朝に決意し、応募要件の一つだった「日本の医療施策についての提言」というA４用紙一枚分のレポートを書き、速達で送った。間もなく選考結果について返信が来て、医療ジャーナリストとして参加できることになった。将来の仕事につながるような気がして、うれしかった。

子どもたちを無事産むために、大好きな仕事を辞めた。しかし、仕事への欲を完全に断ち切ることができずに細い糸でつなげようとしてしまった。私はこのことをのちにどれだけ後悔したかわからない。十月初旬、講座第一回の日、夫から携帯電話の留守番電話にメッセージが入っていた。

「今日は初回だね。君がまた新しいチャンスに挑んだことを誇りに思う」

この思いやりのあるメッセージを、私はのちに何度も泣きながら聞くことになる。

心配していた、おなかの左側にいた男の子の胎動も、右側の女の子からだいぶ遅れて感じ始めた。最初に感じたのは、テレビで「サイモン＆ガーファンクル」のニューヨークコンサートの録画を見たときだ。私と夫はそれを見ながら、『コンドルは飛んでいく』など懐かしい曲を一緒に歌った。そうすると、初めて男の子がおなかを蹴った。

「いま、左の子がおなかを蹴った！」

「本当？」

それを機に、夫は手持ちのＣＤから、自分の好きなものを取り出してはかけた。サイモン&ガーファンクル、そしてジョン・デンバーが息子のお気に入りで、これらをかけるとよく動いた。夫は音痴だが、かまわず大声でおなかに向かって歌った。私は「胎教に悪いかもしれない」と思い、夫より大きな声で正しい音程で一緒に歌った。そうすると夫がそれ以上、大きな声で歌う。そんな競い合いがおかしくて、二人で大笑いした。娘はまるでおなかの中で自転車をこいでいるような動き方をしていたので、「男の子はミュージシャン、女の子はスポーツ選手ね」と子どもたちの将来について語り合った。

すべてが順調だった。そしていまも、無邪気に幸せに浸っていたあのころを切なく振り返ることがある。二人の子どもを胎内で育て、その誕生を楽しみに日々暮らしていたあのときを。

母子健康手帳
保護者の氏名：村上睦美
子の氏名《ふりがな》 村上アンディ
（第 2 子
平成 16年 6月 7日交付 / No. 40-2
大田区

第二章　悲しいお産

区役所からもらった息子の母子手帳

2004年6月7日

その週は三日続けて予定が入っていた。

月曜日は、通院していた日赤医療センターとは別に予約を入れていた産婦人科クリニックへ行った。胎内の赤ちゃんの姿を３Ｄの映像で見せてくれ、それをビデオに収めてくれるクリニックがあると母親たちの間で話題になっており、そのときだけ自費診療で行ったのだ。

胎動が少なく心配していた息子は、かわいらしく手足を動かした。医師に「左の子の胎動が少なくて、心配です」と訴えると、医師は超音波の画面を示し、「ここは左心室、こちらは右心室。正常に動いています。心臓に異常はありません」と言ってくれた。私は胸をなで下ろした。子どもたちが動く姿をビデオテープに録画してもらい、夜、夫と一緒に何度も巻き戻して見た。「かわいいね」「生まれてくるのが楽しみだね」と言い合った。

翌日の火曜日は日赤医療センターの母親教室に参加した。集まりのあとは、そこで出会った人たちとお茶を飲んだ。この日の夜も、夫とビデオテープを再生し、娘と息子が元気に手足を動かす姿を見た。

その翌日の水曜日は国立がんセンター中央病院の診察日だったが、風邪を引いたため、電話をして、翌々日に予約を変更した。にもかかわらず夜、十月初旬から週一回出席していた大学の講座が開かれる会場に向かった。この日のテーマは「女性医療と老人医療」だった。

帰宅後はまた、かわいらしく動く子どもたちの姿を夫と一緒にビデオで見た。

双子を無事産むため、やりがいのある仕事を辞めるという苦渋の決断をした。辞めたあとは安静を保ち、食事内容に気を付けるなど努力もした。が、妊娠後期に入り体調が安定すると、気持ちが緩んだ。妊娠八カ月まで異常がなかったことで安心し、また、双子のため早めになる出産を約一カ月後に控え、私の心は弾んでいた。外出の予定を続けて入れ、「これぐらいは大丈夫」と勝手に判断し、安静にしていなかった。高齢かつ双子の妊婦として、どんなリスクも回避すべきだったのに、その自覚が足りなかった。この三日間を、のちに私はとてつもない後悔の念を持って、思い出すことになる。

消えた心音

翌十月二十八日（木曜日）は、二週間ぶりの日赤医療センターの健診の日だった。自宅玄関前で、大きなおなかがわかるように横向きの写真を夫に撮ってもらい、一緒に駅まで歩いた。夫は会社へ、私は反対方向の電車に乗り、バスを乗り継いで病院に行った。

診察室で、いつものように診察台に寝ておなかを出し、M医師による超音波による診察を待った。まず、右の女の子。「ボワン、ボワン」と元気な心音が聞こえた。そして左の男の子。なかなか探

妊娠31週の筆者。このあと男の子が死んでいることがわかった
＝2004年10月28日、夫が撮影

せない。こういうことはこれまでにも何回もあったので、私は気にも留めなかった。医師はいつも「赤ちゃんの位置によって、心音が探しにくいこともあります」と説明してきた。

M医師が測定器をおなかのあちこちに当てる。まだ、聞こえない。しばらくして、M医師の表情が硬くなった。

「左の子の心臓が動いていません」

「えっ？」

私は何が起こったのか、瞬時に理解できなかった。

「左の子の心臓が動いていません。亡くなっています」

「間違いじゃないですか？　もう一度調べてください！」

M医師はもう一度、測定器をおなかに当てた。そして、首を横に振った。

「仮死状態ではないんですか？　だって、先生、月曜日まで生きていたんです！」

私は声を張り上げた。何度聞いても、M医師は首を横に振った。

私は携帯電話をバッグから取り出した。そして、夫の番号を押した。夫が電話に出た。私は叫んだ。

「Our Boy is dead!（男の子が死んだ！）」

そのあとのことは覚えていない。断片的な記憶をたどると、おそらく私は担架に乗せられ、六階の病室に運ばれた。夫が駆け付けてくれたときのことも、記憶にない。しかし、翌日の二十九日からは日記帳に文章をつづっている。

机の引き出しの中にある、チューリップ柄の日記帳を持ってきてほしい、と夫に頼んだのだろう。少し前までしていた新聞記者という職業柄、出来事を書き留めるという習性が身から離れていなかったのだと思う。書きつづることでしか、正気を保てないと思ったのかもしれない。

その日記帳の最初の四ページには、双子用のベビーカーを買ったこと、布団を二組買ったことなど、幸せな出来事がつづってある。そして、五ページ目は、次の文で始まる。

「きのう、アンディが死んだ」

男の子には名前が付いている。「名前はどうする？」と夫に聞かれ、即座に「アンディ」と答えた記憶がある。候補は二つあり迷っていたが、昔から好きだったその名前を選んだ。娘の名前も、そのときに一緒に決めた。

娘だけは助けて！

一睡もせず迎えた二十九日も一日中、泣き続けた。貴家《きか》和江看護師長の取り計らいで、大部屋に一人で入院することになった私は、だれにはばかることなく泣いた。夫もおなかに何度も耳をあて、声を張り上げて泣いた。「何かの間違いだ」と思い、娘の心音を測りに来た看護師に何度も息子の心音を測ってもらった。が、右の娘の心音は聞こえたが、左からは何も聞こえなかった。

両親が札幌から駆け付けてくれた。母も、普段は感情を表さない父も、私の大きなおなかをなでて、泣いた。

入院してから担当となった笠井靖代医師が午後、病室に来た。笠井医師には子どもがいた。それまで担当だったM医師だけでなく、出産経験のある女性医師も一緒に診たほうが良いと病院側は判断したのだろう。笠井医師は厳しい表情で、男の子の死について、「恐らく胎盤からつながっているへその緒を自分で押してしまったか、巻きついてしまったか、いずれにしても防ぎようのない事故だったと思います」と説明した。

女の子については、「まだ三十一週で体の機能もできあがっていないため、一日でも長くおなかの中に入れておくほうが良い」という説明だった。男の子が死んでいるので、子宮についている胎盤がはがれるなどして、母体や女の子に影響が出てくる可能性はある。が、そのようなことが起こらなければ、女の子をこのままおなかの中で育てるほうが良いということだった。

私と夫は「女の子が同じようなことになるのだけは避けたいのです。帝王切開で子どもたちを出してください」と訴えた。母も泣きながら、「娘にとって初めての子どもですし、私どもにとっても初孫です。もう一人の子が死ぬことだけはないようにしてください」と訴えた。笠井医師は厳しい表情のまま、「私どもが責任を持って……」と答えた。

夜、面会時間が終わって夫と両親が帰ると、なぜ息子は死んだのか、そればかり考えた。三日間続けて外出したから、負担がかかったのだ。双子の用品を買い過ぎたから、一つしかいらない結果となったのだ。いや、くまのプーさんのぬいぐるみは、一つしか買わなかった。だから、一人が死んでしまったのだ……。こうして自分の行動を振り返り、したことしなかったことすべてを悔いた。

夜、母に電話をした。また同じ質問をした。「どうして、こんなことになったの?」と。

母は私を叱った。「この世と黄泉の世界にしか、人は行けないんだよ。あんたがあまりにも悲しんで泣いてばかりいると、アンディ君はあの世にもこの世にも行けなくて、さまようことになるの。もう、そろそろ泣くのをやめて、アンディ君を見送ってあげなさい。そうしないと、アンディ君は成仏しないんだよ」

「わかっているよ。お母さん。でもアンディのこと諦めるなんてできないよ。だって、アンディはまだ私のおなかにいるんだよ」

生き返ってほしいと祈った。深夜、耐え切れずナースステーションに行き、看護師に抱き付いて泣いた。また、何度も心音を確認してもらった。が、息子の心臓が再び「ボアン、ボアン」という音を立てることはなかった。

溢れる後悔

翌朝、私はまず娘の名を呼び、おなかを押した。娘の体がぐるりと動いた。「おはよう」と話し掛け、おなかをなでた。次に息子の名を呼び、おなかを押した。反応はなかった。「おはよう」と声を掛けた。しばらくして看護師が来て、娘の心音を測った。「ボワン、ボワン」と元気な、しっかりとした心音が聞こえた。この日は、息子の心音を測ってくれるよう看護師に頼まなかった。前夜、母に言われたように、「アンディの死を受け止めるのだ」と自分に言い聞かせた。

この日も夫が朝から来てくれた。二人で泣き、何度もおなかをなでて、子どもたちに話し掛けた。そうすると、おなかの左上に胎動を感じた。息子が奇跡的に生き返ったのではないかと期待した。夜、期待しながら、M医師に超音波でおなかを見てもらった。奇跡は起こらなかった。が、息子は私の子宮の中にいた。まるで生きているように。夫と一緒に「かわいいね、かわいいね」と言い合い、画面を見つめた。M医師から、心臓が止まった原因について、「胎盤やへその緒に原因がある場合と、赤ちゃん自身にある場合も考えられます。いまの段階ではわかりません」という説明を改めて受けた。また、「赤ちゃんは死産になるので届出をし、火葬をします」という手続き上の説明も受けた。

「火葬」という言葉を聞き、私はまた、過去の自分の行動を思い出し、悔いた。結婚して夫が日本に来たとき、「急に必要になったときに慌てないように」と礼服をつくらせたことだ。夫はアメリカからスーツを数着持ってきたが、日本での冠婚葬祭に必要な無地の黒いスーツは持っていなかった。身長が百九十五センチと高く、日本では既製服がなかなか買えないため、嫌がるのを説得して無理やりつくらせたのだ。息子を火葬するときは、あの礼服を着ていくだろう。礼服を準備したことが息子の死につながったのだと、私は自分を責めた。

それからも、私は眠れない日々を送った。うとうとしても、悲しみで胸がつぶれそうになり、目覚めるのだ。妊娠中のさまざまな出来事を思い返し、息子を死なせた原因について考え、悔い、また泣くということの繰り返しだった。夫が言った。

「去年、君ががんになったとき、お見舞いから帰ってくると、お義母さんはいつも泣いていた。僕は、お義母さんがもう少し泣くのをやめて、君の回復を信じてくれればいいのにと思った。だけど、いまになってお義母さんの気持ちがよくわかる。自分の子どもを失う悲しみ、失うかもしれない恐怖は、親になってみないとわからない」

そんな言葉を聞くと私はまた、このような結果を導いてしまった自分の行動と、自分の子宮の状態を責めた。

息子がおなかの中で死んだことがわかってから五日目の十一月一日、私はようやく息子の死を受け入れた。シャワーを浴び、髪にドライヤーをかけ、コンタクトを付け、口紅を塗り、洗濯をした。ぐちゃぐちゃだったベッドの周りを整理した。

鏡で顔を見ると、泣きはらした目の周りは赤く盛り上がり、涙で荒れた目の下はがさがさにつっぱり、皮がむけていた。私はローションを浸したコットンを目の下に当て、水分を補った。出される食事も、娘のためと思い、残さず食べるようにした。

数時間に一度はおなかを出して、娘と息子に話し掛けた。そして、娘の胎動を確認するまでおなかを押した。娘がぐるりと動くと、娘の胎動が始まったころを思い出した。私の声によく反応した娘がかわいくて、おなかを押すと蹴り返してくる娘が愛おしくて、笑い、涙した。胎動があまりなかった息子は、きっと私に愛されていないと思って頑張れなかったのだと、後悔をまた一つ増やした。

八日目の十一月四日は、死産したあとの手続きと子どもを送る方法について貴家看護師長に聞いた。看護師長から、「具体的に聞きたいの？」と尋ね返されたので、「納得する方法で、できるだけ良い方法で送りたいです」と答えた。

看護師長によると、子どもを死産した場合も、葬儀社に火葬の手配をお願いするということだった。棺は子ども用があり、火葬場は時間の予約が必要という。死産届などの手続きも、本人ができない場合は葬儀社が代行する。そのほかに、死産後しばらくは赤ちゃんと一緒にいられること、その場合は個室に移ること、また、自然分娩の場合で体が元気ならば、火葬場に行く母親もいるということを聞いた。息子を産んだあと、一緒に過ごせる——。喜びで胸が膨らんだ。

一連の話を夜、見舞いに来た夫に話した。夫は不機嫌になった。

「なぜ、息子を弔う方法について話さなければならないんだ。一週間前は二人の子どもと僕たちと君の両親とで、クリスマスやお正月を祝うことを楽しみにしていたじゃないか。初めてのクリスマスプレゼントを何にしようか、考えていたんだよ！」と怒鳴った。そして、私の言い分を聞かぬまま、怒って帰っていった。

私は反論ができないまま、ぽつんと病室に残された。悲しい思いで、その言い分を日記帳につづった。

「いつ緊急事態が起きて、帝王切開で子どもたちを取り出すことになるかわからない。私だって、ずっと悲しんでいたい。が、親がしっかりと子どものことを考えなくて、だれがするのか？　病院任せ？　業者任せ？　当日慌てるのか？　慌てても、夫は日本語が話せない。でも、諸手続きは彼にしてもらわなければならない。私は動きたくても、動けない。子どもを死産した場合の手続きなんて、そうそう人が一般知識として持っているものではない。親がやらずして、いったいだれがやるというのだ！　どんな手続きが必要で、どうすれば良いか、日本語の話せない夫に、いまから知ってもらうしかないではないか！」

私は夫に怒鳴られたことを理不尽に感じ、孤独感を抱いた。そして、すがるような思いで、病院に設置されているパソコンを使い、インターネット検索を始めた。「死産」「火葬」という文字を入れた。画面に出てきたものをクリックして読むと、死産の場合も死亡と同じく二十四時間経過しなければ火葬できないことなど、手続きに関する情報がずらりと載っていた。

子どもを死産した人の体験談もあった。私と同様、皆、自分自身を責めていた。働き過ぎ、上の子と自転車に乗っていた、などだ。その中に書かれていた、「嫌だった慰めの言葉」という記述に共感した。「一人いるからいいじゃない」、「妊娠できたとわかっただけいい」……。私ももし、「もう一人が大丈夫で良かったね」と励まされたら、嫌だろうと思った。

貴家看護師長と話をしていたとき、「出血もおなかの張りも、まったくなかったんです。そういう兆候があれば、帝王切開で取り出してもらって、間に合ったはずなのに」と訴えた。看護師長は

「きっとお母さんのおなかの中が居心地良かったのね」と言ってくれた。この優しい言葉を、私は大切に心にしまい、のちに辛くなったときに思い出しては気持ちを落ち着かせた。

子宮の中の生と死

娘は順調に育っていた。妊娠三十二週で二千百グラムあり、平均より一週間ほど成長が早かった。息子もかわいらしい姿で、私の子宮の中にいた。

いったんは息子の火葬のことまで気にするほど冷静さを失わなかった私は、このころから、息子が死んだ悲しみと娘の心臓も同じように突然止まるのではないかという恐怖で、精神的に追い詰められていく。時計を横に置き、一日中、娘が動いた時間を確認した。右側のおなかを押す頻度も増していった。何も反応がないと不安になり、ナースステーションに行き、心音を測ってもらった。同じ境遇の人と気持ちを共有したくなり、インターネットのサイトで流産、死産をした人の体験談を読んでは泣いた。

看護師長に「娘が同じように死んでしまうのではないかという不安が消えない。早く取り出してほしい」と訴えた。そうすると、笠井医師が来て、「女の子はせっかく元気なのに、その子に影響が出ては困るから」と、少なくとも三十五週まではそのままでいることを勧められた。

一週間休みを取り、朝から夜八時の面会終了時間までいてくれた夫は、その後も毎晩、会社帰りに見舞いに来てくれた。が、夫の不安も増していた。「もし、アンディと同じようなことが起きたら、悔やんでも悔やみきれない」と言い、「妊娠三十二週に来ているし、体の機能は整ってきたし、あとは肺だけだ。日本のいまの医療技術があれば、生き残れるはずだ」と、帝王切開で子どもたちを取り出すことを望んだ。

娘のためには一日でも長くおなかにいるほうが良いのは十分わかっている。が、待ったために息子と同様に死んでしまう可能性もある。それだったら、いま、生きているうちに取り出せば、少なくとも娘を失うことはない……。一時として、気持ちが安定することはなかった。

妊娠三十三週を迎えた十一月十日、息子の心臓が止まったことがわかって二週間が経ったこの日も、二人の医師に「私は三十九歳であとがありません。娘を失うことはできません。帝王切開で取り出せませんか」と聞いた。が、両医師とも首を横に振った。

「三十三週ではまだ肺の機能が十分ではないし、未熟児室に入ることになります。女の子が胎内で死ぬ確率よりも、後遺症が残ったり、危険な状態に陥ったりする可能性が高い」と言い、笠井医師に「あと一週間頑張る。そして、あともう一週間。三十五週になって、もし精神的に耐えられないようだったら、そのときに考えましょう」と説得された。

娘は動いた。私の不安を打ち消すように、ぐるぐる、ぐるぐる動いた。「私は大丈夫よ」と言わんばかりに。そうすると、いったんは「娘の生命力を信じよう」と思った。そして、動かなくなると不安が心を満たした。その繰り返しだった。

日赤医療センターは多胎児の出産が多いことで知られていた。そのため、出産前の双子の妊婦が多く入院してきた。

その日は、同じフロアの双子のママに突然話し掛けられた。私のおなかは大きく、双子の妊婦であることは、だれの目にも明らかだった。

「双子ちゃん？」

「そう。でも、一人駄目だったの」

「いま、何週？」

「三十三週」

「で、まだおなかに？」

「そう」

「……ごめんなさい」

相手は申し訳なさそうにそう言った。そのあと、病室に帰って、また泣いた。

本当なら、あのママと話が弾んでいたはずだ。ベビーカーの話、おっぱいの話、お風呂の話と盛り上がっていたはずだ。二週間前までは、私は元気な双子のママだった。幸せいっぱいの双子のママだった。どうしてこんなことに？

夜、大泣きしながら病院の廊下を夫と歩いていると、貴家看護師長にばったりと出くわした。優しく声を掛けられた。「まだおなかにいるから悲しいのね。でも、悲しんでいいのよ」と。

その翌日も病室に来て、「落ち着いた？」と声を掛けてくれた。私はまた泣いた。看護師長は「あなたのおなかに生と死があるから、苦しいのは当然よ」と受け止めてくれた。「気持ちを整理する必要も、乗り越える必要もないのよ。気持ちのままに、泣きたいときは泣いていいのよ」と。そう言われて、心が落ち着いた。

この日は、一人だった病室に、三人がばたばたと入院した。いずれもおなかに赤ちゃんがいた。赤ちゃんが生きている状態で入院できた彼女たちを見て、私はまた、自分を責めた。

「私も、アンディの動きが悪いことにもっと注意を払えば良かった。アンディはどこも悪くなかったと思う。いや、そうだと確信している。私のせいだ。私は自分の体への注意がいつも足りないのだ。調子が悪くても大丈夫と勝手に判断してしまう。アンディにもっと注意を払えば良かった。自分の体じゃないのに。私がアンディを死なせてしまったのだ」

一日は本当に長かった。息子の死を悲しんで、娘のことを心配して……。「この日々があと一カ月も続くなんて。でも、弱音を吐いてはいけない。娘をこの腕に抱くまでは」と気を強く持つよう、自身を励ました。

　息子の心臓が止まっていることがわかって十七日目の十一月十三日、夫が「ベビーザらス」に双子用のベビーカーと緑色のベビーカーを返品しにいった。三台のうち二台がいらなくなった理由を、夫は店員にきちんと説明できたのだろうか？　おそらく先方で事情を察して手続きをしてくれたのだろう。

　夫がその店から、心音を聞く機械を買ってきてくれた。それまでは夜目覚めると娘のことが心配で、時にナースステーションまで行き、心音を測ってもらっていた。この日からは枕元に機械を置き、心配なときはいつでも娘の心音を確かめることができるようになった。

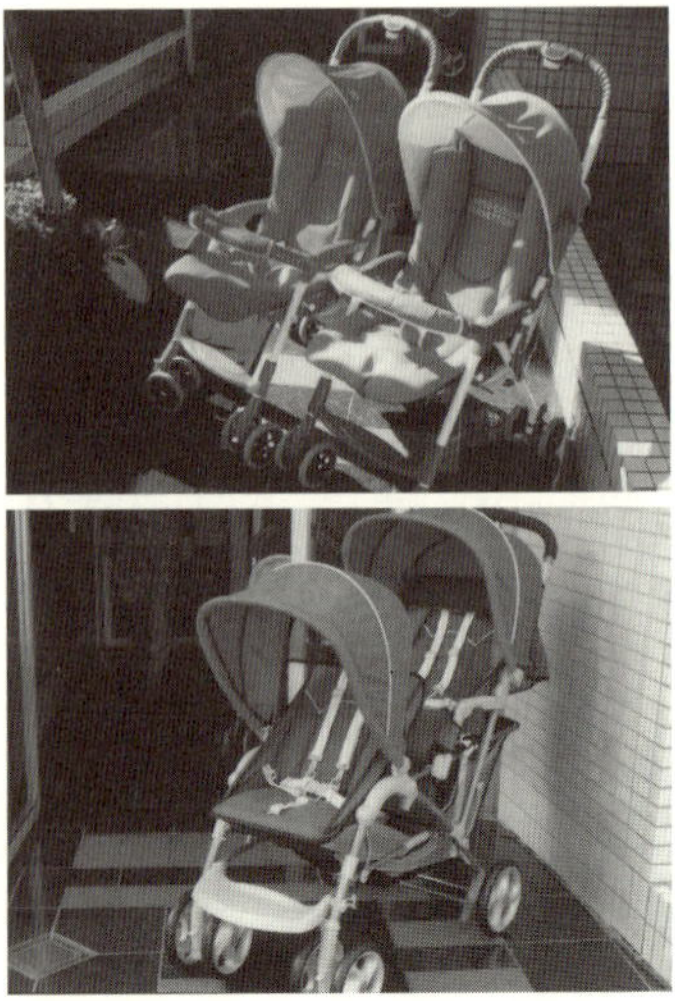

双子のためにそろえたベビーカー
＝2004年11月13日、夫が撮影

　翌日はCDプレーヤーを買ってきてくれた。マイクも付いていて、おなかの中の子に親の声や音楽を聞かせることができるようになっていた。夫と二人で、それを使って娘に話し掛けた。娘の心音はドクン、ドクンと速くなる。続けて息子に「アンディ、ママだよ。聞こえる?」と何度も話し掛けた。息子は反応しない。

私が「なぜ?」という悲しみと、「あのときこうすれば」という後悔と、「同じことがまた起こったら」という恐怖の感情の波の中でおぼれそうになっている間、同室の妊婦は次々と「陣痛室」に移り、赤ちゃんを産んでいった。私はそのときの気持ちをこう日記につづっている。

「皆、こうやって子どもを無事産んでいく。私のように子どもの死を受け止めるプロセスを、もう一人の子どもの生が続くことを祈りながらする人はまれだろう。子宮の中の生と死の同居。出産という最大の喜びと死産という最大の悲しみを同時に迎えなければならない、この混沌。

昨日、夫が『双子の子どもの死をどう受け止めるか』というアメリカのインターネットサイトの記事を持ってきた。夜中にそれを読みつつ、私には生きているもう一人の子をきちんと愛情を持って育てる責任があると思ったばかりだった。それなのに、また日が変わると気持ちがこうやってふさぐのだ」

病棟に入院してくる妊婦の中には、双子の妊婦も多かった。私が入院したのと同じ三十一週で、おなかの双子は無事に育っている状態で入院してきた人もいた。同室の妊婦からそんな話を聞かされたあとは、「私も一週間早く入院していれば彼女と同様、点滴につながれながらも二つの心音を聞けたはずだ」と思い、ベッドのカーテンを閉め切って、また泣いた。「どう悲しもうが、後悔しようが、子どもは戻らない。わかってはいても受け止められない、乗り越えられないのだ」と心の中で叫んだ。

夫と私は、二人の医師と話をした。医師は出産の時期について、「三十五週までくれば女の子の体重が二千五百グラムぐらいになるので、希望があれば帝王切開で取り出すことも可能です」と言う。出産の方法については、「自然分娩が望ましいですが、女の子の胎盤は子宮口から二センチぐらいのところに付いているので、出血の可能性があります。その場合は、自然分娩から急きょ帝王切開にします」とのことだった。息子の胎盤がはがれてしまい、娘に悪い影響があるという可能性も、もう三週間経ったので、ない。これからもこのまま、息子は私の子宮内にちゃんといるとのことだった。

夫の怒り

その後帰宅した夫から、電話があった。「M医師を信頼できない。M医師は何らかのサインを見逃して、ノンストレステスト（NST）をすべきところをしなかったのだ」と怒った。このテストは胎児が小さかったりした場合などに、胎児の胎盤や臍帯と心音の関係を調べ、赤ちゃんの元気度を測るものだという。それをＭ医師は怠ったと言うのだ。夫の友人で、三十三週のときにＮＳＴで心音が遅くなっていることがわかり、緊急帝王切開で取り出して助かった人がいるという。夫は主治医を他の医師に替えるべきだと言った。

夫の悲しみと不安は、怒りという感情に変わっていた。ネットで調べ、友人知人に聞き、知識を増やせば増やすほど疑問が湧き、考えも変わってきていた。そして、この期に及んで主治医を替えるべきだと、精神的・身体的にぎりぎりの状態にある妻に迫るほど、夫も追い詰められていた。怒りのやり場のない、それを表現するべき言語を話せない夫の憤怒の感情は、必然的に私に向けられた。私は夫の怒りを受け止めながら、心の中で叫んだ。

「死んだ子と生きている子をおなかに入れているのも、出産・死産するのも私だ。帝王切開と簡単に言うが、やはり、こわい。なぜ、もっと私の立場になって考えてくれないのか？」と。

いたたまれず、母に電話した。母は、いつまで経っても息子を諦めきれない私を叱った。「それでは、アンディが浮かばれない」と。そして、「世の中、辛い経験をしているのはあんただけではない」と強調した。「でも、死んだ子と生きている子を三週間もおなかに入れているのは、かなり辛い体験ではないの？」私はその言葉をのみ込んだ。

とぼとぼと病院のホールを歩いていると、担当の小野普咲子《ふさこ》看護師に声を掛けられた。ナースステーションで話を聞いてもらった。「双子ママ教室で一緒だったママたちが次々と入院している。うらやましい。隣の病室にも三十一週で入院している双子のママがいる。私も、何本点滴をしてもいい、どれだけ長く入院してもいい、二人を抱いて退院したかった」と泣いて訴えた。

翌朝、貴家看護師長から声を掛けられた。夫も私もM医師に対して不信感を抱いていると告げた。しかし看護師長は、M医師は笠井医師と同様、信頼の置ける医師であると私を諭した。ただ、笠井医師は出産もしていることから、私に心を寄せてくれているので、笠井医師に話をするよう助言してくれた。

午後、笠井医師が来た。「今日で、三十四週目。三週間経ちました。よく頑張りましたね」と言ってくれた。「入院した三十一週のときは、赤ちゃんを外に出したとしたら、さまざまなリスクが伴いました。でも、ここまできたら大丈夫」とのことだった。笠井医師は、患者の心に寄り添う言葉掛けができる人だった。私は看護師長や看護師たちからの言葉と同様、笠井医師の言葉で救われていた。

私はこの日、日記に、「あともう少しだ。あと一週間頑張れば三十五週。娘の肺の機能も大丈夫だろう。頑張ってほしい」と前向きな文章をつづっている。

悲しいほど、おなかが大きかった。どこから見ても、双子であることは明らかだった。妊娠三十四週。三週間私を支えてくれた両親が札幌に帰った。年末の用事を済ませ、十二月初旬に戻ってくるという。私は感謝と不安の気持ちの間で揺れながら、両親を見送った。

入院して二十五日目の十一月二十一日、おなかの様子をモニターで見た。娘の体重は二千六百五十二グラム。平均より二週間も成長が早かった。顔もかわいらしかった。次に息子の姿を見た。息子は小さくなっていて、本当に死んでしまったのだと実感した。

夫がM医師にNSTについて尋ねた。

「赤ちゃんの動きが少なく、体重が少ないとき、アメリカではNSTをします。息子は娘に比べて胎動が少なく、体重も少なかった。それが心配だと健診のたびに告げていました。なぜNSTをしなかったのですか」

M医師が答えた。

「この病院では子どもが一人の場合は三十四週から、双子の場合は三十週からNSTをします」

息子の心臓が止まっているとわかったのは、三十一週の健診だった。

M医師は続けた。

「私も二十九週の健診でテストをしていれば良かったと、いま思います。そうすれば、もしかしたら、救えたかもしれません」

M医師のこの言葉を聞き、私は胸が苦しくなった。「アンディの死は防げたかもしれない」と思った。

「慎重に選んだはずの病院で、しかるべき対応をしてもらえなかった。NSTをしていればアンディを救えたかもしれない。アンディはちゃんとサインを出していたのに。私も健診で再三、男の子の胎動が少なくて心配と訴えていたのに。どうして、不安を募らせている妊婦の声に耳を傾けてくれなかったの？」と心の中でM医師に問い掛けた。

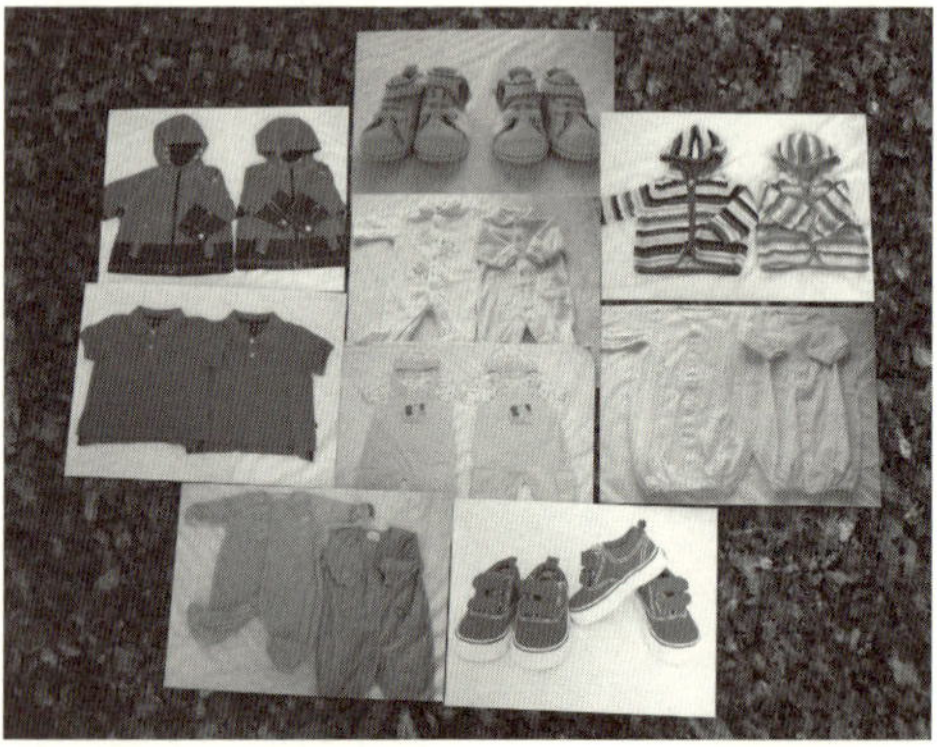

入院ベッドで写した写真。ベビー服や靴の片方は息子の棺に入れ、片方は娘が着た

病室に帰り、夫に頼んで家から持ってきてもらったものを袋から出した。双子のために私たち夫婦で準備し、そして双子の出産を心待ちにしていた両親、義父母、夫の兄弟から贈られたベビー服や靴だ。おそろいのベビー服、おそろいの靴……。私はそれらを抱き締めながら、「なぜ、アンディは死ななければならなかったの？　こんなに、こんなに、二人の誕生を楽しみに待っていたのに」と、また泣いた。

翌日未明、同室の女性が出産した。その吉報を聞いたあと、私はおそろいのベビー服や靴をベッドの上に並べ、カメラで撮影した。これらをもらったときの、選んだときの幸せな気持ちがよみがえった。悲しみが増すだけのこのような作業をこの時期にする必要はなかった。が、私はあえて行った。悲しみと向き合うことが、そのときの自分に必要だと考えたからだ。息子を送る作業を一つ一つ行うことで、息子をあの世に返すことができるのだ。そして、この世に生まれてくる娘を慈しんで育てるのだと思った。

向かいのベッドの女性は、妊娠二十五週だった。夜、調子が悪く、看護師や医師が駆け付けていた。心音を測り、「ボワンボワン」という音が聞こえると、私もほっとした。「大丈夫？」と声を掛けると、「また、明け方五時ごろにおなかが張っちゃって」と言う。「夫がインターネットで調べてくれて、二十六週で産んで子どもがちゃんと生きている人がいるって言っていたんですよ。今週の水曜日に二十六週になるんです。二十六週になれば生存率が上がるから、とにかく赤ちゃんには一日でも長くおなかにいてほしいんです」と語った。

私はその切実な思いを聞いて、「私も毎日そうだよ。あと一日、あと一週間って頑張れば、赤ちゃんの体の機能がつくられていく。そうやって毎日を積み重ねていくしかないよね。私も、そうやって三週間半経ったもの」と答えた。

向かいの女性と話したあと、私はこう日記につづった。

「世の中の多くの人が、赤ちゃんを望む。でも、妊娠に至るまでがとても長い道のりで、妊娠に至らない人もいる。妊娠しても、出産するまで長い道のりがある。途中、流産、死産の苦しみを味わう人が数多くいる。子どもを産むということは、奇跡に近いことだ」

精神の限界

日赤医療センターでは、患者が希望する出産方法を「バースプラン」として書いて提出することになっていた。私は、妊娠三十五週を迎えた十一月二十四日に提出した。いま生きている赤ちゃんを無事に産むことしか望まなかった。出産方法については、「医師に任せる」とした。そして、アンディが死んでいることがわかるまでの病院の対応について、疑問を記した。勇気のいることだったが、医師や病院に不信感を抱いたまま出産・死産に臨みたくなかった。

「バースプラン」を提出した翌日、向かいのベッドの女性がトイレに近い病室に移動し、私はまた六人部屋で一人になった。

笠井医師が病室に来た。「先生は私のバースプランについてどう思われますか?」と聞いてみた。笠井医師は「立ち話ではなく、きちんと時間を設定してお話ししましょう」と答えた。

夜、M医師の診察があった。いつものように淡々と診察をして、私も普通の受け答えをした。

翌日の十一月二十六日。二部屋向こうの妊婦たちが、盛り上がっていた。私も呼ばれた。五円玉をおなかの前にぶら下げ、男の子か女の子か当てるゲームをしていた。男の子だと五円玉は縦に揺れ、女の子だと横に揺れるそうだ。その病室は三人とも男の子で、全員が縦に揺れたそうだ。まだわからないという人も縦に揺れた。続けて、私のおなかの前に五円玉を差し出すと、見事に横に揺れた。

「女の子なの？」

「そう」

「当たるのね。お隣の双子ちゃんは男の子と女の子で、五円玉がぐるぐる回ったのよ」

私の事情を知らない人の何気ない言葉がぐさりと胸に突き刺さる。私の場合も息子が生きていたら、五円玉はぐるぐる回っただろうか……。

昼間、夫から電話があった。笠井医師に電話をして、「産婦人科部長と直接会って話をしたい」と依頼したところ、笠井医師は「部長は忙しくて会えない」と答えたという。「僕はやっぱり、M医師がシンプルなテストをしなかったことが納得できない。産婦人科部長に十分でもいいから時間を取ってほしいと頼んだよ」と夫は言った。

との説明を受けたが、日米両国の文献などをインターネットなどで調べれば調べる程、病院側がしかるべきテストをしていれば、胎児の状態に異常があることを発見し、このような事態を防ぐ可能性があったのではないか、との疑念がわいてくる。単胎よりも危険因子が多い多胎妊娠であること、死んだ胎児の胎動が少ないことを健診のたびに告げていたこと、その胎児の体重が平均よりも少なかったことなら、胎児の状態を判断する指標の一つといわれるNST（ノンストレステスト）や心音や血流の状態を判断するカラードップラーを実施するなど対応をしてもらえれば、胎児の異変が発見され、早めの入院で頻繁にモニターする、万が一の場合は帝王切開で取り出すなどのしかるべき措置をとってもらえたのではないか、と考える。実際に、NSTにより胎児の異変が分かり適切な処置をし、胎児の命が救われたケースは多数ある。31週は、世界一と言われる日本の未熟児医療技術で対応できない週数ではないし、かつ私たち夫婦も障害のある子供が生まれてきた場合の覚悟もできていただけに、残念でならない。この病院では双子の場合、30週になるとNSTを実施するようになっているというが、双子の胎児の一人の胎動が少ない、体重が少ないという事実があっても30分あればできる簡単なテストが31週の定期健診で胎児の死亡が確認されるまで一度も行われなかったのはどういうことか。病院はハイリスク患者に「ハイリスク管理料」（3万円）を課しているが、この「ハイリスク管理」とはいったい何のことをいうのか？

異常を発見しても手が打てなかった、適切な措置をとったにもかかわらず結果的に死産に終わった、もしくは出産後死因が現在の医療技術では予測と対処が不可能なものであったと分かったとしても、自分も病院も万全を期したと思えば納得する。しかし、もし病院側が慎重に対応してくれれば、胎内での死亡は避けられたかもしれないと、出産前のこの時期に死んだ胎児と生きている胎児を胎内に抱えて、やり場のない怒りと不安、悲しみとともに一ヵ月近く過ごさなければならないことが残念だ。さらに言えば、このような不信感をいだいたまま、全面的に自分の身体ともう一人の子供の命をゆだねなければならない状態に自分がいることに、無力感すら感じる。

このバースプランの狙いは「お産をなさるあなたと、私たち医療者が、より深い信頼関係のもとにその日を迎えるために、あなたの考えを率直にお聞かせ下さい」となっており、日赤医療センターが患者と”深い信頼関係を持つ”ことをモットーとしているということなので、率直な意見や疑問を述べさせてもらった。医療従事者の方々には、患者の多くは医学的知識を持たず医療従事者の判断に任せるしかない立場にいることを踏まえ、その上で患者の立場に立ち、声に真摯に耳を傾け、適切な診察、治療、ケアを行ってほしいと願う。

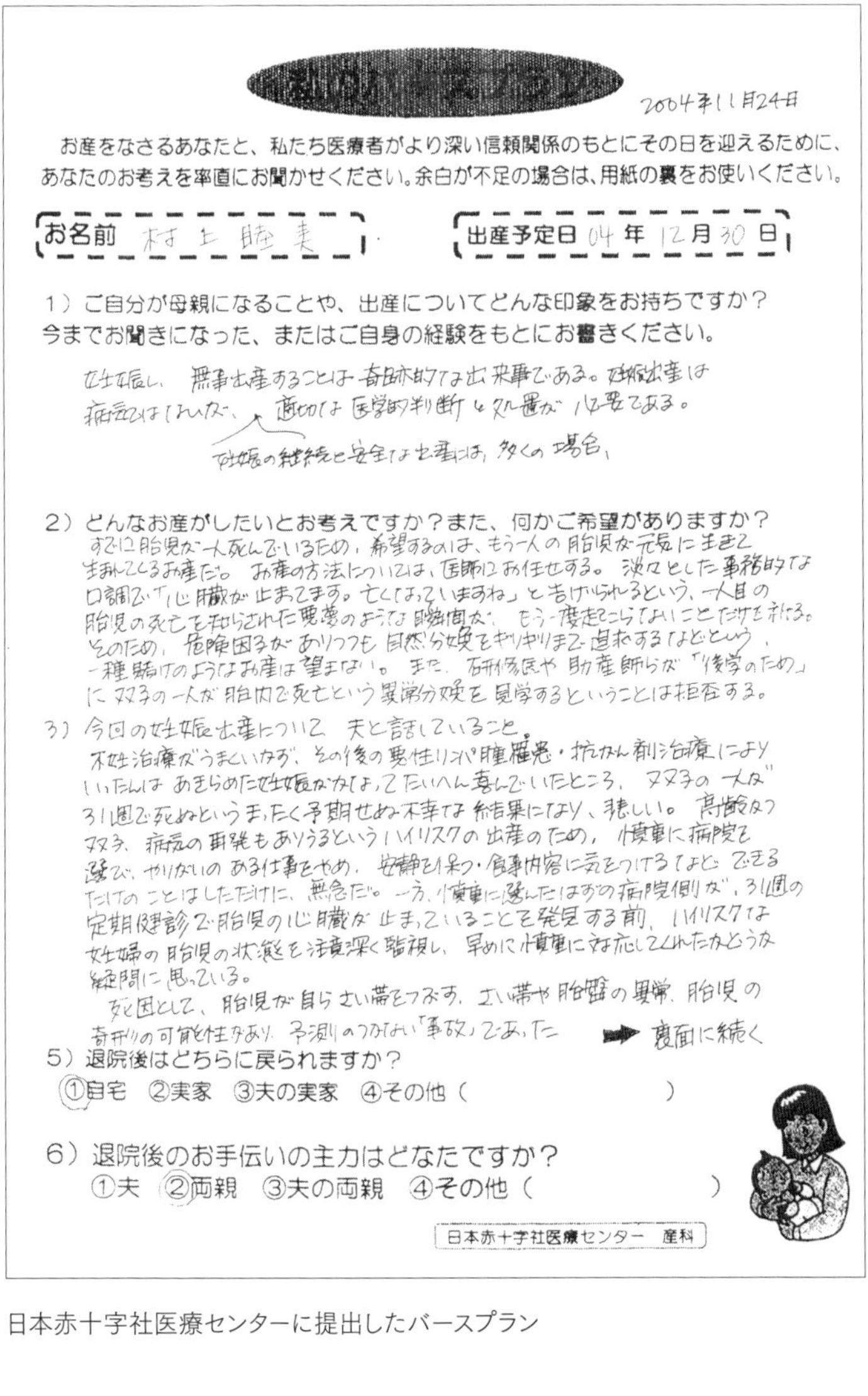

2004年11月24日

お産をなさるあなたと、私たち医療者がより深い信頼関係のもとにその日を迎えるために、
あなたのお考えを率直にお聞かせください。余白が不足の場合は、用紙の裏をお使いください。

お名前　村上睦美　　出産予定日 04 年 12 月 30 日

1）ご自分が母親になることや、出産についてどんな印象をお持ちですか？
今までお聞きになった、またはご自身の経験をもとにお書きください。

妊娠し、無事出産することは奇跡的な出来事である。妊娠出産は
病気ではないが、妊娠の継続と安全な出産には、多くの場合、適切な医学的判断と処置が必要である。

2）どんなお産がしたいとお考えですか？また、何かご希望がありますか？
すでに胎児が一人死んでいるため、希望するのは、もう一人の胎児が元気に生きて
生まれてくるお産だ。お産の方法については、医師にお任せする。淡々とした事務的な
口調で「心臓が止まってます。亡くなっていますね」と告げられるという、一人目の
胎児の死亡を知らされた悪夢のような瞬間が、もう二度起こらないことだけを祈る。
そのため、危険因子がありつつも自然分娩をギリギリまで追求するなどという、
一種賭けのようなお産は望まない。また、研修医や助産師らが「後学のため」
に双子の一人が胎内で死亡という異常分娩を見学するということは拒否する。

3）今回の妊娠出産について、夫と話していること
不妊治療がうまくいかず、その後の悪性リンパ腫罹患・抗がん剤治療により
いったんはあきらめた妊娠がかなってたいへん喜んでいたところ、双子の一人が
31週で死ぬというまったく予期せぬ不幸な結果になり、悲しい。高齢かつ
双子、病気の再発もありうるというハイリスクの出産のため、慎重に病院を
選び、やりがいのある仕事をやめ、安静を保つ・食事内容に気をつけるなどできる
だけのことはしただけに、無念だ。一方、慎重に選んだはずの病院側が、31週の
定期健診で胎児の心臓が止まっていることを発見する前、ハイリスクな
妊婦の胎児の状態を注意深く監視し、早めに慎重に対応してくれたかどうか
疑問に思っている。
死因として、胎児が自らさい帯をつぶす、さい帯や胎盤の異常、胎児の
奇形の可能性があり、予測のつかない「事故」であった　➡ 裏面に続く

5）退院後はどちらに戻られますか？
①自宅　②実家　③夫の実家　④その他（　　　　）

6）退院後のお手伝いの主力はどなたですか？
①夫　②両親　③夫の両親　④その他（　　　　）

日本赤十字社医療センター　産科

日本赤十字社医療センターに提出したバースプラン

私は病院に対する怒りで胸が震えた。三十五週の出産・死産目前の妊婦と夫が、覚悟を決めて、病院に疑問をぶつけているのだ。なぜ、「多忙」を理由に面会を断るのか。この病院は〝赤ちゃんに優しい病院〟と宣伝している。多くの患者、妊婦がその評判を聞いてここにやってくる。それなのに、高齢で双子、そして一人が死んでいるというハイリスクの、もうどこにも行き場のない妊婦の必死の訴えを聞くわずかな時間が持てないというのか?

夫からの電話のあと、私はまた一階に下り、パソコンでネット検索をした。死産の訴訟で患者側が勝訴したケースを探し出し、東京地裁に電話をした。担当の弁護士の連絡先を教えてほしいと頼んだが、地裁に足を運ばなければ駄目だという。私は事情を説明したが、電話では教えられないと、取り合ってもらえなかった。夫はアメリカ人で日本語を読めないし、話せないので、頼むことはできない。万策尽き果てた。私は自分自身に対する情けなさでがっくりときて、ベッドに戻った。でも、「あとには引けない」と、最後まで病院側とやりあう覚悟を決めた。

午後、ナースステーションの横にある新生児室を見に行った。ガラス越しにブルーのタオルが掛けてある双子ちゃんが見えた。「〇〇〇〇①ベビー」「〇〇〇〇②ベビー」という名札が掛けられていた。アンディが生きていたら、「村上睦美①ベビー」「村上睦美②ベビー」となって、ピンクとブルーのタオルを掛けられていただろう。そう想像すると、悲しくて涙がこぼれた。小野看護師が駆け寄ってきて、私の肩を抱いてくれた。さまざまな〝もしも〟が頭を駆け巡った。私は泣きじゃくりながら、病室に戻った。

おそらく、ここが私の精神の限界だったのだと思う。

その私の心の状態を的確に判断し、対処してくれた人がいた。貴家看護師長だ。病室に戻った私のところに来て、「先生（産婦人科部長）に今日、会えるようにするわ」と約束してくれた。のちに、このような配慮をしてくれたことについて、看護師長は「村上さんはあの日、夢遊病の人のように病院内をふらふらと歩いていたの。もう限界なのだろうと思った」と話してくれた。夜、産婦人科部長と会って話をした。そのときのことについて、日記に克明に記述している。

「産婦人科部長が来たのは夜八時。開口一番、『防ぎようのない事故だったと思いますよ』。その前に、いたわりの言葉はなかった。

『でも、私は一人の子の胎動が少ないことは再三告げていましたし、体重も少なかったんです。もっと、慎重に診察していただいても良かったのではないですか？』

『双子の場合、一人と違って、胎動がどの子のかわかりにくいので、判断の指標にはならないのです。それにNSTも普通、三十四、五週になってからやるものです。もし、やっていたからといって、何かを発見できたかどうかもわからない』

私は、そういう答えであることは予想していたので、それ以上やりあうつもりはなかった。だから、単刀直入に言った。

『主治医を替えてほしいんです』

『私はこのままでいいと思いますよ』

まったく、威圧的な態度だった。私は言った。

『子どもがおなかで死んでからの、M先生の一連の対応に不信感を抱いたと申し上げているんです』

『主治医を替える方もいらっしゃいます。が、ここまできたということは、それなりの信頼関係を築いていたということではないですか？』

『私は昨年のがんの診断から治療に至るまで、複数の病院を回った経験から、愛想の良さ、話しやすさが必ずしも良い医師かどうかを決める指標にならないことは知っています。しかし、子どもが死んでからのM先生の対応には、優しさや誠意など、まったく感じられなかった。それに、まだ生きていたころ、その子についての不安を私が訴えても真摯に受け止めてくれず、その不安を解消してくれるかもしれない簡単なテストさえ、してもらえなかった。それらの一連の対応に、不信感を持ったのです。高齢で双子、そのうち一人がおなかの中で死んでいる。そして、いつ、出産になるかわからない三十五週のこの段階で、主治医を替えたいと申し出ることは勇気がいります。この病院は、あちこちのクリニックや個人病院で、処置ができないと判断された妊婦が来る病院で、妊婦にとって最終の病院です。私にはもう、行き場がない。それでもこうやって訴えているんです』

それを聞いた産婦人科部長は、初めの居丈高な態度を引っ込め、『そこまで言うのなら、私が引き受けましょう』と言い、帰っていった。

夫も一緒にいたが、初めに『私が通訳する形で、夫が話をしてもいいですか？』と聞くと、迷惑そうに時計を見た。夫が『任せるよ』と言ったので、私がやり取りをした。

産婦人科部長が帰り、ついに終わったと思った。

アンディは戻ってこないが、少なくとも、納得のいかないことはきちんと伝えた。疑問もぶつけた。私は、その日一日の医師らとのやり取りに疲れ切った。

夫が帰り、看護師長さんが九時過ぎにやってきた。

『先生は、あなたに圧倒されたのよ。母は強し、ね』と言ってくれた。師長さんは翌日（土曜日）の二十七日から休日や担当病棟以外の仕事があり、火曜日まで来られないため、二十六日中に私の希望をかなえ、産婦人科部長と話す機会をつくりたかったという。ありがたい。このフロアの看護師さんは皆、本当に優しい。

看護師長さんとの話を終え、ひと息ついたのが十時ごろだった。本当に疲れ切った」

緊急帝王切開に

その四時間後の二十七日午前二時、トイレに行ったとき、下着に血を見つけた。私はナースコールを押し、トイレの中に座り込んだ。担当の山本由佳看護師が来た。小野看護師と同様に何度も話を聞いてもらい、頼りにしていた人だ。

私は「山本さん、心音をお願い！　心音を！」と叫んだ。山本看護師は聴診器で心音を取ろうとしたが、聞こえない。私はトイレにしゃがみ込んだまま、立ち上がることができなかった。

「山本さん、心音を！　山本さん、心音を！」

「村上さん、大丈夫だよ。もうちょっとおなかをこっちへ向けて！」

山本看護師もトイレの床に座り込み、頭を床に擦り付けるようにして、必死に心音を取ろうとした。

一分ほど経っただろうか。とてつもなく長く感じられた時間が過ぎ、ようやく娘の心音を確認した。心音を確認して安心したためか、腰をまっすぐに伸ばすことができるようになった私は車椅子でベッドへ。NSTでも心音を確認したが、出血が止まらず、熱が出てきて悪寒がひどかったため、担架で分娩室に運ばれた。一時間ほど様子を見るということだったが、出血が止まらない。膣から水も出てくる。出血もあるので、破水かどうかは検査薬ではわからないという。

夫に電話をした。まず、娘は大丈夫であることを伝えて、出血したこと、帝王切開になるかもしれないことを言う。当直の医師が超音波で子宮内を確認した。出血は息子と息子の胎盤からではなく、娘の胎盤が子宮口から二センチぐらいしか離れていないところについており、子宮が開いたことで、そこから出血しているからだとの説明を受けた。最初の出血で、すでに一五〇㎖出ていた。

夫が着いた。おそらく午前三時ごろだったと思う。医師から、母体と子どもの安全を考え、出血が多いことと娘の心音の元気がなくなってきていることから、帝王切開を勧められる。熱は三十八度に上がっていた。自然分娩をできないこともないが、そうしているうちに出血も多くなり、赤ちゃんにも負担がかかるという。私と夫は迷わず、帝王切開を選んだ。医師が帝王切開の準備に入っている間、夫が両親に電話をした。

背中を丸めて、麻酔を打つ。次第に、下半身の感覚がなくなっていく。

午前四時ごろ、小野看護師が駆け付けてくれた。手術室には夫が付き添い、手を握ってくれた。メスを入れる前に、厚生労働省担当だったときに、さまざまな医療ミスの取材をしたことをふと、思い出した。医師に言う。

「ガーゼやメスを忘れないでくださいね」

娘の産声、静かな息子

「おぎゃあ、おぎゃあ」

五時三分、娘が弱々しい産声を上げた。そして、その後すぐ息子が取り出された。

娘の小さな産声を聞き、私は安堵の気持ちに包まれた。無事にこの世に生まれてきてくれたことに、感謝した。喜びも束の間、娘が私の視界から消えた。助産師が背中をポンポンとたたいていたらしい。しばらくしてから、娘の泣き声は少しずつ大きくなっていった。

息子はタオルにくるまれて、夫に手渡された。夫が抱いたあと、私の胸の上に。息子は、とてもかわいい赤ちゃんだった。私は動かない息子を強く抱き締め、「アンディ、ごめんね、ごめんね」と無事にこの世に産んであげられなかったことを、何度も謝った。

息子を夫に渡したあと、泣き声もしっかりし始めた娘が私の胸に置かれた。娘は息子に似ていた。かわいらしい、くしゃくしゃの顔を見ながら、温かく、しっかりとした体を抱いた。

後ろで看護師がガーゼを数えている。

「一枚、二枚……九枚」

九枚しかない。もう一度数えている声が聞こえる。

「一枚、二枚……九枚」

十枚あるはずのガーゼが一枚、足りない。

娘を無事出産できた安堵の気持ちと、息子の死産の悲しみと両方の気持ちで揺れているときに、新たな心配が出てきた。医師から「ガーゼを残したかもしれない」という説明を受け、診療放射線技師が来るのを待つ。エックス線撮影の結果、ガーゼが残っていることを確認した。

医師の「ガーゼを数え間違えて……」という説明に私は激怒した。

「切る前に、ガーゼやメスを忘れないでくださいねと言ったじゃありませんか⁉」と思わず声を張り上げた。手術台に乗り、開腹して子どもたちを取り出し縫合したばかりという状態での訴えだった。

麻酔をもう一度かけ、縫い終わった場所をもう一度開き、ガーゼを取り出し、縫い直した。私は疲れ切り、もう言葉を発することはできなかった。私は手術台から担架に乗せられ、手術室の横の部屋に移された。ようやく、家族四人の時間が持てた。

家族四人の時間

その時間はたっぷりと二時間はあったと思う。

まず夫が、小野看護師の助けを借りながら、娘と息子の両方の頭に水をかけて洗礼をした。私は宗教を持たないが、夫が「子どもたちをクリスチャンにしたい」と希望したので、事前の話し合いで幼児洗礼に承諾していた。夫は「双子なので一緒に洗礼を」と願い、自分が通う教会の牧師に頼んだが、「死産した子の洗礼は例がない」と断られた。他の教会も探したが無理だと言われたため、自分で洗礼をすることに決めた。夫にとって、「正式かどうか」より、「二人一緒に」というほうが大切だったのだと思う。

ささやかな儀式が終わったあとは、夫が私のおなかの上に娘と息子を交互に乗せてくれたので、子どもたちそれぞれを存分に抱き、キスをすることができた。小野看護師が家族四人の記念写真を撮ってくれた。横たわった私は息子を、その横にいる夫が娘を抱き、二人とも目を赤くしながらも、笑顔で写真に収まった。

医師が来て、ガーゼを忘れたことを謝罪し、息子について死産の届けと火葬の許可証が必要だと説明した。息子の臍帯がきつく体に巻きついていて、臍帯の問題による死であることを告げた。

私と夫は、娘の誕生を喜び、息子の死を悲しんだ。

午前八時ごろ、私と娘は六階の個室に移され、息子は霊安室に運ばれた。何本かの点滴につながれた私は、ストレッチャーでベッドに移動した。小野看護師が、ピンクのタオルがかかったベビーベッドと、ブルーのタオルがかかったベビーベッドを用意してくれていた。小野看護師が娘をピンクのタオルのかかったベビーベッドに寝かせてくれた。私は女の子用の名札に娘の名を、男の子用に息子の名を書いた。

『村上睦美ベビー①』

『村上睦美ベビー②』

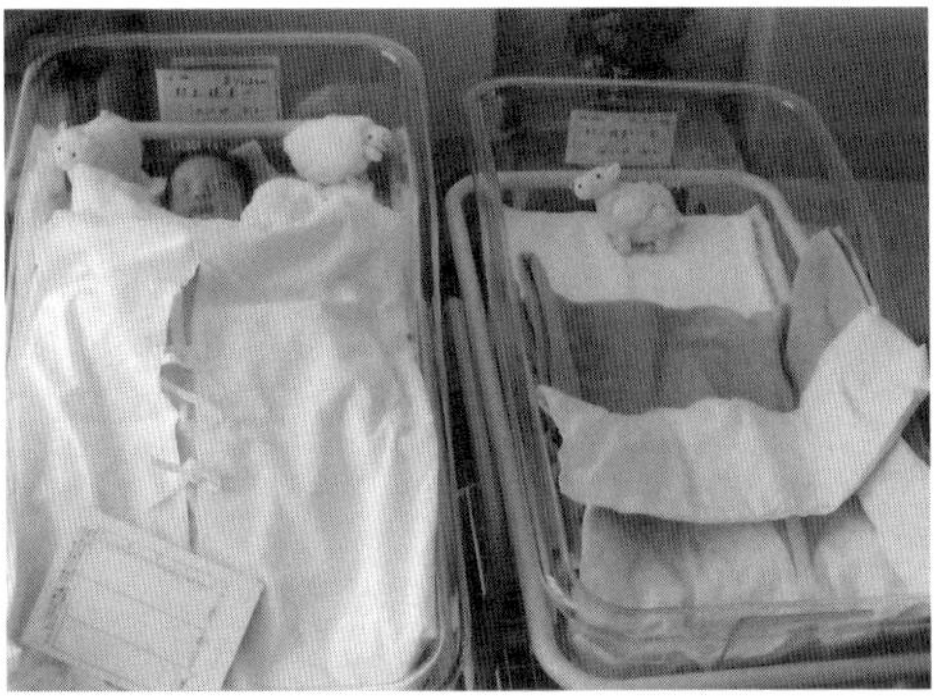
並んだ二つのベビーベッド。右側には息子が寝ているはずだった

小野看護師が名前の横にそう書いてくれた。そう、私は双子のママなのだ。

午後三時ごろ、両親が着いた。娘を見て喜び、霊安室に行って、息子に会った。帰ってきた両親は「かわいい子だったね」と言って、泣いた。

夕方、頼んでいた葬儀社の人が来た。夫と母が手続きをしに行った。

夫は「娘が生まれて一番うれしいこのときに、なぜ、息子の火葬の準備をしなければならないんだ」とむせび泣いた。点滴につながれた私はただ、泣くしかなかった。

小さな娘はベビーベッドに入ってすやすやと寝ていた。両親と夫が帰ったあと、にぎやかだった病室はしんと静まり返った。私は娘と、娘の横の空のベビーベッドを見た。

「アンディは下の霊安室に一人でいる。本当なら、二人並んでここにいるはずなのに」

胸がつぶれそうになった。

出産・死産の翌日、休日にもかかわらず小野看護師が来て、私の体を温かいタオルで拭いてパジャマを取り替えてくれた。そして、動けない私のために下の霊安室から、息子を連れてきてくれた。赤ちゃんを寝かせるカートに死んでいる子を乗せ、廊下を通って病室まで連れてくるのは、とても勇気のいる行動だったと思う。私の気持ちに寄り添ってくれるその優しさに、胸を打たれた。息子の顔を覆っている白い布を取り、私は冷たくなった小さな口と頬に何度も何度もキスをした。

夕方、夫と母と一緒に翌日の火葬のときに棺に入れるベビー服を選んだ。すべて、息子用にもらった、買った、娘とおそろいの服だ。娘にはこの世で着せて、息子にはあの世で着てもらおうと思った。

私の両親がくれた真っ白のベビー服。夫の両親がくれた水色のベビー服。夫の兄夫婦がくれた縞々のパーカー。夫の弟夫婦がくれた、ゾウさん柄のベビー服。私の友人が手縫いしてくれたスタイ（よだれかけ）。

私たちが買った、シマウマの柄のカーディガンも入れよう。それを買ったときのことを思い出した。夏の「ＧＡＰ」のセールだった。下着やソックス、ポロシャツも一緒に買った。お揃いの下着のサイズが違ったことにあとから気付き、交換しに行ったことも懐かしく思い出された。「双子なんですが、サイズを間違えてしまって」と申し訳なくも誇らしげに言い訳したことを……。

白い靴も入れよう。あれを買ったときは、赤ちゃんのサイズがわからなくて、店員さんに聞いた。「父親が足の大きいアメリカ人だから、きっと子どもたちも足が大きいよね」と言いながら、どのサイズにするか迷うのが楽しかった。

水色のソックスを買ったのは、まだ性別がわからないときだった。男の子でも女の子でもいいような色を選んだ。

赤と紺色のレインコートも買った。真っ赤なスニーカーも買った。本当に幸せな日々。もう、あの幸せな日々は二度と来ないのだと改めて思った。

おしゃぶりも入れよう。プーさんの絵が付いたものだ。同じくプーさんの絵が付いた哺乳瓶も入れよう……。私は、その一つ一つを抱き締め、息子を送る心の準備をした。

翌日火葬に行かなければならないので、ベッドから車椅子に移動するぐらいはできるように、起きる練習をした。でも、腰とおなかが痛くて、起き上がれなかった。

夜、夫が小野看護師と一緒に霊安室に行って、息子の手形と足形を取ってきてくれた。

息子にさよなら

出産・死産の翌々日の十一月二十九日、息子を荼毘《だび》に付す日が来た。

朝、ベテランの助産師さんが来て「アンディ君のために、お乳をしぼったらどう？」と提案してくれた。手伝ってもらってしぼった二〇㎖のうち、一〇㎖を息子用に母乳保存用の袋に入れた。一〇㎖は娘に飲ませた。双子それぞれにおっぱいをあげることを想像していたので、とてもうれしかった。とともに、これが最初で最後の息子にあげる母乳になるかと思うと、胸が詰まった。

夫が午前十時半ごろに来た。シャガールの絵が付いたカードを買ってきた。母親が息子を抱いている絵だ。息子へのメッセージを書いた。

「ママを選んでくれてありがとう。ママは、アンディがおなかに来てくれて、本当に幸せでした。ママが天国に行くまで、待っていてください」

いま一度、棺に入れるベビー服に触れながら、私と夫は抱き合って泣いた。

二日間、鏡も見ず、顔も洗っていなかったので、そのひどい顔を洗い、髪をなでつけ、ピンで留めた。朝、膀胱に入れてあったカテーテルをはずしたばかりで違和感があったが、何とか入院してきたときに着ていた黒いセーターと黒いパンツに着替えた。何かを予測したかのように、私は黒い色の服を着ていたのだとそのとき気付いた。私はやっとの思いで車椅子に乗り、小野看護師が車椅子を押してくれた。

霊安室に向かう廊下はとても長かった。

霊安室には祭壇が設けられ、花が飾られていた。息子は小さな、小さな棺に納められていた。私は何とか車椅子から立ち上がり、ベビー服を棺に納めた。色とりどりのベビー服で棺を埋めることができた。母が買ってきてくれた花束を息子の顔の周りに飾った。母が選んでくれたのは、私が最も好きな花、ガーベラだ。

残念なことに、息子の体はやわらかくなってしまっていて、ベビー服は着せられなかった。ただ、娘とおそろいの白い帽子はかぶせることができた。体の上には、両親からもらった白いベビー服を載せた。胸元には、採ったばかりの母乳を置いた。

六畳ほどの部屋には、中央の祭壇に息子の棺が載せられ、両端にパイプ椅子が三つずつ置かれていた。息子に別れを告げたあと、助産師・看護師が次から次へと訪れ、線香を上げてくれた。笠井医師が来て、「よく頑張りましたね」と声を掛けてくれた。分娩室の助産師さんが息子の写真と手形・足形を取って台紙に貼り、プレゼントしてくれた。息子はとてもキュートに写っていて、手も足もしっかりしていた。心遣いに感謝した。心のこもった葬儀だった。来てくれた医師は三人、いずれも女性だった。

笠井医師は私の意向を聞き入れてくれ、その日の朝に外出届を出していてくれた。前日、母と笠井医師に「体調が悪くなると困るので、病院にいるほうがいいのでは？」と勧められたが、私は「行く」と言い張ったのだ。「アンディを、私が見送らずに、だれが見送るのだ！」という気持ちだった。

病院の裏口から出た。外は快晴だった。

スタッフに見送られ、葬儀社の車に乗り込んだ。車椅子を前のシートに載せ、私と夫、息子は後ろの席だ。車が病院の敷地内の道を走った。後ろからは両親の乗ったタクシー。夫は、白い小さな棺を抱え、号泣した。

敷地内の木々は、赤や黄色、オレンジの葉を付けていて、きれいだった。

私と夫は一人ずつを抱いて、病院の正面出口から出て美しい紅葉を見ながら自宅に帰るはずだった。が、いま私たちは一人を病院に残し、一人を棺に入れて、病院の裏口から出た。火葬場に向かって。

二十分ほどで、渋谷区の火葬場に着いた。私は車椅子に移され、火葬の場所に向かった。そこには、ずらりと火葬炉が並んでいた。真ん中の火葬炉に「村上男児」と書かれたプレートが掲げられていた。

私は「なんで、男児なの？　アンディという名前が付いているのに！」と叫んだ。

ホールにはほかの火葬に立ち会う人がたくさんいて、気の毒そうに私たちを見た。私は、ほかの人がどう思おうとどうでも良かった。私と同様故人に最後のお別れに来ている人たちに迷惑が掛かると自制する心の余裕はまったくなかった。ただ、ただ、息子が哀れで、かわいそうでならなかった。

「村上さんのところは死産なので、戸籍に名前が載らない。戸籍に名前がない子どもの場合は、男児・女児とするんです」と葬儀社の担当者が説明した。私は「ちゃんと名前がついているの。アンディって。男児なんて、ひどい。変えてください！」と大声で叫んだ。

おそらく、子どもを失って気がふれてしまった母親と思われたと思う。でも、夫も、父も、常識的な振る舞いを重んじる母でさえ、私を止めなかった。私の様子を見て、規則を守るより柔軟に対応したほうが良いと判断したのだろう。葬儀社の担当者は火葬場の人とやり取りをし、骨が焼き上がるまでに名前を付けてくれると言ってくれた。

銀色の台に載せられた棺のふたを開ける。最後のお別れだ。

私の息子。九カ月間、私のおなかで育てた息子。誕生を心待ちにしていた息子。息子の体がこの世からなくなってしまう。私はホール中に響き渡るような声で泣いた。車椅子からようやっとの思いで立ち上がり、最後のキスをした。私の両親、夫も泣いて、息子に別れを告げた。

普通は二時間ぐらいかかるそうだが、小さな息子は三十分で骨になった。名札は「村上アンディ」に変えられ、小さな骨壺にも「村上アンディ」と書かれていた。担当の人が説明する。

「これが頭蓋骨、これが耳、そしてこれが大腿骨……」

大腿骨は五センチほどあって、しっかりとした骨だった。

骨の一つ一つを箸で拾い、骨壺に入れた。白い布袋に入れられた骨壺を膝の上に乗せた車椅子の私と、夫、両親は火葬場の通路を進んだ。私はとめどなく泣いた。

帰りの車の中で、「病院内は骨壺を持って歩けないことになっているので」と葬儀社の担当者に紙袋を渡された。私は言われたとおり、黙って、大切な、大切な息子の骨が入った骨壺を、紙袋に入れた。


火葬場から病室に戻ったあと、夫と両親はナースステーションに預けていた娘を病室に連れてきて、あやした。しばらくして夫と両親が帰り、私は病室で一人になった。娘におっぱいをあげた。娘がすやすやと眠り始めたら、ベビーベッドに寝かせ、ピンクのタオルを掛けた。そして、紙袋から息子の骨壺を取り出し、娘のベッドの隣にある、ブルーのタオルが掛けられているベビーベッドの枕元に置いた。「村上睦美ベビー②アンディ」という名札がついているベッドだ。私は二人のベッドを並べて、ソファに座り、二人を眺めた。また、涙が流れてきた。このベッドには、娘と息子が並んで眠っているはずだった。一人が、こんな小さな、白い布のかかった骨壺に入ってしまうなんて想像もつかなかった。

私は骨壺をもう一度抱き締め、袋を開けた。手の平に載るほどの小さな骨壺のふたを開け、小さな骨のかけらを眺めた。火葬場の職員が教えてくれた、頭蓋骨のかけらを一つつまんだ。そして、そのまま口の中に含み、噛んで、飲み込んだ。こんなことを知ったら、母はまた、「そんなにアンディ君を思ってばかりいたら、アンディ君があの世に行けないよ」と言うだろう。でも、アンディは私が産んだ子どもだ。その子の骨の一部が私の身体に戻っていっても、許されるだろう。骨壺のふたを閉め、白い布で再び覆った。それを抱き締めて、また私はすすり泣いた。

火葬の翌日、病院に見舞いに来てくれた母が「火葬場に行って良かったね。睦美もけじめがついたでしょう」と言った。

「実はね。昨日、霊安室で葬儀屋さんに言われたのよ。娘さんは火葬場に連れて行かないほうがいいのではないかって。子どもを死産した人が無理して火葬場に行って、お骨が上がってきたころに倒れてしまって、救急車で運ばれることがよくあるんですって。で、先生と私が睦美に確認しに行ったのよ。疲れるから病院にいたほうがいいんじゃないかって。でも、良かった。心残りないでしょう」

娘は初日こそおとなしく寝ていたが、二日目からはよく泣いた。おっぱいをあげると、ぎこちなく飲み始め、三日目になると、おっぱいを求めて泣き叫んだ。「おなかがすいた」「おむつが気持ち悪い」というメッセージを、体全体を震わせて、おぎゃあ、おぎゃあと泣きながら訴える。私は娘の生命力に、胸を打たれた。

息子はずっとおとなしかった。おなかにいるときは、娘は私たち夫婦の声によく反応し、おなかを蹴っていたが、息子はあまり胎動を感じさせず、いつも静かにしていた。心音が止まったあとも、娘が子宮の外に出ても大丈夫な大きさに育つまで、おとなしく子宮にとどまった。胎児が子宮の中で死んだ場合は、胎盤がはがれてきて、母体や、双子の場合はもう一人の胎児に影響が出てくる場合が多いという。しかし、息子の胎盤は少しもはがれず、息子はおとなしく、一カ月も私のおなかにいた。お産が始まったのも、娘の胎盤からの出血がきっかけだった。私はそれを考えるたびに、また泣いた。息子の生は、なんとひそやかで、そして思いやりに溢れたものであったか、と。

二〇〇四年十二月七日、私は日赤医療センターを退院した。迎えに来た夫と一緒に、お世話になった看護師長や看護師たちに礼を言い、病院の玄関を出た。

私は娘を腕に抱き、息子を手に持ち、タクシーに乗った。

存在と不在

出産という喜びと死産という悲しみを同時期に味わうのは、とても苦しいことだった。

自宅に帰ってからの私は、娘の誕生を喜びながらも、「本来なら、二人を育てるはずだった」という思いを日に日に募らせた。娘におっぱいをあげれば、息子にもおっぱいをあげるはずだったと思った。両親や夫が娘をあやせば、天国に一人でいる息子を不憫に感じた。娘の授乳を終えると、娘をベッドに寝かせて、次は息子の遺骨をおくるみにくるんで、抱いてあやした。娘が居間に敷いたベビー布団に寝る昼は、息子の遺骨を居間の棚に置き、夜は寝室のベビーベッドに娘と息子の遺骨を並べて寝かせた。寝室で授乳し、母が娘を抱いて居間に移動したあとに、居間から娘をあやす両親の笑い声が聞こえると、「私が声を掛けてあげなければ、息子は少しずつ忘れられていく。本当なら、息子も娘と同じように、皆に抱かれ、あやしてもらったはずだ」と泣いた。

夜、娘の元気がなくなったことがあった。母から娘のベビーベッドに息子の骨壺を置くことについて、娘が天国に引っ張られるからやめるようにと注意を受けた。私はその助言に素直に従い、私と夫の枕の間に息子を置いて寝るようになった。

重い足取りで、最寄りの商店街に布を買いに行った。息子の骨壺を包む袋をつくるためだ。店員に話し掛けられた。

「どんな生地をお探しですか？」

「白地のキルティングを」

「何をおつくりになるの？」

「骨壺を入れる袋を」

「……。キルティングは少し遊びっぽい雰囲気になるかもしれませんね」

「でも、赤ちゃんなので」

「……。そうですか」

耐え切れずに泣いた。息子のための最初の手づくりのものが、骨壺を包む袋になった。キルティング生地が並んでいる場所に行くと、母子手帳の表紙の絵柄と同じミッフィーの柄の布があった。それを買った。

居間にある本棚に、息子の〝部屋〟をつくった。出産のときに小野看護師に撮ってもらった家族四人の写真と、夫が息子のために買ったぬいぐるみを飾った。そこにミッフィー柄の袋に入れた遺骨を置いた。朝は寝室から居間へ、夜は居間から寝室へ、骨壺を移動させた。移動させるとき、骨壺はカチッと音を立てた。ふたがずれるためだ。私はそれを息子の泣き声だと思った。おなかの中にいたときと同じように、控えめに、カチッと一回だけ。私は骨壺にキスをし、「おはよう」「おやすみ」の声を掛けた。

娘は容赦がない。おっぱい、おむつ、ねむたい……と泣き喚く。そんな娘の要求を満たしながら、「ここに息子がいたら」と思った。夜、夫が娘を抱いてビデオを見ていると、ソファに座りその姿を見ながら、本当だったら私は息子を抱いていたのにと思った。真っ赤なベビーカーに乗せて散歩をすると、本当なら夫が緑色のベビーカーを押しているはずだったのに、と思った。双子ゆえに一人の存在が、もう一人の不在をくっきりと浮かび上がらせた。

親戚や友人から続々とお祝いが届いた。が、おそらく皆どう言っていいのかわからなかったのだと思う。皆、遠慮がちの「おめでとう」だった。なかには「お祝い」ではなく、「お見舞い」をくれた人もいた。双子の一人の出産と一人の死産は、周囲の人間も戸惑わせた。

年末には喪中はがきを出すこともできず、年賀状をいただいた人に「寒中見舞い」を出した。

「寒中お見舞い申し上げます。

昨年十一月二十七日に、双子の一人を死産したため、新年のご挨拶を失礼させていただきました。息子は、その短い命を母親の胎内で終えました。大きな手足が父親似で、鼻や口元が母親似の息子は、短い期間でしたが、私たちにたくさんの夢と楽しみをくれました。子を失った悲しみが消えることはありませんが、双子の娘が無事この世に生を受けて元気に成長していることに感謝しつつ、息子の死を受け止めるための気持ちの整理をしているところです。

昨年中の皆様のご厚情にお礼申し上げますとともに、新しい年が皆様にとって良き年となりますようお祈り申し上げます」

娘の初めての外出、初めてのクリスマス、初めてのベビーカー、産後初めての健診、初詣、初めての家族記念写真の撮影……。喜びいっぱいのはずの娘の初めてのイベントはすべて、悲しみの涙を伴った。

「SIDS家族の会」へ

鬱《うつ》状態が続いていた。娘の誕生を純粋に喜べない自分、息子をおなかで死なせてしまった自分に罪悪感を抱きながら、日々を過ごしていた。そんなとき、「SIDS（乳幼児突然死症候群）家族の会」の連絡先が書かれた小さなカードのことを思い出した。母子手帳をもらいにいったときに手渡された、子育てについての冊子やパンフレットの中に入っていたのだ。思い切って電話をしてみた。二〇〇五年二月二十五日のことだ。一時間半、話をした。

「この会では幼い子どもを病気で亡くされた方、死産された方、流産された方、さまざまな方がお話をされます。皆さん、深い悲しみに陥り、立ち上がれない気持ちでいらっしゃいます。特効薬があれば、皆さん、それにすがるのでしょうが、特効薬などありません。長い時間をかけて、一生かけて、気持ちを癒したり、整理したりしていくのです」

「特効薬はない」という言葉に、深く共感した。

三月十二日、「SIDS家族の会」のミーティングに行った。この日は私も入れて九人が参加していた。死産した人、子どもを亡くした人たちが、悲しみを共有し合った。

四十週で死産した人は「同じ時期に出産したママの子どもが、今年から幼稚園に入園し、辛い」と泣いた。

前年、二歳の子どもを亡くした女性は「春になって、ようやく庭の手入れをする気になりました。そして庭の掃除をしていたら、息子の小さなおもちゃを見つけました」と言って泣いた。

七年前に子どもをSIDSで亡くした女性は「今日は昼寝が長いな、と思って抱き上げた瞬間、子どもの首がガクンと下に落ちた、あの感覚がいまでも忘れられません」と泣いた。

私もアンディのことを語り、泣いた。「娘に申し訳ないけど、死にたい」と。

すると、子どもを闘病の末に亡くした女性が「私も、何度病院の窓から飛び降りようと思ったかわからない」と泣いた。

「娘の息を一日、何度も確認してしまうんです」と言うと、「子どもを亡くした人は、皆そうするのよ」と、皆がうなずいた。

子どもを失った人にとって、春は特に辛い季節なのだという。入園式、入学式というイベントが多いからだそうだ。私には、「お嬢さんをしっかりと抱いてあげて」と相談員がアドバイスをくれた。死んだ子を思うあまり、ほかの子の育児がおろそかになる。それも、皆の共通の悩みだそうだ。

母子手帳を何冊も持ち、子どもは一人という人もいた。私もそうだった。子どもは一人、でも母子手帳は二冊。二人とも「妊娠三十五週」で、「平成十六年十一月二十七日午前五時」に「腹式帝王切開術」で生まれた。違うのは、娘は「午前五時三分」に生まれ、息子は「午前五時四分」に生まれたことと、娘には「出生証明書」が出され、息子には「死産証書」が出されたことだ。

息子が旅立ってから一年経った十月二十八日、私と夫、娘は息子の遺骨を持って、二泊三日の家族旅行に出掛けた。夜、ホテルの部屋で、ミッフィーの袋から骨壺を取り出し、ふたを開けた。夫が息子の骨を見たのは、火葬場で遺骨を壺に入れたとき以来、初めてだった。夫は、アンディの小さな、小さな骨を見て、号泣した。

骨を少し砕いて、涙の雫の形をしたペンダントの中に入れた。砕いたときに容器についた骨の粉を、私たちは指につばをつけて、くっつけてなめては泣き、また、くっつけてなめては、泣いた。

第三章　入院、再び

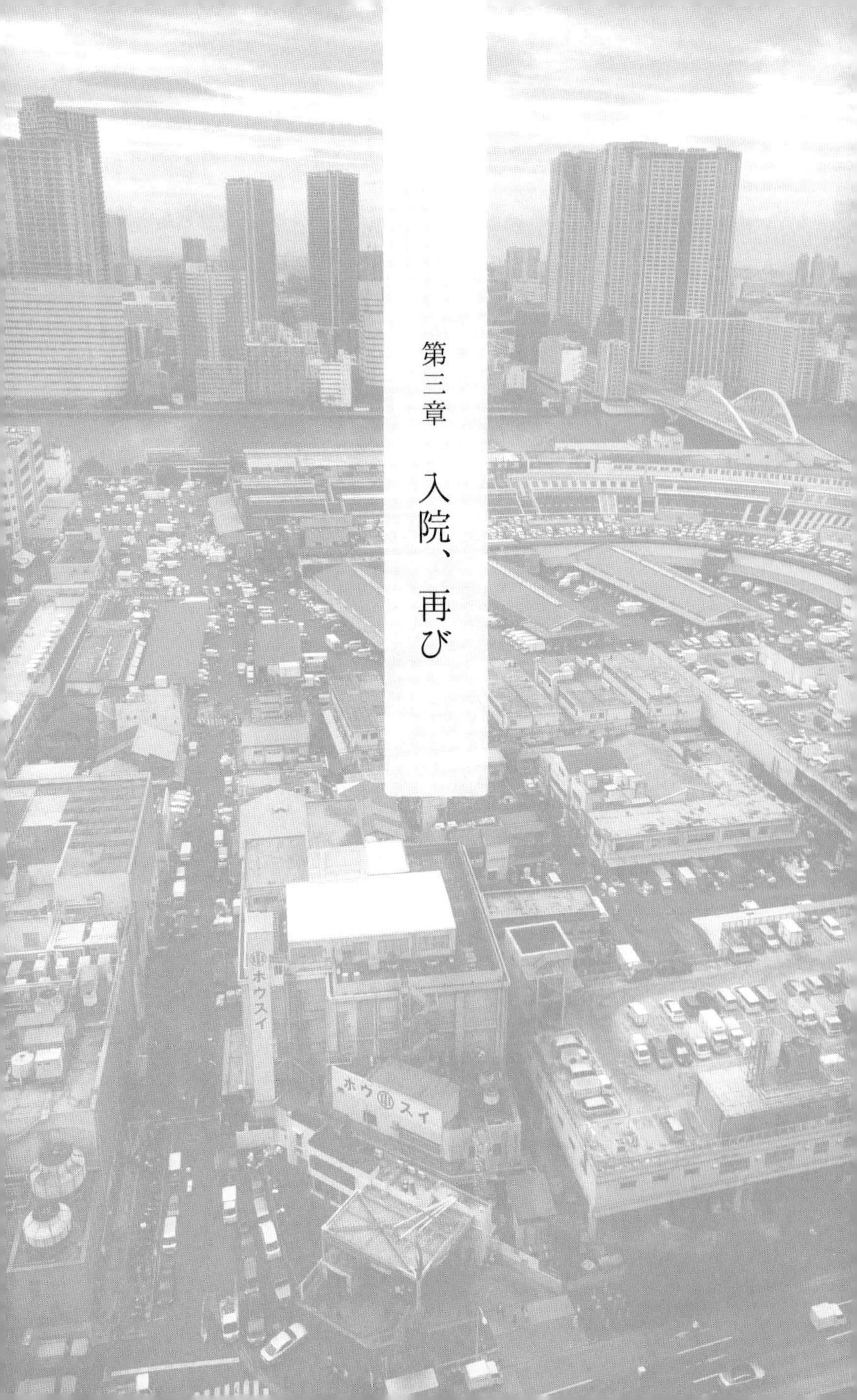

国立がん研究センター中央病院から見えた築地市場

息子を死産してから、私の心は後悔と受容、娘の成長を見る喜びと、息子を失った悲しみの間を行ったり来たりした。現実に目を向け「アンディの死を受け止めよう」と思っても、翌日になると「戻ってきてほしい」という執着にも似た気持ちがよみがえった。

悲しみを癒すため、私がまずすがったのは「ミッフィー」だった。母子手帳の表紙の絵柄に合わせて骨壺を包む袋をつくってからは、グッズの専門店に通っては雑貨を買った。絵の展示会にも行った。絵柄がついた景品などをどこからかもらえば、「あの子からのメッセージだわ」と思った。そうやって集めた小物は、居間にある〝アンディの部屋〟に飾った。遺骨はあっという間にミッフィーの柄がついた小物で囲まれた。

朝、身支度を整えたあとは必ず、遺骨が入ったペンダントをつけた。息子はいつも自分と一緒だ、と感じたかった。夫が記念日にくれたダイヤのネックレスも、産後母から受け継いだ真珠のネックレスも、身につけなかった。息子もいつも私と一緒にいたいはずだと思ったからだ。

娘はその誕生を多くの人に祝ってもらった。私はありがたいと感謝した反面、息子を不憫に感じた。両親や義父母が娘に衣類やおもちゃを贈ってくれると、「アンディのことを忘れている」と寂しく感じた。もちろん、両親たちは忘れていない。ただ、この世に生まれてこなかった子は、別のときに別の方法で弔うのだ。でも、それが二人の赤ちゃんの誕生を心待ちにしていた私には辛かった。だから、「私だけはアンディのことは忘れない」と、娘に衣類を買うときには息子にも買った。それらの服は袖を通されることはない、とわかっていても、買わずにはいられなかった。

思いを伝えるため、手紙を書いた。宛先は自宅。「ママの元に帰ってきてほしい」と訴えた手紙は、封を切ることなく、〝アンディの部屋〟に置いた。

「三十一週まで育ったのに、なぜ子宮の中で死んでしまったのか」という疑問に対する答えを見つけたくて、本を乱読した。医師によって書かれた死産に関する本、子どもを失った人たちがつづった文章をまとめた本、なかには、双子の死産についての本もあった。

「風水」の本も読んだ。いくつかの本には「物を処分すると、願いがかなう」と書かれていたため、不用品だけではなく、大切にしていたものもどんどん手放していった。願いは「息子に帰ってきてもらうこと」。娘がよちよち歩きを始めたあとは、娘が新生児のころのかわいらしいベビー服など紙袋二袋分を、出産を控えた知人らにもらってもらった。このことはのちに、心の状態が落ち着いたときにとてつもない後悔となって私を苦しめたが、当時はさまざまなことを正常に判断できなかった。産後、娘と息子を抱いて退院したときに着ていたドレスはバザーに出した。記者時代に集めた医療や社会保障、労働関係の本もすべて、古本屋に引き取ってもらった。北海道関連の資料や本は、札幌の図書館に寄付した。働いていたころの証のような、膨大な数のいただいた名刺も処分した。何着もの値の張ったパンツスーツも処分した。自分が大切にしているもの＝娘に関するもの

〟、自分が執着していたもの〟仕事に関するもの〟を処分すれば、願いがかなうと思ったのだ。

そうやって、いっそ死にたいという苦しみを和らげる方法を探しながら、一方で私は無事生まれてきてくれた、かわいらしい女の子の母親でもあった。娘は私の喜びであり、救いだった。数時間おきにおっぱいをあげ、おむつを換えるという娘の世話があったからこそ、沈み込むことなく日々を過ごせた。あるとき、娘の無垢な笑顔を見て、「せっかく生まれてきてくれたのに、母親の私が泣いてばかりでは申し訳ない」と思い至った。「娘の世話をしている間は、悲しむのはやめよう」と決めた。そして、日中は娘との時間を楽しみ、夜、娘が寝静まったあと、息子の遺骨を抱いてあやしながら、泣いた。時に何かのきっかけで悲しみが湧き出ることもあったが、あの決断のあとは、喜ぶ時間と悲しむ時間を分けることができた。

世の中には、家族や大切な人を失った人、災害で家を失った人、財産を失った人、または不治の病や障害を負ってしまった人など、辛い経験をしている人がたくさんいる。そうした人たちが、絶望的な境遇の中でも前向きに生きられるのは、強靭な精神であるというより、「希望」があるからではないだろうか。それは家族だったり、仕事だったり、奉仕活動だったり、もしくは苦境を乗り越えた将来の自分の姿を想像することだったり、人それぞれだと思う。が、それに没頭している間は、おそらく苦しさを忘れ、少しずつでも前に進むことができるのではないだろうか。

私の場合はそれが娘だった。娘は、私と夫の「希望」だった。

子どもたちを出産・死産して一年後、夫の両親や兄弟、その子どもたちに娘を会わせるために夫の故郷シカゴに行った。そのころには、日記に「幸せ」「感謝」などの穏やかな言葉が増えていた。息子の死産を受け止め、「もう一度、妊娠・出産したい」という前向きな感情も芽生えてきていた。

体調の急激な悪化は、そのようなときに起こった。「悲しいお産」から、一年四カ月後のことだった。

寒かった花見

二〇〇六年三月三十一日（金曜日）。手帳に「夜、千鳥ヶ淵で花見。寒い」とある。その夜、夫から「厚手のコートを着るように」と助言されたにもかかわらず、私は薄めのハーフコートを着て出掛けた。札幌生まれ・札幌育ちの私は、季節の服に敏感だった。北海道は春と夏が短いため、暦が春・夏なら、どんなに寒くても軽やかな服を着た。その夜は多くの人が厚手のコートを着ていた。「もっと着込んでくれば良かった」と後悔しながら、娘を抱いて桜を見た。あまりにも寒く、美しい夜桜を楽しめなかった。体調が悪化したのはこの翌日からだ。

翌日の四月一日（土曜日）は、娘を夫に預け、趣味で通っていたケーキ教室に行った。ボウルに入った生クリームを泡立てる泡立て器が重く感じられて、うまく回せなかった。「お菓子づくりも体力が要りますね」などと、パティシエに軽口をたたいた。

その翌日、四月二日（日曜日）の夕方は、夫の友人に会うために娘と三人で外出した。が、途中で体のだるさがひどくなり一人で自宅に戻った。何とか自宅のある賃貸マンションの二階までたどり着き、玄関前に座り込んだ。立ち上がってドアの鍵を開けようとしたが、立っていられない。座り込んで休んでは勢いを付けて立ち、カードキーを差し込むが、解錠を知らせるカシャリという音が聞こえるまでキーを押し込めない。座っては立ち、座っては立ち、を四回繰り返してようやく、鍵を開けた。力を振り絞ってドアを開け、玄関に倒れ込んだ。

「何かがおかしい」と思った。ベッドまで這いつくばって行き、横になった。体全体が重く、心臓が口から飛び出してくるのでは、と思うほど動悸がひどかった。三十分ほどして落ち着いてから、玄関に投げ出してあったバッグを取りに行き、再びベッドに横になった。バッグからやっとの思いで携帯電話を取り出し、札幌の両親に電話をした。事情を説明し、体調がさらに悪くなるようだったら、こちらに来て娘の世話をお願いしたい、と頼んだ。気持ちが落ち着いたころ、夫と娘が機嫌良く外出先から帰ってきた。

翌朝も動悸は治まらず、体もだるかった。国立がんセンター中央病院に電話をし、血液内科の医師に「全身がだるく、動悸がひどい」と症状を説明した。医師からは「最寄りの病院の循環器科を受診するように」と指示を受けた。夫と娘と一緒に、自宅から比較的近い品川区の昭和大学病院にタクシーで向かった。

自己免疫性溶血性貧血を発病

タクシーを拾いに通りまで歩くことはできたのに、乗って約十五分後、病院前で車を降りるときには自力では立てなくなっていた。タクシー降り場に立っていた警備員が、車椅子を持ってきてくれた。車の座席から車椅子に乗り換え、外来受付に向かった。

循環器科を受診したが、心臓の検査後、医師からは心臓には問題ないと言われ、「血液内科で診てもらってください」と言われた。そうしている間に体調は悪化し、車椅子の乗り降りもできなくなった。処置室に寝たまま、検査器具を持ってきてもらい、検査した。循環器科の医師に替わり、血液内科の医師が処置室に来た。

「自己免疫性溶血性貧血」という診断を受けた。医師から「赤血球がどんどん壊れていく病気です。激しい動悸も、息苦しさも、全身の倦怠感も、酸素を全身に運ぶヘモグロビンを含む赤血球が急速に壊れていくことによるものです」と説明を受けた。ヘモグロビン値は通常一一・三〜一四・九g／dℓのところ、五・二g／dℓまで下がっていたため、入院が決まった。病室に運ばれ、ベッドに寝た。苦しかった。目の前には、顕微鏡で細菌がうごめいているのを見ているように、黒い小さな点が無数にちらついていた。ベビーカーの中にいる娘が、ぎゃんぎゃんと泣いていた。おなかがすいたのだ。慌てて出てきたので、食べ物を用意していなかった。夫は「売店に行ってくる」と言い、ベビーカーを押して、病室を出て行った。

病室で一人になった。私は黒い無数の点がぐるぐるとうごめく白い天井を見ていた。動悸がひどく、苦しかった。ふと、太宰治の『人間失格』の最後の一節を思い出した。私もこうやって体が動かなくなり、廃人になるのか、と思った。が、特に悲しくはなかった。「ああ、またか」という気持ちだった。試練が来て立ち向かい、落ち着いたころ、また、試練がやってくるのだ。道を歩いていて、上から何かが落ちてくるように、突然と。

国立がんセンター中央病院に電話をした。主治医の飛内賢正医師が病気で休んでいるため、代わりに担当となった渡辺隆医師に事情を説明し、入院できるかどうかを確認した。渡辺医師は「今日は無理かもしれないけれども、明日ならベッドを確保できる」と言ってくれた。その言葉を聞き、ひとまず安堵した。

実は、がんセンターで悪性リンパ腫の治療をして「寛解」したあと経過観察が二年ほど続いたが、この二カ月半前に「再発の疑い」という診断が出ていたのだ。胃カメラの検査から「胃潰瘍もできている」ということで、その診断を受けた当日から胃潰瘍の薬を飲んでいた。

このとき、私は母乳で娘を育てていたが、薬の娘への影響を考え、その日から断乳をした。突然、おっぱいを絶たれた娘は泣き叫んだ。娘はおっぱいが大好きで、私にとっても娘におっぱいをあげる時間が何よりも幸せな時間だったので、数日間、娘と二人で泣いたのだ。

今回の自己免疫性溶血性貧血という病気が、悪性リンパ腫と同じ血液の病気であることから二つの病気には関連性があるのではと想像し、カルテのある病院で一緒に治療したほうが良いのではと考えた。そこで、昭和大学病院の医師に国立がんセンター中央病院の担当医に連絡してもらうようお願いした。

昭和大学病院の医師からは「輸血」と「ステロイド剤」による治療を勧められた。「もし、輸血をしなければ呼吸もさらに苦しくなるでしょう。このままいくと命にかかわりますよ」と説得された。しかし私は、まだ体調の悪さが耐え難いほどでなかったため、「輸血は嫌です」と断った。記者時代、厚生労働省担当だったころに、C型肝炎やエイズなどの輸血による感染被害を取材して、その恐ろしさを知っており、輸血による治療を信頼し切れていなかったからだ。

その日のうちに、翌日に国立がんセンター中央病院に転院することが決まった。そして夫に、昭和大学病院の最寄り駅を母に連絡してほしいと頼んだ。本来なら私が面倒を見なければならない年齢なのにもかかわらず、逆に世話になって申し訳ないと思ったが、まだ一歳の娘を母に託すしか方法がなかった。母は「もう、準備をしているよ。今日中に東京に着くので心配しないで」と快諾してくれた。

夕方、両親が病室に来た。年老いた両親が、夫のたどたどしい日本語の説明だけで、札幌から飛行機と電車を乗り継ぎ、大都会の病院にたどり着いた。脳梗塞の後遺症で歩行に時間がかかる父を後ろに引き連れ、身の周りの物をとりあえず詰めた黒い小さなスーツケースを右手で引っ張って、母は病室に入ってきた。ベッドにぐったりと横たわり、おそらく黄疸が出ていただろう私の顔をのぞき込み、母はにっと笑った。

「思ったより、元気そう。大丈夫よ、あんたは不死身だから。あとは私に任せて」

「ありがとう、お母さん」

全幅の信頼を置いている母が到着し、私は心底ほっとした。

死ぬ準備は万端だった。死ぬかもしれないと覚悟した病気をしたこと、双子の一人を死産し、天国にいる息子を一人にしてしまうのがあまりにもかわいそうで、私が死んでそばに行きたいと何度も思ったことから、心の準備も身辺整理もできていた。

が、生きて病気と闘いながら、乳飲み子を育てていく環境整備はできていなかった。妊娠前に悪性リンパ腫は寛解していて、私は健康そのものの妊婦で、二カ月半前に「再発の疑い」「胃潰瘍」と予期せぬ診断を受けるまでは出産・死産後の体調も良かったのだ。

夫は料理好きで、洗濯や掃除などの他の家事も必要に迫られればできるので、心配はいらない。

しかし、帰宅は八時、九時になるので、その時間まで育児はできない。緊急入院で、私がどこかに娘を預ける手続きもできない。夫にはそういう手続きをするだけの日本語力はないし、まず、どこに聞けば良いかもわからないだろう。

母の到着で、娘の心配がいらなくなった。あとは、自分の病気だけに意識を集中させることができるようになった。父と母は、私の様子を確認したあとは、うれしそうに孫をあやした。そして、私に「大丈夫だから」と繰り返し言い、娘を乗せた真っ赤なベビーカーを押して、病室から出て行った。

国立がんセンターに転院

翌日四月四日の朝、東京都消防庁の救急車が迎えに来た。担架で運ばれ病院の出口を出ると、外は快晴だった。仰向けで空を見ながら、私はあの日を思い出した。息子が眠る小さな棺とともに、日赤医療センターを出て、火葬場に向かった日。生まれたばかりの娘を看護師に預けて。あの日も外は快晴だった。赤、黄、オレンジと色鮮やかな紅葉が見事な、秋晴れの日だった。泣きながら棺を抱え、車の後部座席に座った夫の姿と、車の窓から見える美しい景色があまりにも不釣合いで、私はただ、呆然とその二つの光景を眺めていたのだ。

「Mutsumi, it's dramatic（ムツミ、ドラマチックだよ）」

担架の横に付き添っていた夫が、そう言って私に笑い掛けた。

「『ER』みたいでしょ」

私は力なく返した。車間を縫うように走っているのだろう。運転する救急隊員は引っ切りなしに、「救急車が通ります。道を空けてください」と呼び掛けていた。担架に寝た状態での揺れながらの移動は、ぐったりとしている体には辛かった。吐き気をもよおし、口にビニール袋を当てながら、ただただ、病院への到着を待った。

国立がんセンター中央病院に着いた。待っていてくれた病院の職員が十三階B病棟五号室に、と救急隊員に指示する。

「エレベーターは？」

「担当者に連絡して」

救急隊員のきびきびした声を聞きながら周囲を見ると、見慣れた院内の風景が目に飛び込んできた。十三階でエレベーターを降り、ナースセンター近くに来た。そこでは渡辺医師が待っていてくれた。

「村上さん、大丈夫？」

私の病歴と治療歴を知る渡辺医師に声を掛けられ、ほっとした。これで大丈夫。私は目をつぶった。

症状悪化し輸血

国立がんセンター中央病院に運ばれたあと、症状が著しく悪化した。ヘモグロビン値が四・四g／dℓまで下がっていた。治療に入る前に、CTや骨髄検査をした。ベッドに寝た状態から体を起こすのもやっとで、CTの検査機に入る前に吐き、検査後、病室に戻ったあとも何度か吐いた。ごりごりと胸の骨に太い針を刺して骨髄を取る検査「骨髄穿刺《せんし》」も辛かった。体はかなり衰弱して、呼吸も苦しかった。夕方から輸血が始まった。ここでも「輸血をしなければ、命にかかわりますよ」と言われ、もう輸血による感染が恐ろしいと拒否する余裕はなかった。夕方から輸血が始まった。二八〇㎖を二パック輸血して、ようやく体が少し楽になった。呼吸のほうも、鼻から酸素を補給してもらい、ずいぶん楽になった。横にいる夫は、顔をくしゃくしゃにして泣いていた。私の手を握り、励ます言葉もなく、ただ、泣いていた。

私は「このまま死ぬのも悪くない。アンディに会えるかもしれない」と思った。

少し前に見た夢を思い出した。息子は居間のソファにちょこんと座っていた。マッシュルームカットの髪の毛が本当にかわいくて、頬をこの両手で包み込んだ。あのふわりとした感触。そのほんわかとした夢を思い出しながら、あの子が迎えに来たのだと思った。この一年半、問い続けたこと。なぜ、息子は天国に行ってしまったのか。その答えがわかったと思った。あの子は、私が死んで天国に行っても寂しくないように、あそこで待っていてくれるために、先に死んでしまったのだ。ようやく、ようやく息子の死の意味がわかった。あの世に行けば、あの子に会える。そう思うと、死がうれしくさえあった。

意識がもうろうとしていたのだろう。私は夢と現実の境目にいるような感覚になった。ベッドに寝ている私を強い力がぐいぐいと引っ張る。引っ張られないように、体に力を入れる。しかし、ものすごい力だ。私の体から私自身がスポンと抜けた。そのままますごい勢いで、暗い廊下を引っ張られた。私は「霊安室に連れて行かれる」と思った。霊安室のドアが見えた。私は全身の力を振り絞って、抵抗した。「嫌だ。死にたくない」と思った。ドアの前まで引っ張られた。私は力の限り抵抗した。そうしたらぱっと引っ張る力が消え、私は目が覚めた。

傍らの夫を見た。夫は悲愴な面持ちで、こう言った。

「シカゴのママとダッドに電話をして、こっちに来てもらう。ママとダッドもムツミにさよならを言いたいと思う」

この言葉で、私は覚醒した。「さすが、アメリカ人。合理的だな」と感心する一方で、「諦めるのは、まだ、早いんじゃないの？『ムツミ、頑張るんだ。君に死なれちゃ困るんだ』とか、そういうのをなしに諦めてしまうわけ？」とも思った。

私は息をゼイゼイさせながら、言った。

「大丈夫。そんなに簡単に死なないから」

自分の失言にはっとしたのか、夫は「ごめん。あまりにもひどい状態だったから、気が動転してしまって……」と言い訳をした。私は荒い呼吸の合間にひと言、ひと言、言葉を絞り出すように話した。

「ハァ、ねえ、先生に聞いてきたら？　ハァ、シカゴから両親を呼んだほうがいいでしょうかって。ハァ、先生もきっと本人を前に言いにくいと思うから。ハァ、病室の外で聞いてきたら？　ハァ」

「うん、わかった」

夫は涙を拭いて、肩を落として病室の外に出た。

十分ほど経って、夫は先ほどとは打って変わってにこやかな表情で戻ってきた。「先生が、『一両日様子を見ましょう。大丈夫ですよ』と言ってくれた」という。

「ほらね、私がそう言ったでしょう」

私は夫とのこのやり取りで疲れ切り、またぐったりとなって目をつぶった。

ステロイド剤による治療開始

輸血したときは体調が少し良くなったと感じたが、一晩経つと再び苦しさが戻った。転院した翌日、四月五日の朝は、前日と同様に頭痛と動悸がひどかった。部屋の照明がまぶしく、頭痛がさらに増した。

面会時間が始まる正午過ぎに夫と両親、娘が見舞いにきてくれた。

国立がんセンター中央病院は免疫力が下がっている患者が多いので、さまざまな菌を運ぶ可能性が高い十歳以下の子どもとの病室内での面会は禁止されていた。そのため、子どもとの面会は入院病棟の各階にある「食堂」でしなければならなかった。

この日、夫は規則を破って娘を病室に連れてきてくれた。前日の容態が悪かったので、万が一のために、ひと目会わせようと思ったのだろう。看護師に注意されたようだが、十分ほど一緒に過ごせた。

娘を抱いたときのふわふわとした柔らかな感触や、髪の毛の匂いで、いとおしさが増した。泣けてきた。つかまりながらよちよち歩きをする姿がなんとも言えず、かわいらしかった。前日は「このまま死んでもいい」と思ったが、娘を抱くと「まだ、死ねない。この子を育てるんだ」と思い直した。

母は、私に「調子良さそうだよ」と声を掛けながら、「娘は体が弱いし、孫もいるし、私がしっかりしなきゃと、パワーアップしてきたわ」と元気が良かった。〝母は強し〟とはこういうことを言うのだと感心した。母には体を拭いてもらった。「本来なら、私が母や父の体を拭いてあげる側なのに」と情けなく感じたが、気持ちが良く、ありがたかった。

この日は輸血を二八〇㎖一本と、ハプトグロビン（四〇〇〇単位）、プレドニン五〇㎎を点滴で投与してもらった。ハプトグロビンは、ヘモグロビンが腎臓に溜まらないようにする作用があり、プレドニンは、赤血球を壊すようになってしまったリンパ球の働きを抑制するのだという。プレドニンは悪性リンパ腫の治療でも服用したステロイド剤だ。

大量の赤血球が一気に壊れたため、総ビリルビンの値が、一㎗当たり通常〇・三〜一・二㎎のところ、六・六㎎に上がっていた。この値が大きくなると、体も顔も黄色くなる。

輸血のあとに体調が少し良くなったころ、看護師の助けを借りながらベッドから起き上がり、洗面所の鏡を見た。仰天した。これを黄疸というのだ、と実感した。髪は乱れ、顔はむくみ、黄色く醜かった。悪性リンパ腫の治療で髪が全部抜け、やせて、顔色がどす黒くなったときのことを思い出した。あのとき同様、正視に堪えない醜さだった。

転院三日目の四月六日。血液検査の結果、ヘモグロビン値が六・八g／㎗に上がった。医師によると、まだヘモグロビンは破壊され続けているので、しばらく輸血が必要とのこと。頭痛も動悸もあった。

ソラマメの話

夫がインターネットでおもしろいことを調べてきた。私の症状である、全身倦怠感、動悸、呼吸困難、そして血液内のヘモグロビンの減少と総ビリルビンの増加は、「G6PD」という酵素の欠乏から来る「G6PD Deficiency（G6PD欠乏症）」という病気の症状に一致する。自己免疫性溶血性貧血の原因の半分は不明で、その他が悪性リンパ腫、パルボウイルス、薬などと言われているが、それに加えてこのG6PD欠乏によることもある。そしてこれは、ソラマメを食べて起こることもあるというのだ。

夫の話を聞きながら、私ははたと思い出した。疲れを感じたのは、前週の木曜日からだ。この日は友だち三人を自宅に招き、昼食をつくってもてなした。出した料理のひと皿にグリル野菜のサラダがあり、その中にソラマメを入れたのだ。その晩、食器を洗いながら「疲れた」と思ったが、人を招いたときはいつも疲れるので、気に留めなかった。以降、金、土、日にかけて、倦怠感が増したのだ。

冗談のような話なので、「抗がん剤治療を乗り越えて出産したけど、育児中にソラマメを食べて、あっけなく死にました……なんて、おもしろ過ぎるよね」と夫と大笑いした。

夕方、病気で療養中だった主治医の飛内医師が、他の医師たちを引き連れて現れた。少しやせたようだが、元気そうだった。

「先生、復帰されたのですね。心配しておりました」と言うと、飛内医師はにっこりと笑った。これまでの経緯を説明し、補足としてソラマメの話をしたら、医師たちが皆大笑いした。夫が持ってきた文献によると、ギリシャの時代からソラマメを食べると貧血になるという話があり、あの「ピタゴラスの定理」を発見したギリシャの哲学者・数学者ピタゴラスも、弟子たちに「ソラマメを食べるな」と注意していたという。この話には、すっかり盛り上がった。

この日の治療はハプトグロビンを点滴し、プレドニンは朝五錠、昼五錠ずつ錠剤で服用した。夜は輸血を一本行った。

転院四日目の四月七日、看護師の介助なしにトイレに行くことが可能になった。

この日は朝の血液検査のヘモグロビン値が悪かったので、輸血する血を洗って、「補体」という血清中の蛋白質成分を取り除いた血を輸血したと渡辺医師から説明があった。「輸血した血液中のリンパ球に付着している補体が悪さをする可能性がある、と判断したため」という。

洗浄血を使うため、ハプトグロビンはなかった。輸血後、体調がだいぶ良くなった。夜は鍼灸の先生が来てくれた。抗がん剤の副作用で手のしびれがひどく、がんセンター内の疼痛外来の医師に勧められ、週一回施術してもらっていた。効果があったので、心待ちにしていた。鍼灸をしてもらうまでは、食事のときには箸を右手と左手に交互に持ち替えながら食べ、字は五行ぐらい書けば痛くなり、書き続けられないほどになっていた。本も手に持っては読めなかった。それが鍼灸を受けて間もなく、痛みが軽くなってきたのだ。これは不安材料が多いなか、うれしい出来事だった。

転院五日目の四月八日は、昼ごろに夫と両親、娘が見舞いに来てくれた。体調がだいぶ良くなっていたため、「食堂」で会った。娘はパンケーキをパクパク食べ、ペットボトルのお茶をゴクゴク飲んだ。数日間でずいぶん成長したように感じた。伝い歩きではなく、自分で歩き始めたという。夫がその様子をビデオに収めて、見せてくれた。歩き始めたその瞬間を見られなくて、本当に残念だった。この日、輸血した洗浄血が効き、ヘモグロビンが七・二g／dℓに上がった。

転院六日目の九日、夫が昼過ぎに娘を連れてきた。前日はずいぶん歩いたらしく、私の父とはボールで遊んだらしい。「ああ、見られなくて残念」とまた切なくなった。「働く女性は子どもの成長を十分に見ることができないという辛さを抱えているが、闘病中の女性も同様だ」と思った。娘は十五分ほどで飽きてしまったらしく、ぐずり始めた。もう少し遊んだり、抱っこしたりしたかったが、「病院はつまらないだろう」と思い、帰ってもらった。この日も輸血。ヘモグロビン値は八・二g／dℓになった。

夜、寝付かれずに病棟内非常口にある大きな窓から下を眺めた。真下に見えるのは築地市場。病院の前の道路を隔てて、向かいにある。出入り口からは大きなトラックが出入りし、場内では生鮮品を積んであるだろうカートが動く様子が見えた。

「多くの人が仕事に汗を流している。それなのに、私は自らの組織が自分を死に至らしめる悪性腫瘍をつくり、さらに自らを生きさせる役割の赤血球を自身の組織が破壊している。自分自身の体内組織が、私をこの世から消滅させようとしている。にもかかわらず、こうやって医師や看護師の手を煩わせ、医療費を使い、両親や夫に世話を掛け、娘に寂しい思いをさせている。情けない」

私はとことん落ち込んだ。

この日あたりから、服用しているプレドニンの影響で、夜三、四時間ほどしか眠ることができなくなった。気分は高揚したり、落ち込んだりの繰り返しだった。

眠れぬ夜

横になっているしかない昼や眠れない夜は文章を書き、本を読んだ。緊急入院で事前に準備することが出来なかったため、夫にリストを渡して書店に買いに行ってもらった。頼んだのは、高校時代に読んだドイツ文学者ヘルマン・ヘッセの本だ。ヘッセ研究の権威、フォルカー・ミヒェルスが遺稿や書簡を整理し編集したもので、エッセイや詩が収められている。私はヘッセの作品の中で少年の心の葛藤と精神的な成長を描いた『デミアン』が一番好きだった。大人になってからは読んでいなかったヘッセを、なぜか無性にこのときに読みたくなった。ヘッセの作品ではなく、ヘッセが考えたこと、ヘッセが送った日々のことを知りたかった。そして、買ってきてもらったそれら四冊の中で、最も心の中に染み入ったのは『地獄は克服できる』(草思社)だ。

この本のヘッセの言葉の中で印象に残ったのは次の一節だ。

「運命の定めるものは避けられないものだと確信しておりますので、禍いも福も心を動かされはしますが、やはり抵抗したりしようとせずに甘受します」

鉛筆で引いた傍線の横に、「がんの発病、息子の死産、溶血性貧血の発病、がん再発を経て、私も同様に考える」というメモを記している。

深く共感したのは次の一節だ。

「苦しみの世界を通り過ぎるための最短の道は、苦しみの真っただ中を通る道だと考えてきました。すなわち、私は苦しみと運命の諸力に身をゆだね、そして苦しみのなりゆきを、苦しみそのものと運命の力に任せたのです」

私も、苦しみは避けて通らない。避けても、苦しみは和らがない。だから、あえて向かっていけば、苦しみはより早く去っていくと考えている。自分の考え方に、高校生時代に熱中した作家と共通する部分があったのだと、私は心がすっと落ち着くような気がした。

悪性リンパ腫が再発

転院八日目の四月十一日には、入院時の担当の医師に「悪性リンパ腫が再発しているかもしれません」と改めて言われた。胃カメラの検査で、前回（前年十二月）の検査のときに見つかった潰瘍の大きさが変わっていないことがわかった、とのこと。一月の飛内医師の診察で潰瘍の治療薬を処方されたが、もしそれが普通の潰瘍だったらすでに消えているだろうとのことだった。薬を飲んでも胃痛や嘔吐はあり、きっと再発だろうと思っていたので、再発自体については何の感情も湧かなかった。が、また、治療で家族に迷惑を掛けるのが、申し訳なかった。

渡辺医師が来てくれた。今回の病気（自己免疫性溶血性貧血）の原因はソラマメではないとのこと。そして、摘出を計画していた耳の下の良性腫瘍については、現在服用しているプレドニンは傷が治るのを遅らせる作用があるので、手術は延期をしたほうが良いだろうとのことだった。

自己免疫性溶血性貧血の原因はわからず、治るかどうかもわからなかった。悪性リンパ腫も再発しているようだ。しばらくは腰を据えて病気の治療に専念しなければならないと思ったものの、「私はいつまで生きられるのか？」と素朴な疑問が浮かんだ。そして、死ぬ前に娘に何か残さなければ、何を残せるのかと焦りにも似た気持ちが湧いてきた。そのときの気持ちについて日記にこうつづっている。

「経済的なことは夫もいるし、祖父母もいるので大丈夫だろう。進路についても家族が娘にとって良い方向に導いてくれるだろう。私ができることは、娘をきちんとしつけて、愛される人間に育てることだ。そして、人生において大切なことを文章にして残そう。良書を残そう」

同室患者Nさんの事情

輸血とプレドニンによる治療が効き始めて体が少し楽になると、同室の患者たちと話をすることができるようになった。

私が入院したのは四人部屋だった。国立がんセンター中央病院は、その名の通りがん専門病院。患者は皆、部位は違えども、同じ病気を持つ仲間だ。新しい患者が入室するとすぐ打ち解けて、それぞれの病歴や治療歴についてざっくばらんに話す。

入院当初から数人が入れ替わり、九日目に右のベッドにNさんが入院してきた。

Nさんは五十代、九州から来た。一緒に暮らす八十代の母親を置いてきた。日常生活をヘルパーに頼み、がんセンターに入院する前日、診療所の医師に定期的な往診を頼み、食料品など身の周りのものをそろえて、こちらにやってきたという。「やっと、自分のことに専念できるわ」と言い、荷物をしまい、ベッド周りに必要なものを置くと、ベッドに倒れ込んだ。そして、グーグーと大きないびきをかいて、何時間も寝た。Nさんは深刻ながんを抱えていた。それでも、その寝息はなぜか同室の患者をほっとさせた。

溶血性貧血の治療優先

転院してから十日目の十三日、渡辺医師から服用している薬の副作用や自己免疫性溶血性貧血についての説明があった。一日十錠服用しているプレドニンは、長期間服用すると重篤な副作用があるという。重いものでは、骨粗しょう症と骨折、動脈硬化、躁鬱などの精神障害。軽いもので、肥満、顔が丸くなる、むくみ、白内障、月経異常など。この貧血を抑えるためには約一カ月間一日十錠の服用が必要だが、その後減量していく際にもゆっくり減らしていかないと、また貧血が再発する恐れがあるということだった。

海外では、リツキサンがこの病気の治療薬として使われ、効果が出ているという。日本でリツキサンが保険適用されているのは悪性リンパ腫だけだ。だが、もし、病理検査の結果でリンパ腫の再発が確定されれば、リツキサンを使い、一石二鳥の結果が期待できるのではないか?とのことだった。病気の原因については、引き続き「まだわからない」ということだった。自己免疫の異常を引き起こすのは、リンパ腫、膠原病、ピロリ菌、パルボウイルス、薬などが考えられる。私の場合、膠原病は否定された。今回、ピロリ菌が検出されたので、これを治療して貧血が改善すれば、ピロリ菌が原因と特定されるという。

原因がわからないことに加え、自己免疫が何を攻撃しているのかもまだわかっていないという。赤血球に抗体が付着して、それが赤血球を壊す場合があるが、私の場合、それを調べる最初の検査（クームス試験）では、陰性だった。しかし、付着している抗体がごく少量だと、クームス試験で陰性となる場合があり、もしかしたら私はこのケースかもしれないとのこと。自治医科大学に血液を送ってこのあたりのことを調べており、いまは結果待ちだということだった。

もう一つの可能性は、赤血球に補体が付着している場合。輸血の際、補体を洗い出した洗浄血液を使ったら、赤血球の値の落ち具合が少なくなったので、補体が関係していることが考えられるとのこと。また、血液をつくる「網状球」の値が下がってきているので、赤血球をつくる量が減ってきているとのことで、病状は改善していると言われた。

悪性リンパ腫と自己免疫性溶血性貧血については、リンパ腫はリンパ球が悪性腫瘍をつくり、抗体もリンパ球がつくることから、関連性があるということ。海外の症例でも、両方を併発するケースが見られるとのことだった。

医学知識がない私が理解するのは難しい話もあったが、渡辺医師は丁寧に説明してくれた。また、主治医の飛内医師と同様、英語を流暢に話すので、夫にも詳しく説明してくれて、とても助かった。

この日からピロリ菌の除菌治療が始まった。

輸血する頻度が減り、ヘモグロビン値も少しずつだが上がってきた。プレドニンが効いているようだった。だが、医師に言われたとおり、副作用で顔が丸くなってきていた。翌日の十四日には、MALTリンパ腫の再発が確定した。しかし、「まずは溶血性貧血の治療を優先する」ということだった。再発したリンパ腫は、リツキサンで治療する方向で検討されることになった。

同室患者Kさんの治療

右隣のベッドのNさんは、がんセンターの検査で最終診断を受けた。ステージⅣのがんで、原発部位の特定ができないのだという。予定している手術は、会陰部などにできたがんを脂肪・血管ごと取り除き、大腿部の皮・血管・脂肪を移植。その部分にまた、足の違う部分から皮膚を移植するという大掛かりなもので、八時間から十時間かかると医師から告げられていた。手術は十八日。手術をしても余命は二、三年と言われたという。

Nさんは手術の不安を訴えていたが、入院してきた翌日はおせんべいを食べながら、ベッドわきのテレビを見て、笑い声を立てていた。九州に置いてきた母親のこと、出術のこと、心配は尽きないだろうが、Nさんのおおらかな笑い声を聞き、私はまたほっとした気分になった。

　斜め向かいのベッドの新たな患者Kさんは、私が入院した翌々日に入院してきた。まだ二十代で、夫が毎日見舞いに来ていた。Kさんは毎日静かに絵を描いていた。見せてもらうと、木、鳥、花を鉛筆で描いた、繊細な絵だった。あまりにもはかない絵で、胸が痛んだ。四年前に骨肉腫となり、いまは杖を突いて歩く。二年前から、数カ月に一度の抗がん剤治療をしているという。終わりの見えない治療だ。Kさんはこの若さでこのような状態となり、これからの人生でさまざまなことが制限されるのだろう。私はいたたまれなくなり、ベッドに戻って泣いた。

同室患者Iさんの頼み

　転院十三日目の四月十六日、渡辺医師が私と夫に、これまでの治療経過について説明してくれた。溶血性貧血について原因を調べているが、自治医大の検査で抗体が否定されたので、昭和大学病院から入院時に調べた血液を取り寄せて、もう一度調べるという。私の具合が悪くなったのは、土曜日から。ちょうどそのあたりの数日間は寒かった時期で、すでに持っていた溶血性貧血がこのときに悪化したという仮説を立てているとのことだった。また、原因としては「補体」の可能性が高いということだった。

転院してちょうど二週間目の十七日。血液検査でヘモグロビン値が八・五g／dℓとなっていた。下がり方が少しずつ穏やかになっている。

午前中には向かいのベッドに新しい患者Iさんが来た。三十代だという。二歳の男の子と生後四カ月の女の子がいると話してくれた。出産直後におしりに肉腫が見つかり、一カ月前から抗がん剤治療に入っている。髪が抜け、帽子をかぶっている。三回目の抗がん剤治療のあと、五月の連休明けに手術だという。「いろいろ考えて落ち込むことはあるけれど、いまは一つ一つ片付けていくしかないと考えている」「子どもは心配だけれど、それが支えになる」とひと言ひと言かみしめるように語った。そして、「数時間に一度、シャワー室を使わせてください」と遠慮がちに同室の患者に頼んだ。「三カ月経ったら、抗がん剤が体から抜けると先生に言われました。そうしたらもう一度娘に母乳をあげたいので、搾乳したいんです」と説明してくれた。

女性の体は神秘的で、おっぱいを出し続けないと出なくなってしまう。一度止まった母乳は次の出産まで出ないと言われている。

母親が毎日子どもに数時間おきに授乳するだけでも大変だ。それどころか、三カ月後に我が子にお乳をふくませることだけを願い、毎日何度も母乳を搾り、捨てる。その話を聞いて、私はまた、いたたまれなくなった。Iさんとの話を終えると、ベッドに寝て本を読むふりをしながら、泣いた。

隣のNさんは手術を翌日に控え、「先生、どれぐらい切るんですか?」と医師に聞いていた。

Nさんは前年十月におなかに内出血を発見。地元の病院で良性腫瘍と診断され、手術。今年二月末にまた、小さな腫瘍を発見。大学病院で簡易な手術を受けたが、切った部分からどんどん腫瘍が出てきて、そのまま一カ月間放っておかれ、結局、腫瘍内科、婦人科、外科の三科で治療方針を決められず、紹介状を持ってこの病院に来た。

そのNさんが、医師が帰ったあとにこう言った。

「村上さん、私のがんを見て」

ベッド周りのカーテンを閉め、下着を下げて見せてくれた。Nさんの膣から五センチほどの茶色の腫瘍が飛び出ていた。

どうして、こんなに……。一カ月前は小指の先ぐらいの大きさだったものが、Nさんの場合は高悪性度のがんなので、どんどん大きくなっているという。

夜、医師が現れて、Nさんのおなかいっぱいに太いフエルトペンでメスを入れる線を描いていった。Nさんは私に聞いた。

「村上さん、鏡貸してくれる?」

手鏡を貸すと、Nさんはそれを見ながらため息をついた。

「こんなに、切るとね……」

Nさんは心配や疲れがたまっていたのだろう。午後八時ごろに寝た。

四月十八日、大手術を控えて、Nさんは朝からそわそわと忙しかった。未明に出血したらしく、看護師を呼んでいた。手術直前まで、コインランドリーで洗濯をしていた。万が一に備え、身の周りをきれいにしておきたいのだろうと想像した。私もNさんの立場なら同じ様にしただろう。そして、午前八時半ごろ、Nさんは八階の手術室に向かった。私たち同室の患者に「頑張ってください!」と見送られながら。

あっぱれ、八十三歳のHさん

Nさんが出た後すぐ清掃が入り、その数時間後、Nさんのベッドに元気なおばあちゃんHさんが入ってきた。看護師長が説明する。

「Hさん、ここはね、十三B棟の五号室ですよ」

「はあ、そうかね。十三Bってどういう意味ですか?」

「十三階のB病棟ですよ。Bはね、ブルー。Aは緑色なの。ブルーは海側、緑は山側。ほら見て、隅田川から東京湾が見えるでしょ」

「ほんま、きれいでびっくりしたわ。はっはっはっ」

Hさんは、息子さんに連れられてやってきた。隣の私に聞く。

「あんたは、どこ悪いの？」

「悪性リンパ腫です」

「あんりゃまあ、たちの悪い病気になっちゃって」

「ええ」

「きょうだいいるの？」

「いいえ、一人っ子です」

「あんりゃまあ、お母さん心配しているでしょ。一人っ子じゃあね。あと一人いれば良かったのにね」

「ええ、そうですね」

Hさんは次に自らを語った。

「あだしゃね、八十三歳なの。右の太ももに瘤ができちゃってね。先生ががんだって脅かすからね、もう三日間も眠れなかったの」

Hおばあちゃんは翌日、手術だった。私のベッドテーブルに置いてある娘の写真を見て、言った。

「あんりゃまあ、かわいい赤ちゃんだこと。かわいそうになあ。心配だっぺ？」

「ええ。でも、札幌の両親が東京に来て、母が家で娘の世話をしてくれているので、安心なんです」

Hおばあちゃんは、ちょこちょことIさんのベッドに近付き、写真立てに手を伸ばした。

「あんりゃまあ。この子もかわいいこと。あんたも、お母さんが見ているの？」

「いいえ。娘は私の両親が、息子は義理の両親が見てくれています」とIさん。

「まあ、大変だこと。あんたたち、早く治して子どもたちのところに帰らないと。そんな若いのに病気しちゃって、駄目だあ。私が若いころは、病気一つしないで、子ども育てたもんだよ。旦那さんも大変だあ。一生懸命働いても、奥さんが病気してお金使っちゃって」

「そうなんです。私は結婚して間もなく体調を崩しましたから、夫の両親ももっと健康な人と結婚すれば良かったのにと思っているかもしれません」と私は答えた。

夫の両親は、外国人の私を家族の一員として温かく迎え入れてくれた。だからこそ、私は健康を害したことをとても申し訳なく思っていた。

四人兄弟の次男という大家族に生まれた夫は、自分も子どもをたくさんほしいといつも言っていた。大学の学費と生活費の半分は自分で稼ぐという親との約束を守り、アルバイトをしながら大学を卒業。その後、就職して学費・生活費を貯め、自力で大学院を修了し、サンフランシスコで働きがいのある会社に勤めていた。にもかかわらず、その仕事を手放し、私と結婚するために東京に来た。そして、間もなく悪性リンパ腫を患った私を献身的に支えてくれた。その後ようやく子どもたちを授かったのに、私はその一人を無事出産することができず、さらに私の負い目は増していた。そして、新たな病気での再入院。

「でもさあ、まずはあんたが良くなることが一番。こんなかわいい子がいるんだから。親は子に責任があるからね。長生きして、子を一人前にしなきゃ駄目だよ」

「そうですね。少なくとも、子どもが二十歳になるまでは」

「そうそう。長生きしたいです」と向かいのIさんもうなずいた。

Nさんの帰還、Iさんの歌声

翌々日、満身創痍のNさんが八階の術後回復室から出て、個室に入った。個室に入るということは症状が重いということだ。点滴につながれ、チューブで鼻から酸素を入れていた。「痛い！」と言い、ずいぶんぐったりとしていたけれど、とりあえず命をとりとめた！という感じだった。

Nさんの〝帰還〟を見届けた午後、前日の朝手術したHおばあちゃんが病室に戻ってきた。車椅子に乗ってきたHおばあちゃんは「出戻りでーす！　よろしくお願いします！」と元気いっぱい。

「あだしがいなくて寂しかっただろ！　いんやあ、ここはいい。明るくて」

あっぱれ、八十三歳。

「あだしゃ、あっちこっちガタガタだ。薬漬けだよ！」と言いながら、これは心臓の薬、これは胃薬……と自分で分けていた。

「おなかから肉を移植したんだ。先生に、こんな年で明日死ぬかもしれないから、もういいって言ったんだ。あだしゃ嫁に行ぐわけじゃないからってさあ。でも、移植するって言うんだよ。そんなことできるんだから、たいした時代だあ」

Hおばあちゃんの話は、そのあとも続いた。

Iさんはこの日、抗がん剤治療をしたので終日ぐったりとしてベッドに寝ていた。夜もほとんど食べずに、お膳を下げた。看護師に氷枕を頼み、カーテンを閉め切って寝ていた。夜八時半、点滴の機械をずりずりと押し、家族面会室にやってきた。私は消灯前にそこで本を読んでいた。

Iさんは携帯電話で子どもに電話を掛けた。しばらく子どもに話し掛けたあと、「ぞうさん　ぞうさん　おはながながいのよ～」と、歌を歌ってあげた。その清らかな歌声を聴き、私は涙をこらえきれなくなり、病室に戻った。

私の病気の原因は、医師が手を尽くして調べてくれていたがわからなかった。溶血性貧血であることは確定しているが、自己免疫性であるかどうかが確定しないという。私のようなケースでは、抗体について調べるクームス試験で九〇％が陽性になるというが、私の場合は、残りの一〇％に当たると言われた。そのため、補体が何らか（たとえば、寒さ）の原因により活性化して、赤血球に付着して赤血球を破壊する可能性が検討されていた。寒さが原因の場合は、「寒冷凝集素症」の可能性があるため一度調べたが、これは否定された。反応する温度の範囲を広げて、もう一度検査するという説明を受けた。

がん治療、子どもはどうする？

斜め向かいのKさんが退院する前日の四月二十三日も、八十三歳のHおばあちゃんに引っ張られ、四十一歳の私、三十代のIさん、二十代のKさんがおしゃべりに花を咲かせた。「ここの部屋はにぎやかだねえ」と医師が笑って入ってくるぐらいだった。

この日は子どものことが話題になった。抗がん剤の妊娠・出産、授乳への影響だ。

私と、母乳を娘にあげることを希望していたIさんが「医師からは『抗がん剤は三カ月で体内から消える』と説明を受けた」と話すと、Kさんは残念そうに語った。

「私、脚の手術を終えてから、抗がん剤治療に入るまで二年あったんです。子どもが大好きだから、産みたかった。いまの話を聞いて、あの二年の間に産んでおけば良かったと思いました」

Hおばあちゃんが言う。

「そうだあ。早く治して、一人は産まなきゃダメだあ。いまなんかさあ、卵を体に戻して産めるっちゅうだろう？　だから、あんたも大丈夫だよ」

私もKさんを励ました。

「私はね。三十八歳で抗がん剤治療をしたの。で、産んだのは三十九歳。先生からは年齢的に難しいかもしれませんって言われたけど、ちゃんと産めたよ。Kさんは二十代でしょ。まだまだ時間があるから、大丈夫」

「そうだといいんだけど。いまの抗がん剤治療、終わりが見えないから、無理かなあと思うんです」

「大丈夫だよ。きっと良くなるよ。子どもがいるとすごく励みになるの。治療が辛くても、子どもに会える、元気になってまた子どもを育てるんだと思うと、頑張れるの。だから、諦めないで」


がんは「不治の病」と言われた時代と違い、いまは効果的な薬も次々と開発されて治療法の選択肢も増え、延命率も高くなっている。でも、比較的若くして発病すると、治療の副作用や後遺症によって、仕事や家庭など患者の人生に大きな影響を及ぼすことも多い。仕事と治療の両立は簡単ではなく、職場の理解がなかなか得られずに退職せざるを得ない場合もあり、患者が直面する経済的な問題は大きな課題だ。また、家庭と治療の両立については、男女ともに薬や手術の生殖機能への影響により断念しなければならない場合もあり、問題は深刻だ。より長い延命が可能になった一方、患者は、思い描いていた人生が不可能になった失望感と折り合いをつけながら治療を続けて、人生を生きていくことになる。いまは、「がん」とどう闘うのかということだけに焦点を当てるのではなく、「がん」とどう共存し、自分の人生をより実りあるものにしていくかを考え、患者自身が医師や患者を案じる家族の意見を聞きながら、主体的に治療法を選んでいかなければならない時代なのだ。

延命は期待されるものの、治療により子どもを持てない可能性が高い悪性リンパ腫を私が宣告されたとき、私と夫が話し合ったのは次の三つのことだ。

一つ目は治療前に卵子や受精卵を凍結するかどうか。二つ目は養子縁組をするかどうか。三つ目は卵子の提供を受けるかどうか、だ。結論は、卵子や受精卵を凍結して、体調が回復したときに妊娠・出産を試みるが、それで子どもができなければ、「子どものいない人生を二人で楽しもう」ということだった。

養子縁組については私が希望したが、夫が希望しなかった。アメリカでは養子縁組は広く行われているが、のちに実母と養父母が子どもをめぐって親権を争い、訴訟に至るケースがあり、夫がそれを危惧した。

三つ目の他人からの卵子提供は、私も夫も希望しなかった。

退院

翌日、斜め向かいのKさんが退院した。長い髪のかつらをかぶり、Tシャツと綿のパンツを着たKさんは、どこにでもいる普通の女の子だった。Kさんは「また、ここに帰ってきますので、どこかで会うかもしれませんね。お大事に」と皆に挨拶をし、治療中かいがいしく付き添っていた夫と一緒に病室を出た。

夜八時過ぎ、病室の外から携帯電話で話す声が聞こえた。私の病室の隣は非常階段があり、携帯電話で話すことができた。そこで話す声が、こちらまで聞こえてきたのだ。

「この抗がん剤が効かなければ余命二カ月と言われたの。でも、元気。余命数カ月と言われても、それより長く生きている人はいっぱいいるのよ。だから、数%でも望みを持っているの。ただ、一カ月半の間に、肝臓に転移したらしい。私のがん細胞はたちが悪いの。せいぜい生きて数年だと覚悟はしていたの。モルヒネを打ち始めるの。でも、私はアナウンサーの絵門ゆう子さんみたいに、ぎりぎりまで動けると思う。絵門さんはぎりぎりまで動けたというじゃない。あの人は全身転移だったのよ。うちの家族の命日は五月が多いでしょ。でも、私は六月か七月ね」

こんな電話をもらった人はどう反応したらいいのだろう?

「いまのところ元気だから、友だちと旅行したいわ。気落ちなんてしていません。この病気だと言われたときに、もう覚悟はできているの。六十歳までと思っていたけど少し早かったわ。あの人、涙もろいから冷静に聞いてくれないの。冷静に聞いてもらわないと困るのよ。そうじゃなきゃ、こんな報告できないわ」

電話は、二十分は続いただろうか……。

その後Hおばあちゃんが退院し、また何人か入れ替わった。そして、二〇〇六年五月十二日、ようやく私の〝順番〟が回ってきた。三十九日間の入院で、プレドニンを六錠まで減らしてからの退院となった。最終的には「自己免疫性溶血性貧血」と診断が下ったが、詳しく検査をしてもらったものの、「補体」との関連性は確定できず、病因は不明だった。「悪性リンパ腫との関連性はあるかもしれない」ということだった。

帰宅すると、私が長い間不在だったためか、娘はなかなか私になついてくれず、両親の側を離れなかった。まもなく両親が札幌に帰ってからようやく、娘は私のところに戻ってきてくれた。

退院して一カ月が経った日、アンディの夢を見た。娘より少し背が低く、赤いおそろいの服を着ている。男の人が急に現れて、「実は、誘拐したのだ」と言う。私は言った。

「アンディは、私のおなかで死んだはず」

男の人は私に聞いた。

「先生は、右心室は止まったって言っていたのかい？」

夢の中の私の記憶は定かではなかった。

私はまだ、天国の息子の死を受け入れられずにいた。

第四章　再々発

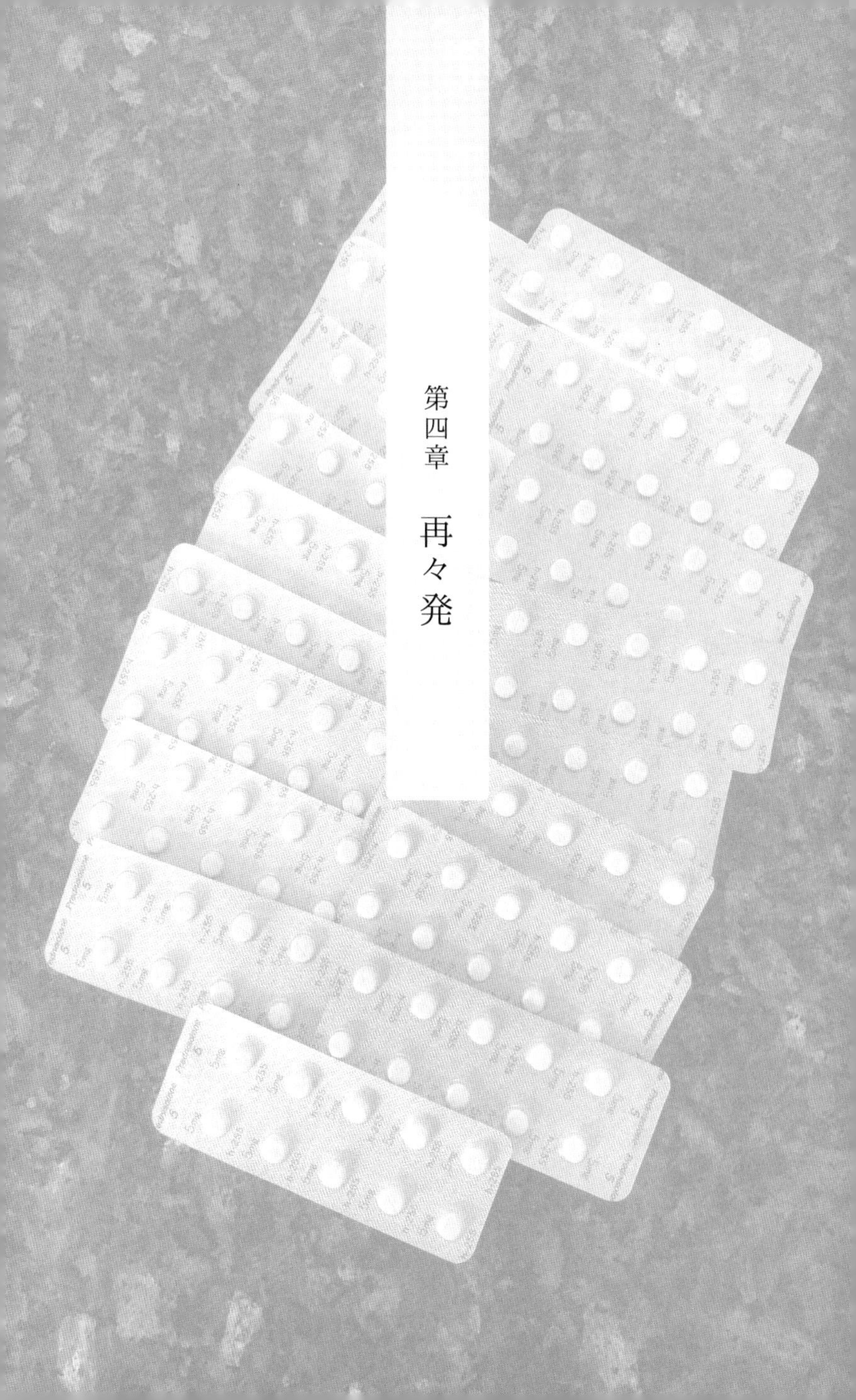

自己免疫疾患の症状を抑えてくれる「プレドニン」。
現在も服用している

二つ目の病気、自己免疫性溶血性貧血は、思いのほか厄介な病気だった。

国立がんセンター中央病院に入院中、プレドニンを一日十錠（五〇mg）から段階的に六錠（三〇mg）に減らし、自宅での生活に戻ってからも徐々に薬を減らした。しかし、三錠（一五mg）になったころから動悸が始まり、疲れやだるさを感じることが多くなった。二錠（一〇mg）になってからは、ソファやベッドに寝たり起きたりという状態になった。家事も十分間ほど台所に立っては、ソファで寝て休む、の繰り返しになり、顔や白目が黄色くなり始めた。退院して二カ月と少し経った二〇〇六年七月十九日の外来で、溶血性貧血の再発が確認された。

渡辺医師からは「このまま治るかもしれないと期待したけど、やっぱり戻ってしまった。この病気はすんなりと良くなる人は珍しく、多くの人が薬を減らしている間に悪化し、また薬の量を増やすということが多い」との説明を受けた。

三年間という比較的短期間に二つの病気と死産を経験することは、前向きに生きようと気持ちを切り替えるたびにへし折られるように感じられ、気力を持ち続けることは難しかった。

しかし、世の中に目を向けると、災害や不慮の事故で私の境遇とは比較にならないほど大変な人々がたくさんいた。また、自分にとって身近な環境であるがんセンターにも、私よりずっと病状が重い患者がたくさんいた。そういう視点で自分を見つめ直すと、私には支えてくれる家族がいて、帰る家がある。病気も治療が可能だ、と自分の幸せに感謝することができた。三十九日間の入院を終えて病院を出たときは、気持ちは晴れやかだった。「また、元気に生きるぞ」と素直に思えた。

当時の私にとって、「前向きに生きる」ことは、「もう一度、妊娠・出産をしたいと思える」ことだった。

死産した悲しみを癒す過程で、人と話をしたり本を読んだりし、死産経験者はまた妊娠しても同じような経緯をたどるのではないかと恐れ、また同じことが起きたら精神的に耐えられないと考え、次の妊娠に踏み切れないこともあると知った。そのような話に共感しながら、自分は身体的・精神的にもう一度の妊娠と妊娠の継続が可能かどうか、自身に問い続けていた。熟考の末、同様のことが起こった場合の苦しみよりも、もう一度挑戦しなかったことの後悔が、後々に自分を苦しめるだろうと考えた。

自己免疫性溶血性貧血の再発は、そのように立ち直りつつあった気持ちを折る出来事だった。

溶血性貧血の再発、プレドニンの増量

私は、自己免疫性溶血性貧血の再発とプレドニンの増量を告げた渡辺医師に妊娠の希望を伝えた。

渡辺医師は私を諭した。

「村上さん。いまのこの状態では、妊娠して、妊娠期間を無事過ごすことは無理です。まず、村上さんの体をしっかり治すことが先ではないでしょうか？」

それでも私は食い下がった。

「十錠に戻すと、減らすのに時間がかかり過ぎます。お願いです。少ない量にしてください」

そう懇願した。渡辺医師は私の気持ちに理解を示し、一日六錠の服用にしてくれた。

気持ちが焦っていた。四十一歳で、妊娠できる期間が限られているにもかかわらず、体の準備がまったく整わなかった。

治療の優先度が高い自己免疫性溶血性貧血が再発したため、再発した悪性リンパ腫の治療に入れずにいた。そして、リンパ腫の再発から来る胃の痛みが続いていた。生理も不順になっていた。少量の不正出血が長く続いたり、大量の出血が十日間以上続いたりした。体のあちこちが壊れてきていた。が、それでも、私は妊娠を切望した。

二〇〇六年九月二十三日には当時の心境をこう日記につづっている。

「母として私が娘にできることは、体力もなく公園に連れて行ったり、他の母親たちと共に出歩いたりもままならない私にできることは、娘にきょうだいをつくってあげることだけだ。

少しでも長生きして、娘の側にいてあげるほうが大切では、という人は多いだろう。が、娘に必要なのは、相談し助け合えるきょうだいだと思う。せっかく授かった双子の弟を無事この世に送り出すことができなかった私にできることがあるとすれば、健康な体（妊娠・出産する一年間で良い）になって、娘にきょうだいをつくってあげることだ。

あの世には、この世に生まれてきたい命がたくさんあるという。それならば、ぜひこの私の体を使って、この世に生まれてきてほしい」

止まらない出血

出血はそのあとも止まらず、九月二十六日、ヘモグロビン値が下がっていることから、がんセンターに緊急入院となった。私は札幌の両親にまた電話で助けを請い、娘の世話を頼んだ。検査の結果、ヘモグロビン値低下の理由は生理の大量出血によるものと判明。翌日、再発した悪性リンパ腫の治療として、分子標的薬「リツキサン」の点滴投与を開始した。問題なく終わったので、残り七回を通院で行うことを確認し、翌二十八日に退院した。

このあと、いったんは収まった生理の大量出血もまた十一月に二週間続き、同月は自己免疫性溶血性貧血の再発も確認。七月から段階的に二錠まで減らしていたプレドニンをまた、六錠に戻した。

十二月中旬、合計八回のリツキサンによる治療を終了。後の検査で、悪性リンパ腫は消えていることがわかった。

翌月の二〇〇七年一月中旬に始まった生理でもまた、大量の出血が続いた。前年九月の十日間と十一月の二週間に続く、この三回目の出血はこれまでよりさらに量が多かった。

全身倦怠感と動悸がひどく、一月二十七日にはまた、がんセンターに入院。このときは輸血を行った。渡辺医師には「退院後には婦人科を受診するように」と勧められた。「大量出血の理由は、子宮筋腫や子宮内膜症である可能性もあるし、生理が止まらないのは、卵巣ホルモンが出ていないことが考えられる」との説明を受けた。プレドニンが卵巣ホルモンと似た働きをするので、卵巣がホルモンを出すのを止めたのかもしれないとのことだった。二十九日に退院。翌三十日に昭和大学病院の産婦人科を受診し、薬を処方してもらい、三十一日に生理がようやく止まった。

このときも両親が駆け付けてくれた。札幌の冬は寒い。暖房をつけていないと、水道管が破裂することがある。そのため、家を数日間でも空けるときは、業者に頼んで水道の水を落としてもらい、また、帰ったときには開栓するという手間と費用がかかる。それに加えて、留守の間次から次へと降る雪を少しでも溶かすため、玄関周りに敷設したロードヒーティングはつけたままになる。母に「今回は大丈夫。入院は短いから」と説明し、夫が会社を休んで娘の世話をしてくれることを話しても、母は「娘と孫は、私の宝。心配しながらこちらにいるより、そっちに行って顔を見るだけで安心だから」と父と一緒に来てくれた。

優先度が低く手術が延び延びになっていた、左耳の下の良性腫瘍については二月一日、がんセンターの頭頸科で大きさ五センチになっていることを告げられた。私のそのときの白血球の値が一七〇〇／μℓ（基準値は三三〇〇〜八六〇〇／μℓ程度）だったため、担当医からは安定的に三五〇〇〜四〇〇〇／μℓある状態でなければ手術はできないと言われた。「村上さんの場合は、優先順位を決めなければなりません。良性腫瘍はたとえば十センチになっても手術できます。しかし、出血が止まらなければ死んでしまいます。まず、ほかの病気を治しましょう。そのあと、こちらを手術しても遅くありません」との説明を受けた。

妊娠の希望、医師に伝える

二月六日には、生理時の大量出血の治療のために受診した昭和大学病院産婦人科の医師に妊娠の可能性について聞いた。こちらの医師からも「妊娠するということは、胎内でもう一人の命を育むということなので、二人分の栄養と血液を必要とします。村上さんの体の状態では妊娠して、それを継続していくことは、とても体に負担がかかります。いまの状態では妊娠は勧められません」と言われた。

　二月二十八日、がんセンターの飛内医師にも妊娠の可能性について聞いている。飛内医師の病気療養中は一時的に渡辺医師に診てもらっていたが、復帰後は再び飛内医師に診てもらうようになっていた。

「いまの村上さんの状態では、とても勧められません」

「それは、薬の影響が子どもに及ぶということですか?」

「いいえ。村上さんの体が妊娠できる状態ではないということです。これから状態が良くなれば可能性がないとは言えませんが、いまはとても勧められません。いまいらっしゃるお子さんにとっても、お母さんが健康で長生きすることが大事だと思いますよ」

　医師らとの会話を記入した手帳には、「四十二歳、諦めるべきか?」と自身に問うている。

　そして飛内医師と話をした三カ月後の二〇〇七年五月二十九日、生理の大量出血を抑えるため受診していた昭和大学病院の産婦人科医師にもう一度、妊娠の希望を伝えた。自己免疫性溶血性貧血を発病して一年が過ぎていた。プレドニンの量は一日三錠(一五mg)まで減っていた。

「先生。私、どうしてももう一人子どもがほしいのです」

「プレドニンの量については、赤ちゃんに出る影響がまったくないとは言い切れませんが、問題はないでしょう。心配なのは、あなたの健康状態です。妊娠を継続し、出産するのには大変なエネルギーを必要とします。あなたの体がそれに耐えうるかどうかは、まず、主治医と相談し、主治医から『いいですよ』という言葉が出て初めて、大丈夫と言えるでしょう。いま妊娠すれば命懸けということになるでしょうが、あなたの主治医はそれを了承していますか?」

「いいえ、主治医からは『娘さんのために、長生きしてください』と言われています」

「その通りだと思いますよ。私にも子どもがいますが、母親なしで子どもを育てるのは大変です。それは、育児をすべて母親に任せるというのではなく、子どもにとっては成長過程で母親が必要ということなのです。ご主人はあなたの妊娠を望んでいますか?」

「夫も、娘のために長生きしてくれと言っています」

「そうでしょう。ということは、あなたは、だれも望んでいない妊娠をしたがっている。あなたの主治医もご主人も、そしてあなたの娘さんもだと思いますよ」

そう諭され、私はやっと、病気を治すことに専念しようと気持ちを切り替えた。

しかし、気持ちを切り替えても体調は良くならなかった。プレドニンを三錠まで減らしてしばらくして動悸が始まり、尿がオレンジ色に近い色になり、白目が黄色くなった。二〇〇七年九月にはまた、自己免疫性溶血性貧血が再発。薬が六錠に増え、計画していたシカゴ旅行も、直前に私だけキャンセルとなった。

夫は玄関ドアに掛けてあった「ALOHA」というロゴの飾りを外し、しまってあった風水の八角形の鏡に掛け替えた。風水を信じない夫も、「Bad Luck(悪い運)に、ALOHA(こんにちは)はないよなぁ」と冗談を言い、沈んでいた私を笑わせた。

プレドニンを増やしたことから、眠れない日が続いた。体調もなかなか良くならなかった。

Oさんの変貌

二〇〇七年十月十四日には、その前年春にがんセンターに入院した際に同室だったOさんに会った。Oさんは悪性リンパ腫の治療のための「造血幹細胞移植」を終え、とてもやせて、ずいぶん年を取った感じに見えた。入院していたとき、私もOさんもがんセンターの同じ病棟の女性患者の中では珍しく体重が五十キロを超えていた。が、この日のOさんは、別人のようにやせていた。治療の大変さを表していた。

治療により心臓、肝臓、腎臓にダメージを受けて、それぞれを治療するため他の病院に行ったという。それでもいまはリンパ腫が消えて、「がんセンターには、二カ月に一度しか行っていないのよ」と、うれしそうな表情をしていた。

洗練された洋服を着て、ぴったりフィットするかつらを被ったOさんは、素敵だった。が、私は、胸が苦しくなった。彼女は私と同じ低悪性度のB細胞リンパ腫。私と同様にCHOP療法から始まり、リツキサンやそのほかの新しい抗がん剤を試し、今回の造血幹細胞移植となった。治療はそこまで人を変えるのか、というほど変わっていた。

天に「覚悟をしておきなさい」と言われたような気がした。

その翌日も翌々日も、気持ちの落ち込みが続き、体調は悪いままだった。自己免疫性溶血性貧血の症状はプレドニンでしっかりと抑えているはずだったが、終日だるくて、家事もできなかった。娘の通園予定の幼稚園の願書を取りに行くのも、やっとの思いでこなした。

十月十七日の日記では、自分の体力のなさを自覚するよう、自身にこう言い聞かせている。

「この一年半はほとんど友人にも会わず、体力を温存したが、これからも人付き合いはほどほどにして、ゆっくりと過ごそう。夫と娘には私が必要なのだ。とにかく、自分には体力がないのだということ、ちょっとした外出だけで体力を消耗して、回復に時間がかかるのだということを自覚すること」

三年目の小旅行

息子がおなかの中で死んだことがわかった日のちょうど三年後、二〇〇七年十月二十八日。私は夫と娘と息子の遺骨とともに、小旅行に出掛けた。毎年この日に合わせて、息子の遺骨と一緒に一泊か二泊の旅行をしていた。一年目は伊豆高原に行った。この旅行のときは、息子の遺骨を涙の形のペンダントの中に入れた。二年目は京都に行った。娘をベビーカーに乗せ、息子をベビーカーの持ち手に掛けたバッグの中に入れて、古都を歩いた。

三年目に行った軽井沢はちょうど、紅葉がピークだった。滞在したプリンスホテルを囲む林の木々の葉は、黄色やオレンジ、赤と鮮やかな色に染め上がっていた。息子を火葬した日を思い出させる、美しい紅葉だった。

私たちは、その林をのんびりと散歩した。ホテルに隣接する巨大ショッピング・モールは人でごった返しているのに、この美しい林にはだれもいなかった。一時間ほど歩いて、ようやく自転車に乗った親子を見かけるほど、静かな林だった。

翌月で三歳になる娘は、林の遊歩道を走り回り、落ち葉を拾い、どんぐりや松ぼっくりを拾い、歓声を上げた。落ち葉のじゅうたんができているところで私たちは腰を下ろし、息子の遺骨を抱いて、家族写真を撮った。娘は息子の遺骨を抱き締め、キスをした。いつもは息子は居間の飾り棚にいる。娘がそこに供えてあるお菓子やジュースがほしいときには、鈴をチリンと鳴らして「アンディ、ちょうだいね」と言う。しかし、遺骨を抱き締めたのは初めてだった。そんな娘の姿を見ながら、私は三年前の十月二十八日と、それ以降の日々のことを思い出した。

驚きと悲しみで頭が混乱し、夜じゅう泣き続けたあの日。あの日から一カ月間、息子と娘をおなかに入れていた、地獄のような日々。そして、出産・死産後の、あるときは娘の生を喜び笑い、あるときは息子の死を悲しみ泣くという、混沌とした日々。

三年経ったその日、私は幸福感に包まれていた。夫が娘の手をつなぎ、私が息子を手に持ち胸に抱えての四人の小旅行に、もう悲しみや怒りの感情はなかった。息子が天国に行ってしまったことへの悲しみや怒りは三年の時間をかけ、少しずつ、少しずつ消えていき、私のおなかに来てくれたことに感謝する気持ちに変わりつつあった。

翌日、娘がベビーカーで寝たのを見計らって、夫とモール内にあるレストランに入った。大きな窓ガラスがあるレストランには二組の客しかおらず、静かだった。

四人がけのテーブルに私たちは向かい合って座り、私の右側には娘を乗せたベビーカーを、左側の椅子には息子の遺骨を乗せた。食事を注文したあと、夫が話し始めた。

「実はさ、数日前にアンディの夢を見たんだ」

「そうなの。アンディはどうだった？」

「かわいかったよ。すごく。五歳ぐらいになっていた」

「そう。で、何か話したの？」

「うん。天国のドアを開けたら、アンディが待っていて、ウエルカムって言って抱き締めてくれた」

夫の目から、涙が流れた。夫が続けた。

「最近、気持ちが変わってきて、前みたいな怒りがなくなった」

「私もそう。死産してから長い間、悲しみと一緒に怒りがすごくあった。『どうして？　どうして、こんなことになるの？』って。自分を責めて、医師を責めて、神様を責めて、とにかく、怒ってい た。悲しい気持ちもずっと続いていた。だけど、最近ようやく、アンディの死を受け止められて、逆にアンディがいつも私たちの側にいてくれることに感謝するようになった」

「僕もそう。アンディはいつも僕たちの側にいる。姉のこともいつも見守っていると思うよ」

「アンディは、私にとても大切なことを教えてくれた。私が四年前に悪性リンパ腫になって、辛い抗がん剤治療をしたとき、髪の毛も全部抜けて、顔色も茶色になって、やせて、それでもかつらをかぶって、仕事に復帰した。あのとき考えたのは、休んだ二カ月間で遅れた分をどうやって取り戻すかということだけ」

「そうだよなあ。普通、人は大病をすると、人生の素晴らしさ、家族の大切さに気付くものだけど、君はまったく気が付かなかった。診断を受けたときも、治療中も、治療後も仕事の話ばかりだった。君の優先順位は明らかに一番目に仕事。ずいぶん離れて、たぶん二番目か三番目ぐらいに僕だったものね」

「うん。家族や健康、人生の大切さを、神様は病気を与えることによって気付かせようとしたけど、私はまったく気が付かなかった。それで、双子を授けた。意識を仕事から家族や健康に向けさせようとした。双子じゃなければ、私は仕事を辞めなかったと思うし。でも、仕事を辞めてからも、私は仕事への未練を断ち切れないでいた。それで、神様は双子の一人を私から取り上げた。それで、私はようやく、仕事への未練を断ち切り、というか仕事のことを考えている余裕もなく、息子の死と娘の育児に向き合い、家族の大切さを実感したんだよね」

「ムツミは変わったよね。この四年間で」

「うん。出産後も、息子の死産でまだまだ精神的に打ちのめされていたときに娘の子育てに必要だと思って、同じ年齢の子どもたちと遊ばせて、お母さんたちとも付き合った。で、さらに自己免疫性溶血性貧血という、別の病気まで神様に与えられた。あれはきっと、健康も大切だよっていうメッセージだったのよ。それから、友人との付き合いも外出も極力控えて、自分の健康にしっかりと向き合うようになった。世の中には精神的にも身体的にもパワフルな女性がたくさんいて、そういう人たちは仕事も育児も家事もやり繰りしながらできるのだろうけど、私の体力では無理なんだよね。気力で頑張れても、体が壊れてしまう。いまは、家事と育児と、ほんのたまに気が置けない友人と会うことしかしない。体力を温存しながら生活している。本当に、四年前の自分と比べると、まったく違う自分になったような気もする。細胞が全部入れ替わった感じだよ」

夫は声を立てて、笑った。

自己判断で薬を減量

しかし、そんな前向きで幸せな感情も、長くは続かなかった。プレドニンの服用により醜くむくんだ顔を鏡で見るたびに気持ちが落ち込んだ。左耳の下にある良性腫瘍も目立ち、寝るときもごりごりとして不快感が増した。妊娠への一歩が踏めないのも、醜くむくんだ顔も、手術をすればスッキリとするはずの耳の下の大きな瘤をずっとつけていなければならないのも、プレドニンの服用が原因だった。

私は早くプレドニンから脱却したいと焦り、主治医の飛内医師に内緒で一日に服用する量を四錠から三錠に減らした。そして、また溶血が起こった。十二月十五日の国立がんセンター中央病院血液内科の外来で、ヘモグロビン値が下がっていることがわかったのだ。

飛内医師に、薬を自分の判断で一錠減らしたことを正直に話した。

「それを言わなければ駄目です。医者は処方した薬の量と患者さんの状態を見て、次の量を決めるのですから。減らしたいというお気持ちはわかりますが、医者は患者さんにとって悪い影響をなるべく少なくし、かつ、症状を抑える薬の量を処方するのです。処方された量をきちんと飲んでください」

「私は一人死産しているので、もう一人子どもがほしいのです。だから、薬を減らせば可能かと思い、勝手に減らしてしまいました。すみません」

「お気持ちはわかりますが、いまは、子どもどころではありません」

「産婦人科の先生にも、優先順位の一番はあなたの命、二番目に健康。健康になってから子どものことを考えるべきですと言われました」

「私が産婦人科医でも、そう言います。村上さん。プレドニンは、再発を繰り返し、薬を増やすうちに、症状を抑えるのに必要な量がだんだん多くなっていくのです。軽く見てはいけませんよ」

そう、念を押された。プレドニンは八錠に増えた。

新たな病気に

その年のクリスマスには、また一つ病気を増やした。

前日のクリスマス・イブに、クリスマスツリーの下に並べてあるプレゼントに興奮した娘が転んで、口を木製のマガジンラックにぶつけた。歯が唇の下の皮膚を貫通して大出血し、救急車で昭和大学病院に行った。形成外科で縫うほどの怪我だった。

この事故がきっかけだったのだろうか？　翌日の午後二時ごろ、一分間に一七〇～一八〇回の激しい動悸が始まり、夕方六時ごろまで治まらなかった。がんセンターの飛内医師に電話をすると、近くの病院で循環器科を受診することを勧められた。夫と娘とともにタクシーに乗り、昭和大学病院へ向かった。

医師が測った脈拍は一九〇。血液検査ではヘモグロビン値が一一g／dℓと平常値。診断は不整脈の一種「発作性上室性頻拍」だった。先天的に心臓に欠陥があり、脈が速く打ってしまうとのことだった。ワソランという薬を点滴で打って、動悸が治まった。大事を取り、午前〇時ごろまで様子を見ることになった。動悸が治まり安堵した一方、病気がまた一つ増えて落胆した。

翌年二〇〇八年一月七日には昭和大学病院の循環器科で、「発作性上室性頻拍」の治療として、一日三回一錠ずつ、錠剤のワソランを飲むように言われた。また薬が増えて落胆したが、日記では「希望を持ち続けよう。そんな気持ちになった一日だった」と振り返っている。この日は新聞で四十六歳の女性が体外受精に成功して出産したというニュースを読んだ。作家の林真理子さんの新刊も読み、彼女が私と同じ年の三十六歳で結婚し、四十四歳で出産したと知った。これらのニュースに励まされたのだ。

一月二十八日にはワソランがもう一錠増え、一日四錠になった。ひと月のうちに二回も発作が起きたからだ。医師に妊娠を希望している旨を伝えると、「この不整脈を抱えての妊娠・出産は危険です」と言われた。だが、提案もされた。「村上さんが妊娠を希望していないのならこのまま薬で抑えることも可能でしょう。が、もし妊娠を希望しているのでしたら、妊娠そのものが体重を増やし、心臓に負担をかけ、発作の頻度も増しますので、病気を治しておくことを勧めます。村上さんが抱えている三つの病気のうち、一つは手術で治すことが可能なので、それも選択肢の一つになるのでは」ということだった。

手術はカテーテルを用いる。部分麻酔で約二時間半から三時間の手術だ。鎖骨と足の付け根の静脈からカテーテルを入れて、不整脈をわざと起こし、発生場所を探し当て、その部位を焼く。成功率は九割。失敗の一割は不整脈の場所を焼き切ることができずに現状維持になるそうだ。

病院からの帰り、気持ちが明るくなった。四十三歳。時間的余裕はない。手術を受けようという気持ちになった。

私はきっと健康に長生きすることはできないだろう。そんな私を母親に持った娘はかわいそうだ。きょうだいがいれば、助け合って生きていかれる。私と夫が育てた子どもたちならきっと助け合って生きていく子どもたちになるはず。そして、万が一私が死んで、そのあと夫が他の女性と人生を歩むことを決断し二人の間に子どもができたとしても、同じ血を分けたきょうだいがいれば、きっと娘は心強いはずだ。たとえ、娘が姉として支える側でも。

ふと、シングルマザーの友人のことを思い出した。彼女は「もう一人産みたい」と言っていたが、子宮がんになり、一人息子を残して早死にできない――と子宮摘出手術をした。彼女はいま目の前にいる子どものために勇気ある決断をした。

私も彼女のように、子どものために自分が長生きできる方法を取るべきだ——という気持ちもあった。が、いくつもの病気を抱えた私はいずれにせよ早死にする可能性が高いだろう。だから、体力を温存して寿命をわずかだけ延ばすより、体力を使い切ってきょうだいをつくってあげるほうがよほど娘にとって良いはずだと考えた。

夫に相談した。夫は手術に反対だった。

「君は三つも病気を抱えているんだよ。その一つが良くなったからって、もう二つの重い病気を抱えたまま妊娠・出産は無理だよ。がんセンターの主治医、昭和大学病院の産婦人科と循環器科の医師、不妊治療専門の医師、この四人の医師がいまの状態での妊娠・出産には反対なんだよ。これが、何を意味しているのかわかるだろう。心臓の手術だって、一〇〇%の成功を保証されたわけじゃないんだろう? 失敗して死ぬことだってあるんだよ。僕たち、一緒に年を取っていくんだろう? 定年後は西海岸に住もうって話しているじゃないか。たとえ、その手術が成功したとしても、妊娠するかどうかもわからないんだよ。するかどうかわからない妊娠の可能性をほんの少し上げるために、心臓の手術をするなんて間違っているよ。娘にも僕にも君が必要なんだよ」

しかし、夫の説得を聞いていても、私はどうしても考えを変えられなかった。

「夫の言うことはもっともだ。きっとほとんどの人が夫の考えに賛成するだろう。でも、長生きできないであろう私は、娘にきょうだいをつくってあげることで母親としての責任を果たしたいのだ」

一人でかくれんぼ

翌月に娘の幼稚園入園を控えた三月、私は準備に忙しい日々を送った。お弁当箱やコップなど幼稚園で必要なものを買いそろえ、お弁当袋やお着替え入れ袋、絵本袋などをミシンで縫った。娘にはウサギやゾウなどの動物の絵が付いたお弁当箱とコップを、息子にはミッフィーの柄のお弁当箱とコップを買った。息子のお弁当箱とコップは、〝アンディの部屋〟に置いた。

そんなある日、近くの公園で娘より一、二歳年上の子どもたちがかくれんぼをしているのを見た。「もーいいかい?」「まあだだよ」と走り回る子どもたちを見て、娘が一緒に遊びたそうな顔をして、思わず「もー、いいよ」と大声を出したのだ。

娘がよちよち歩きを始めたころから私の体調はずっと悪く、若くて活動的なお母さんやその子どもたちと一緒に遊ぶことがあまりできなかった。必然的に娘はずっと家で一人遊びをしてきた。息子が生きていれば一緒に遊べたのに、と何度思ったかわからない。公園の帰り道で、娘は「ママ、『もーいいかい?』やって!」と何度もせがんだ。そして空を見て、「アンディ、一緒に遊ぼう!」と何度も大声で叫んだ。「アンディ、聞こえないって」と言う娘に、私は「大丈夫。聞こえているよ。元気だよって言っているよ」と慰めの言葉を掛けた。本当に二人に申し訳ないことをした、と落ち込んだ。

造血幹細胞移植ではなく……

娘の入園式直前の二〇〇八年三月二十八日、私は悪性リンパ腫の再々発を告げられた。満開の桜が美しい日だった。

この日はがんセンターで血液検査とＣＴ検査をし、主治医の飛内医師の診察があった。診察では、二月二十二日の胃カメラと三月十七日のＰＥＴ検査の結果を聞いた。低悪性度のＭＡＬＴリンパ腫から中悪性度の「びまん性大細胞型Ｂ細胞リンパ腫」に変化して、再発していた。今回の中悪性度リンパ腫は月単位で進行すると説明を受けた。

「先生、今度の治療は髪の毛が抜ける治療ですか？」と聞くと、「髪の毛どころではありません」とたしなめられた。四月四日にもう一度詳しい説明をし、治療方針を決めるとのことだった。飛内医師は「ご主人もいらしてください」と付け加えた。

会社を休んで娘の世話をしてくれていた夫に電話をすると、ショックを受けたようだった。「やっぱり、桜の季節だったね」と夫。二年前、満開の桜を見に行った三日後に、自己免疫性溶血性貧血になり入院。今回も桜が満開となった翌日に、リンパ腫の再々発がわかった。桜は私にとって、〝Bad Luck〟のようだった。

四月四日は、飛内医師と治療方針について相談した。夫も同席した。

飛内医師はまず、造血幹細胞移植について説明した。これは大量の抗がん剤を使う治療で、根治を狙う治療だという。「きょうだいはいますか」と聞かれ、「いません」と答えると、「骨髄バンクでドナーから骨髄の提供を受けられる場合があります」とのことだった。これは若くて体力がある人ができる治療で、当時は六十歳までと言われていた。以前入院したときに同室だったOさんが受けていた。しかし、美しくはつらつとしていたOさんのあまりの変貌ぶりを目の当たりにし、私は「できることなら、造血幹細胞移植は受けたくない」と思ったのだ。だから、造血幹細胞移植は私の選択肢の一番目ではなかった。

私は、分子標的薬のリツキサンだけの治療について聞いてみた。再発したときに八回の投与で胃のリンパ腫が消えたからだ。

飛内医師によるとリツキサンは低悪性度のリンパ腫だと四回の投与で五〇～六〇％の人に効果があり、八～十二カ月は再発を抑えられるという。それが中悪性度になると、三〇～四〇％の人だけ効果が認められて、しかも、その効果が持続するのは二カ月だけなのだという。このような理由で、リツキサンだけの治療は勧められないとのことだった。

その上で提示されたのは「C－MOPP（シー・モップ）療法」だった。私が五年前に行ったCHOP療法はアドリアマイシンという抗がん剤が入っていて、これは一人の人間に投与できる量が決まっている。その上、副作用として脱毛もあった。私はもうこの限界量を使ってしまったので、今回は使えないとのこと。そこで、C－MOPPという、低～中悪性度のリンパ腫の治療が選択肢としてあるということだった。この療法は、エンドキサン（点滴）とオンコビン（注射）、そしてプレドニンとプロカルバジンという経口薬を使う。投与の結果を見て、放射線治療も追加する可能性もあるという。

飛内医師は「村上さんはお若いので、本来なら造血幹細胞移植も選択肢としてあるのですが、C－MOPPがよろしいかと思います」と言ってくれた。

私はこのC－MOPPにリツキサンを組み合わせた治療にしたい、と答えた。

再々発の告知から診療方針を決めるこの日までの一週間で、夫がインターネットで、びまん性大細胞型B細胞リンパ腫について詳しく調べてくれた。この型のリンパ腫はMALTリンパ腫に比べてずっと悪性度が高く、治療しなければ死に至る病だとわかったようだ。一方で、進行が遅いために抗がん剤が効きにくい低悪性度に比べて、抗がん剤が効きやすく、治る確率も高いということがわかり、希望も持ったようだった。このびまん性大細胞型B細胞リンパ腫は、日本人に一番多いリンパ腫だという。

私は以前読んだ「ビタミンCの大量投与でがんを殺す」という内容の本をこの一週間で再び読み、望みをつないでいた。私から飛内医師には聞きにくいので、夫が私の代わりに聞いた。

飛内医師は「ドクター・ポーリングですね。学生のころに本で読みました」と笑い、夫も「僕も学生のときに化学の授業で読んで、記憶に残っていたものですから……」と返した。

飛内医師は続けた。「治療法としてはあるでしょうが、エビデンス（科学的根拠）がないので私はお勧めしません。もし、ビタミンCが効くのでしたら、ずっと前に治療法として確立されているでしょう」と言い、まったく取り合わなかった。

私は「最後に一つ」と断り、気にしている左耳下の腫瘍について聞いた。飛内医師は「これまで何度も申し上げましたが、村上さんの耳の腫瘍は良性腫瘍です。村上さんはリンパ腫や溶血性貧血など、治療の優先順位が高い病気をいくつも抱えていらっしゃる。耳の下の腫瘍はそちらが落ち着いてから考えましょう」と言い、夫に「I told her many times（彼女には何度も言いました）」と笑いながら言った。夫が「I am sorry she is a difficult patient（すみません。彼女は難しい患者で）」と言うと、飛内医師は「I have many difficult patients（私には難しい患者がたくさんいます）」と答え、大笑いで会話が終わった。

三十分ほどで診察を終えた。気掛かりだったのは、二月後半からあまり間隔を置かず生理が続き、その量もかなり多く、ヘモグロビンが八・七g／dℓまで下がっていたことだった。まず、出血が止まってからでなければ治療に入れないということなので、生理の状態を見てから治療日を決めることになった。この生理の大量出血はプレドニンが原因だった。いくつもの病気を抱えたうえでの異常出血で、「私の体はもう正常に働かないのでは」という思いが胸をかすめた。

妊娠の可能性を残したい

不安材料はいろいろとあったが、四月九日は娘の幼稚園入園式に晴れがましい思いで参列した。前日の雨も上がり、いい初登園の日となった。娘は幼稚園の茶色のベレー帽をかぶり、紺色のワンピースを着て、私の父母から買ってもらった黒い革靴をはいた。ベージュのコートを着た娘は少し大人びて見えて、私は本当に誇らしい気持ちになった。私の母も一緒に行った。

着物を着た母親、白いスーツを着た母親らで入園式は華やかだった。式では、新入園児が一緒に歌を歌ったりしたが、娘は輪になった椅子には座ることができず、私の膝の上に座ったまま。途中、三回も「おしっこ」と言ってトイレに行き、一人でトイレに入りたがり、時間もかかり、私は気が気でなかった。ただ、母親に抱っこされている子は娘だけではなく、ほかに二人いたので少しほっとした。

無事に入園式を終えて、私の父と母にケーキを買ってもらった娘は大喜びだった。私からはピンク色の置時計をプレゼントした。息子にはおそろいの水色の置時計だ。

息子が生きていたら、どれほどこの日がうれしいものとなったことだろう。成長した娘の横に、紺のスーツを着た息子の姿を想像した。息子は少し照れた表情で、娘の横に立っていた。

四月二十日には、スタジオで娘の幼稚園入園の記念写真撮影をした。娘はとてもかわいらしく撮れていた。一方、家族写真の私の顔はむくんで、醜かった。

帰宅後、C-MOPP療法についてインターネットで詳しく調べた。副作用に「永久的な不妊」となるケースもあると書かれていた。もう一人子どもを産みたいというういちるの望みが打ち砕かれたように感じた。「もう抗がん剤治療は嫌だ」と思った。自己免疫疾患も、心臓病も、大量出血も、すべて最初の抗がん剤治療が原因なのではないかと疑った。これ以上、体に毒を入れると、ますます体が機能しなくなるのでは、と思った。夜、一人で家の外に出て、駅近くのベンチに座り、考えた。ビタミンC療法で治らないだろうか？　治療を遅らせられないだろうか？

四月二十三日の診察日では、翌月の五月七日に治療をスタートさせることを決めた。私が最後まで気にしたのは、「永久的な不妊」というC-MOPPの副作用だ。私は飛内医師に訴えた。

「四十三歳でぎりぎりですが、妊娠の可能性は残しておきたいのです」

「溶血性貧血をプレドニンで抑えている状態で、医者として妊娠・出産は勧めません。村上さんはそのうえに難しい病気を抱えていて、それを治療しなければならないのです。医者の立場からは『それどころではない』と申し上げたいところですが、女性の患者さんは割り切れないことが多いのはわかります。プロカルバジンは不妊への影響が大きいので、これはやめることはできます」と理解を示してくれた。

私は最後の望みを捨てることはできなかった。治療を終えると四十四歳。自分自身にタイムリミットをつくり、「四十四歳の一年間をかけてみよう。そのために治療を頑張ろう！」と思った。

治癒への糸口を見つけるため、四月三十日、ビタミンC療法についての著書がある医師に会いに行った。私は「悪性リンパ腫と自己免疫性溶血性貧血を治し、子どもがほしい」と希望を伝えた。医師によると、ビタミンC療法が一番効くのは悪性リンパ腫ということで、唯一の不安はビタミンCにより溶血を起こすこともあるということだった。

医師との面談は一万円、その場で購入したビタミンCは八千円。「高い」と思った。

帰り際、医師に「年会費と入会金にわずかですが、二十万円ほどかかります」と言われた。点滴のビタミンCも一本三万円だ。二十万円プラス一本三万円という高額な料金について「わずか」という表現を使うことに、違和感を覚えた。この治療を受けてはいけない、と思った。が、わらにもすがる思いのがん患者たちは、きっと価格には目をつぶってしまうのではないか。釈然としない思いで、クリニックをあとにした。

抗がん剤治療スタート

五月七日、外来での抗がん剤治療がスタートした。飛内医師の診察で、「抗がん剤でリンパ腫が消えたら、放射線治療をしなくてもいいのですか?」と質問すると、「不確定要素がたくさんあるので、まず、スタートすることが大切です」と答えた。前回は左腕が点滴漏れで腫れ上がったので、今回は点滴をする順番を左右交互にし、順番を間違えないようにするため手帳に記すことにした。この日は左腕だった。オンコビン一mgを注射で、エンドキサン五〇〇mgを点滴で投与。特に吐き気もなく、安堵した。

一週間後の五月十四日は二回目の抗がん剤治療だった。看護師に髪が抜けるかどうか聞いてみた。やはり、多くの患者がかつらを被っているという。プレドニンを服用し、顔がむくんで二年。私は服用前とまったく違う顔になっていた。左の耳の下の大きな腫瘍も気にしていた。これに加えて、さらに脱毛……。かつらの生活が約一年続くのだと思うと気持ちが滅入った。

落ち込んだ気持ちを立て直すために、渋谷に行った。人混みのなかに身を置きたかった。オープンしたばかりのロクシタンのカフェに行き、サラダとカフェオレを注文した。窓際の席から渋谷の雑踏を見下ろしながら、自分の抱えているものなど小さなことだと思おうとした。

夜は、娘をぎゅっと抱き締めて寝た。辛いけど、頑張ろうと思った。

その一週間後の五月二十一日は診察日だった。娘と同い年ぐらいの子どもがお母さんに連れられているのを見た。片方の目が閉じられていたので、目がもともと不自由か、病気によって失われたのかもしれない。それでも、元気に病院内を走り回っていた。その姿を見て、いじらしくて涙が出た。

そして、「ああ、ここで治療するのが私で良かった」とつくづく思った。愛しい娘ではなく、一家の支え手である夫ではなく、半身が不自由な父ではなく、父の世話をする母ではなく、私で良かったと心から思った。私は心の中で手を合わせた。

「神様、あの子の治療が軽いものでありますように。そして、あの子のがんが消えますように。家族の中で病気をするのが、私であることに感謝します」

五月七日にスタートしたC－MOPPとリツキサンを組み合わせた治療は、二週続けて抗がん剤を投与したあと、一週休んで、その次の週にリツキサンを投与するという組み合わせを一クールとし、全部で八クールの治療だった。

二クール目が終わって間もなくの七月一日、不整脈の発作が起こり、救急車を呼んだ。

八月の四クール目の抗がん剤治療が終わったあとは、八月二十八日、三十日、九月四日、十一日と二週間に四回も発作があった。それまで服用していた一日四錠のワソランに加え、症状が出たときにもう一錠飲んで、症状を抑えた。その間、リツキサンと抗がん剤治療は予定通り行った。

発作が頻繁に起こるようになったため、昭和大学病院循環器科の医師にカテーテル手術を勧められた。主治医の飛内医師も手術に同意し、抗がん剤治療をいったん中断して、手術をすることになった。手術は六クール目の二回の抗がん剤治療が終わったあとに行う計画だった。が、十月十七日に行う予定だった二回目の抗がん剤治療が白血球の数が五〇〇／μlと低かったため中止となり、カテーテル手術に備えて白血球を増やす注射を打った。

この間、日記に弱音を吐いている。理由はプレドニンによる外見上の変化だ。前向きでいようとする心を折るのはいつも、鏡に映った自分だった。

「外見がここ二年ほどで著しく変わり、とても辛い。プレドニンで顔がむくみ、顔のシミが増え、肩に肉が付いた。耳の下の腫瘍も大きくなり、目立っている。辛い。

十月二十三日に心臓の手術だ。その後も抗がん剤治療が続く。辛い。アンディ、辛いよ。ママを助けて」

心臓のカテーテル手術

十月二十一日、昭和大学病院に入院した。空を見上げ、私は苦笑した。快晴だった。息子が死んだとき、火葬場に行ったとき、自己免疫性溶血性貧血になったとき……。私が辛いとき、病気で入院するときは、天が私を笑うかのごとくいつも快晴なのだ。

一五〇八号室。三人部屋だった。

何かミスがあっては困るので、夜、回診に来てくれた教授にも念のため、抗がん剤治療中であること、自己免疫性溶血性貧血でプレドニンを服用していることを伝えた。昭和大学病院を信頼していたが、合併症の可能性はゼロではないので、ほかの病院で治療中の病気や服用中の薬については、患者側からも確認すべきだと思ったからだ。

担当医から、手術の説明があった。私の不整脈は心臓の中にケント束という余分な伝導路があり、それが理由で起こる。そのケント束を焼き切ると、もう発作の心配はなくなる、とのことだった。治療の危険性としては、私の場合は抗がん剤を投与していることから、感染症の心配がある。これについてはがんセンターの飛内医師も心配していたが、十七日と十八日に打った白血球を増やす薬が効き、二十一日の検査では十分にあったようなので、心配しなくとも良いとのことだった。ただ、プレドニンを飲んでいることから血栓ができやすいので、手術の翌日から血をサラサラにする薬を点滴で打つということだった。念には念を入れて……という昭和大学病院の姿勢に感心した。

この日も夫が病院に来てくれた。ベッド横のパイプ椅子に座り、私の手を握ってくれた。

「君が寝るベッドの横で、パイプ椅子に座って手を握って……。こういう状況はもうずいぶん慣れたよ」

そう言って、笑った。病気をしてばかりで、申し訳ないと思った。

夫が帰ったあと、五階の新生児病棟に赤ちゃんを見に行った。お披露目の時間は午前十一時から十二時、午後四時から五時、夜七時から八時。私が行ったのは夕方だ。

大きな窓のそばに並んだ赤ちゃんは、とてもかわいらしかった。いろいろ病気をしてしまった私にチャンスはもうほとんど残されていないけども、もう一度、妊娠・出産をしたい。目の前の愛くるしい赤ちゃんを眺めながら、そう願った。

この日の検査で、担当医からエックス線と心電図を撮るように指示があったとき、「失礼ですが、妊娠の可能性はありますか」と聞かれた。妊娠の可能性。この言葉だけで、わくわくした気持ちになった。「ああ、私にも可能性があるのだな」と。

一方で、若い看護師からこう聞かれたときは、思わず苦笑した。

「まだ、月のものはありますか?」

そうか、四十三歳はもう生理がなくなっていると思われる年なのだ、と痛感した。実際に抗がん剤治療が始まったあとすぐ生理がきて、その後は止まったまま五カ月が経っていた。結局、この四十三歳の五月十八日から一週間あった生理が私にとって、〝自力〟での最後の生理となった。

入院した翌日、札幌から駆け付けてくれた母と娘がお見舞いに来た。娘は「ママ、これあげる。一緒に食べよう」とポテトチップスをくれた。

一日見ないだけでも、娘に会いたくて、会いたくて、たまらない。「娘がいるから、いまの私は生きていられる」とつくづく思った。私が点滴を打っている間、パイプ椅子に座って、前日の夫と同じように私の手を握ってくれた。娘も、病気の母親を看病することに慣れたのだろうか？　帰り際、「ママがいい」と大泣きした。母が娘を抱いて病室を出るときに、母の肩越しに泣きながら私に手を差し伸べる娘の姿が目に焼き付いた。娘にも、悲しい思いばかりさせてしまった。

二〇〇八年十月二十三日は、手術の日だった。八時半に夫が来て、二階の手術室へ行った。約二時間で手術は終わった。部分麻酔をしたため意識はもうろうとしていたものの、わざと発作を起こして不整脈の部位を調べるときの息苦しさ、気持ちの悪さは感じて、医師にその旨を伝えることができた。手術後は夫と母が二階の待合室で待っていてくれた。担当医が来て、手術が成功したことを告げた。「これでもう、発作を抑える薬を飲まなくても良いのだ」と思うと、思い切って手術をして良かったとしみじみと思った。

手術の翌々日の十月二十五日、新たな覚悟と決意を日記につづっている。

「本来なら退院できるのだが、大事を取って今日一日ゆっくりとして、明日退院することになった。手術が無事終わり、三つの病気のうち一つが解決して、これから良いことが起こりそうな予感がする。次々と襲ってくる試練に、『これで最後、あとは良くなる』と期待して何度も裏切られたが、また今度こそと期待する。

昭和大学病院の十五階のロビーから窓の下を眺めて、覚悟ができた。アンディを失ったときは何度も死にたいと願ったが、今後どんな試練が来ても明るく、たくましく生きていこうと決意した。

私がここまで健康を害したのは、自分自身のせいだ。食生活に気を付けなかったこと、ストレスを軽減する努力をしなかったこと、運動不足、健康への過信……。それらの要因が積み重なって病気になったのだろう。今回、幸いにも病気の一つを解決することができた。これをきっかけに食生活などを見直し、運動を日々の生活に取り入れよう。

遠足の帰りに娘が病室に寄ってくれた。ずっと待っていた。病室の入り口に現れたときは、あまりの愛おしさに娘を抱き締めずにはいられなかった。楽しいひとときを過ごしたあと、娘は『ママ……』と言って、涙を浮かべた。『明日、帰るからね』と言うと、『うん』とうなずき、夫に抱かれて病室を出ていった。二人の後ろ姿を見ながら、『三人で幸せな生活を送るんだ。そのためには健康になるんだ』と決意した」

四十四歳、自然妊娠を断念

翌十月二十六日、無事退院した。「病気が一つ解決し、ヤッター！　あとは抗がん剤治療二クールだ。そのあとは、耳の下の腫瘍の手術をしたい」と弾んだ筆致で日記をつづっている。

その夜は母の心づくしの料理だった。両親は、私の退院祝いに大きなケーキを買ってくれた。家族五人で再び楽しく食事ができる幸せをかみしめた。

十月二十八日は、息子が空に旅立って四年が経った日だった。毎年、息子を偲んで家族旅行をしていたが、この年は私が手術後間もないため、恒例の旅行は取り止めた。その代わりに、東京ディズニーランドへ行った。両親も参加した。「アンディのおかげで楽しい思いをさせてもらえるわ」と母の声はうれしそうだった。

私たちは息子の遺骨を赤いバッグに入れ、友人の手づくりのミッフィーのマスコット、一年目に行った伊豆テディベア・ミュージアムで買った双子のテディベアも一緒に連れて行った。ティーカップなどいくつかの乗り物はアンディを抱いて乗った。パレードも一緒に見た。大事そうに弟を抱えてパレードに見入る娘の姿には、胸を打たれた。四年経って、私たちは息子が空に旅立った日を笑顔で楽しんでいた。月日は、人の気持ちを癒すのだ。

翌々日の十月三十日には、「受精卵を戻したい」という希望を日記につづっている。受精卵は最初の抗がん剤治療に入る前、二〇〇三年八月に四つ凍結し、その後毎年八月に凍結を更新していた。この五カ月間生理が来ないことと年齢的なことから自然妊娠を諦め、凍結した受精卵に望みを託す方向に気持ちが変化していた。

十月三十一日からリツキサンと抗がん剤治療を再開した。しかし、十一月初旬から手帳に頻繁に「胃痛」と記入している。日記には「胃が痛い。抗がん剤は効いていないと思う」と書いている。十二月十二日に、全八クールの治療を終えた。私は四十四歳になっていた。

翌年二〇〇九年一月十四日に飛内医師から抗がん剤治療後の検査結果を聞いた。がんは消えていなかった。が、当日の日記には、まったく落ち込んだ様子はない。

「私は双子の息子を失ったことの悲しみを、もう一人の娘の〝うんち〟と〝おしっこ〟により、紛らわすことができた。私しか世話をすることができない赤子を前に、悲しんでいる時間は限られていた。おっぱいを含ませ、うんちとおしっこがついたおむつを取り替えるという現実的な行為をしていると、もう一人の息子を失ってなげく時間は、〝悲しむ時間〟としてつくり出すしかなかったのだ。

そして、今日も娘の〝うんち〟と〝おしっこ〟により、暗い現実に自らを沈めることなく過ごすことができた。

再々発した悪性リンパ腫の治療のため、七カ月間抗がん剤治療をしたが、効かなかった。今日の診察でリンパ腫が消えていないという検査結果を聞いた。そして、次に行う放射線治療について主治医が私に説明しているまさにそのときに、娘は『ダディ、おしっこ』と言い、おしりをむずむずさせたのだ。

私は『ここでおもらしされては大変』と気が気ではない。〝手ごわいがん〟どころではない。夫が『待てないの？』と聞く。『おしっこがしたいの』と娘。この短い限られた診察時間を惜しむように、夫は娘を連れて診察室を出る。そして、トイレから帰ってきてすぐ、娘は『ダディ、うんち』と言う。『なんで、さっきしてこなかったんだ？』と夫。『だって、うんちしたいんだもん』と娘。

待合室で一時間半待ったときには、何度『おしっこは？』と聞いても、『いらない』と答えていたのに、である。夫はまたしぶしぶ娘を連れて診察室を出た。

『ああ、私は娘に生かされている』と思った。娘は私が悲しみや苦しみに浸る暇を与えてくれないのだ。あとから夫に聞いてみると、娘はこのとき、二十センチほどの大きなうんちをしたらしい。

夜、娘が寝たあとに今後の治療などについて話をしていた私たちは結局、娘の二十センチのうんちの話で大笑いをして、深刻な話を打ち切った。

娘は私を生かすために生まれてきた。私という病弱な母を選んで生まれてきてくれた娘に感謝をしよう、娘にできるかぎりのことをしよう……と改めて思った」

放射線治療スタート

一月二十九日から通院での放射線治療が始まった。平日毎日、一回につき二グレイで二十三回照射する予定だ。両親がまた、札幌から手伝いに来てくれた。

二月六日の日記。

「昨日、放射線治療六回目が終わった。淡々と平常心。でも、放射線が当たっている間、『こうやって、体が壊れていくのだ』と思った。

体内のあらゆる臓器があとどれくらい持つかわからないが、その期間、普通に生活できるように大切に使わなければ。

『大変なときが良いとき』というのは本当だ。いまは治療で大変だけど、両親が来て手伝ってくれて、皆で楽しくご飯が食べられて幸せだ。毎日毎日、そのひととき、その一食を大切に丁寧に生きる。そう心掛けて生きよう」

敗血症性ショックに

しかし、一月二十九日から始めた放射線治療が十六回目を終えたところで私は突如体調を崩し、緊急入院となった。

あとで母から聞いた入院時のドタバタはこうだ。

二月二十三日の朝、前日から体調を崩して寝込んでいた私の様子が変だった。普段は幼稚園に行く娘と夫を玄関まで見送るのに、その日はベッドに寝たまま「いってらっしゃい」の言葉さえ掛けない。夫は、深刻に受け止めずに出勤していく。母は私に何度も「救急車を呼ぼう」と勧める。だが私は「たぶん風邪だから大丈夫」としか言わない。母は「不整脈などで何度も救急車を呼んだから、躊躇しているのだ」と理解し、いったんは様子を見ることにする。その後、何度も私の様子を確認しにきた母は「これは普通の風邪ではない」と判断し、救急車を呼ぶ。救急車はすぐ駆け付け、私を担架に乗せて車内に運び入れた。母も同乗した。

救急隊員が最初に連絡したのは、私の〝かかりつけ病院〟である築地の国立がんセンター中央病院だ。が、がんセンターには「救急患者は受け入れない」と断られる。次に昭和大学病院や都立荏原病院など最寄りの大規模病院に連絡するが、断られる。遠方の区の病院まで連絡したが断られる。じりじりと待つこと、約一時間。どこに聞いても断られ、救急隊員は途方に暮れている。隊員が私の血圧を測る。「五〇！」という低い数値に、母の不安は増す。担架に寝ていた私は、何度も頭を持ち上げる妙な動きを始めた。

母ははたと、この日がんセンターの放射線科に治療予約が入っていたことを思い出し、救急隊員に伝える。隊員はがんセンターに再び電話をし、ようやく受け入れが決まる。がんセンターに決まったあと、夫の携帯電話に電話をする。何度かけてもつながらない。救急車が出発する。高速道路に乗ったが月曜の朝ということもあり渋滞して、なかなか前に進まない。一時間以上かかり、ようやくがんセンターに着く。

十回ほどかけたあと、ようやく夫から母に電話が来た。日本語がほとんど通じない夫に「睦美が大変！　がんセンター！」と叫ぶ。夫はそのひと言で状況を理解したようだ。

がんセンターには救急患者対応の病室がないため、私は特別室に入れられた。ばたばたと何人もの医師や看護師が病室を出入りする。主治医の飛内医師が母の元に来た。「娘さんのご主人を呼んでください」と言われる。母は「もしかしたら、睦美は駄目かもしれない」と思う。そして、「こういう深刻な病状の説明が最初にされるのは配偶者で、たとえ血がつながっていても親ではないのだ」と驚いたという。

一時間ほどして、横浜の会社に勤務している夫ががんセンターに着く。主治医と面談室に入って十分ほど話をする。面談室から出てきた夫はぼろぼろと涙を流している。その涙を見て、「睦美は死ぬかもしれない」と覚悟する。家で待機していた父に電話をして、幼稚園に通う孫を迎えにいくように頼む。父は半身が不自由で杖をついて歩き、右手は使えない。「孫と無事自宅まで帰って来られるか心配だが、こういう状況では致し方ない」と腹をくくった。

夫に聞いた当日の状況はこうだ。

長い会議のあとに着信履歴を見ると、母からの着信が並んでいた。私の体調が悪化したのだと直感する。母に電話をする。私ががんセンターに緊急入院したことを聞き、すぐ会社を出た。病院に着いてすぐ、飛内医師の元へ。面談室で、飛内医師が英語で説明する。高熱が出て、血圧も非常に低く、敗血症性ショック状態であることの説明を受ける。「Life threatening（命が危ない）」という主治医の言葉に、夫は動転する。

私が記憶しているのは、救急車の中で寝ている状態がとても辛く、何度も起き上がろうとして隊員に止められたことと、がんセンターの看護師の「先生、血圧測れません！」という叫び声だけだ。その後の記憶はない。

私はこのあと、腎臓の働きが止まり、尿が出なくなった。どれくらいの時間がかかったかは定かではないが、カテーテルを通してバッグに尿が溜まりだしたときは、母は心底安堵したという。

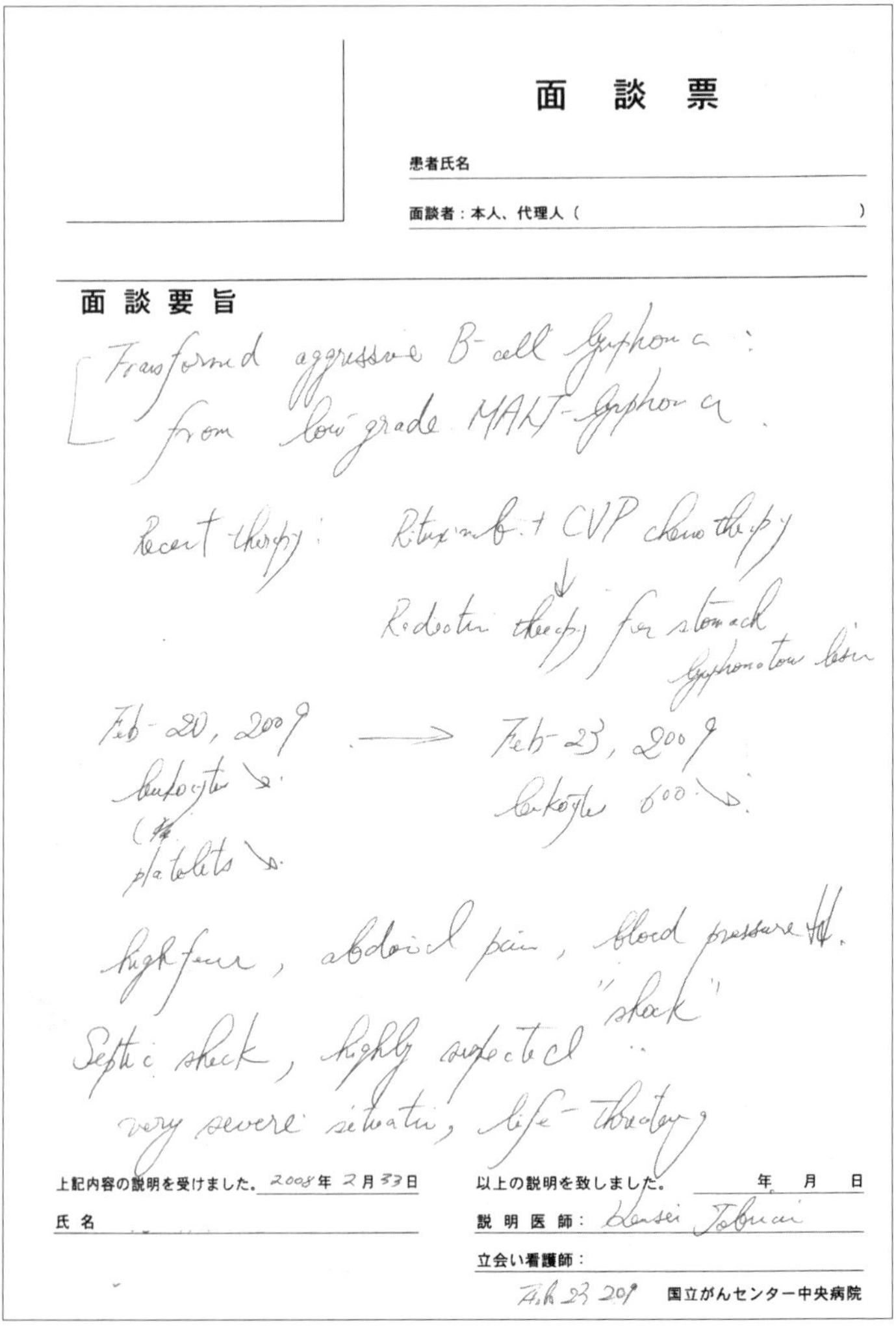

面　談　票

患者氏名

面談者：本人、代理人（　　　　　　　　　　　　　　　）

面 談 要 旨

Transformed aggressive B-cell lymphoma :
from low grade MALT-lymphoma.

Recent therapy : Rituximab + CVP chemotherapy
↓
Radiation therapy for stomach lymphomatous lesion

Feb-20, 2009 ⟶ Feb-23, 2009
leukocyte ↘ leukocyte 600 ↘
platelets ↘

high fever, abdominal pain, blood pressure ↓↓.
Septic shock, highly suspected "shock" ..
very severe situation, life-threatening

上記内容の説明を受けました。2008年 2月23日

氏 名

以上の説明を致しました。　年　月　日

説 明 医 師：Kensei Tobinai

立会い看護師：

Feb 23 2009　国立がんセンター中央病院

飛内医師の面談票。右下に「life threatening」とある

私は翌日には目を覚ました。両腕に点滴の針が刺さっていて、ベッドの左右に置かれた点滴掛けには、七、八個の点滴がぶら下がっていて仰天した。胃痛と頭痛がひどく、夜は無数の石や虫が見える幻覚や、音楽が聴こえる幻聴で寝られなかった。入院三日目は嘔吐を繰り返した。激しい頭痛と高熱のため髄膜炎が疑われたが、大丈夫だった。

四日目になると体調は回復し、尿管カテーテルと血圧を上げる点滴を外すことができ、トイレに自分で行けるようになった。胃痛も頭痛も止み、朝から食事も取れるようになった。そこからは順調に回復した。胃カメラ検査で、十六回までの放射線治療で胃のリンパ腫が少し小さくなっていることが確認されたため、三月四日から残りの放射線治療を再開した。

もし救急車の中で、母が機転を利かせて私がその日がんセンターの放射線科の予約をしていたことを救急隊員に言わなければ、また、原則として救急患者を引き受けないがんセンターが私を引き受けてくれなければ、私の命はなかったと思う。のちに母から、飛内医師をはじめ何人もの医師が私の命を救うために力を尽くしてくれたと聞いた。命を救ってくれた医師らに感謝し、また、改めて家族との日々を大切にしようと決意した。

「もっと娘と遊ぼう。幼稚園の帰りに公園に行こう。おままごとをしよう。限りある時間を、できるだけ娘と一緒に過ごしたい。

いつまで生きられるかわからない。いつまで普通に暮らせるかわからない。とにかく毎日毎日、娘との時間を大切にしよう。

絵本を読もう。ブロック遊びをしよう。お医者さんごっこをしよう。粘土で遊ぼう。たい焼き屋さんごっこをしよう。折り紙で遊ぼう。お砂場で遊ぼう。もっと娘と遊ぼう」（三月十一日の手帳）

十三日、十八日間の入院を終え、私は国立がんセンター中央病院を退院した。入院中に全二十三回の放射線治療を終えることが出来た。一週間後、一カ月にわたって私と家族を支えてくれた両親が札幌に帰った。

退院後は体調がすぐれない日が続いた。何もかもが休み休みの作業となった。前向きに生きようと頑張ってはいたが、実際は気持ちが沈んでいた。病気に立ち向かい、日々明るく元気に生きていくことに疲れていた。そんなとき、あの世の息子と、この世の娘から励ましをもらった。

三月二十日に、四年以上も見つからなかったジョン・デンバーのＣＤが見つかった。妊娠中によく聴いていたＣＤで、聴いているときに息子はよくおなかを蹴った。死産したあと、見つからなかったので、息子が天国に持って行ったと信じていた。そのCDが、たまたま他のCDのケースの中に入っていたのを見つけたのだ。「大丈夫、ママ。僕は元気だよ」という息子からの励ましのメッセージだと受け止めた。息子の遺骨を抱いた。

四月三日には、娘に「ママ、一緒に笑おう」と言われた。そして娘は私にひょうきんな表情をして見せた。私は四歳の子どもたちに、支えられていた。

リンパ腫消える

五月十五日、飛内医師の診察があった。胃カメラ、生検、PET、CTの検査結果を総合し、この一年間の治療でリンパ腫が消えていることがわかった。

私は真っ先に次のことを聞いた。

「再発の可能性はありますか」

「かなりの確率であります」

飛内医師は間髪をいれず、そう答えた。

私は続けた。

「準備もありますので、あとどれくらい生きられるか知りたいのです。五年は生きられますか?」

「かなり難しいでしょう」

「では、先生、三年は？」

「村上さん、こういうことは時間を改めて設定し、ご主人も一緒にお話ししましょう」

「わかりました。先生、生理が抗がん剤治療一回目終了直後に来たのを最後に、まだ戻らないのです。今後、戻りますか」

「前回の治療もありますので、このまま閉経ということになるかもしれません」

再々発したリンパ腫が消えたとはいえ、楽観できない見通しだった。この日の日記にも、少し焦りが見える表現で決意がつづってある。


「自分が死んだときに備えて準備はしているが、もっときちんとしなければと思った。やるべきことを精査し、優先順位を付け直し、多少の雑事には目をつぶり、多少の不義理は許してもらいながら、粛々とやるべきことをしなければ。娘に対し、私にしかできないことをきっちりとやろう。そのほかは、私名義のものを整理し、夫の名義に変えられるものは変える。私が死んだあとに必要になることを、ノートに記す。気を引き締め、毎日を生きなければ」

このあと、私は働いていたころに私の銀行口座から引き落としになっていて、そのままになっていた公共料金の名義をすべて夫に変えた。銀行の貸金庫の名義も私だったが、それも夫名義にした。いくつかに散らばっていた私名義の銀行の預金を一つの銀行にまとめ、夫がすぐわかるようにした。ネット上のサイトの利用費も、カードから自動的に毎月引き落とされる形で支払っていたのを解約し、私が死んでも銀行から引き落とされるカード払いは一括払いで購入した分のみになるようにした。悪性リンパ腫の最初の治療に入る前も、万が一のときに必要になるものについてはノートに書いていたが、念のため英語と日本語の両方で準備した。また、自己免疫性溶血性貧血で入院した後に娘のためにそろえ始めた児童書に加え、大人になったら読んでほしいと思う本を選び、本棚のわかりやすいところに置いた。そのうち最も娘に読んでほしいと願ったのは、夏目漱石の『こころ』とヴィクトール・E・フランクルの『夜と霧』（みすず書房）だ。これらの本には、ミッフィーのカードにメッセージを書いて巻末に挟んだ。

耳下腺腫瘍を摘出

その年の年末、私は念願だった左耳の下の良性腫瘍摘出手術を受けた。

十一月三十日に千代田区の杏雲堂病院に入院し、十二月一日に全身麻酔で手術をした。

私を苦しめ続けた腫瘍は大きさが六センチにもなっていた。執刀医の先生が「長い付き合いでしたね」と言ってくれ、本当にそうだとしみじみとした感慨にふけった。鏡を見ると不思議な感じだった。顔は相変わらずむくんでいたが、少しは見やすくなった。

同室の患者と話をした。Nさんは六十代。甲状腺がんで気管を切開し、話せないため、筆談で話をした。Nさんは栄養分も鼻から点滴で入れていた。

ほかの階のFさんとも筆談で話した。舌がんの転移で、気管を切開したという。動脈からの大出血で緊急手術となり、選択する時間もなくそのような状態になったと話してくれた。早期退職して間もなくのことで、「やりたいことがたくさんあったけど、いまはそれらができなくて、軌道修正できないでいる。どうせ死ぬのだからと、気力もない」と書いていた。

がんセンターでも、治療や手術で大変な状態になっている人がたくさんいたが、気管切開もとても辛そうだった。私ぐらいの年齢の男性が鏡をじっと見ているところにも出くわした。自分の姿を受け入れられないのだと想像した。首に穴を開け、始終たんを取り、食物を食べられない状態で生きる。どれほど辛いことか……。

Fさんは「まだ、あなたは目が見えるし歩ける、と励まされたことが辛い」と書いていた。私はFさんの言葉に共感した。そういう言葉は、自分が自分自身を奮い立たせるために使う言葉で、周囲の人間は口にすべきではないだろう。

向かいのベッドの八十五歳の患者が、私の左のベッドの七十八歳のMさんに声を掛けていた。

「頑張りましょう」。Mさんは泣く。八十五歳の患者は「泣いては駄目よ。私も頑張るから、あなたも頑張って……」と叱咤激励する。Mさんの友だちが来て、売店でオムツなど買ってきて棚に入れているときも、Mさんは泣いた。そしてその友だちも言った。「泣いては駄目よ」と。

私たちの世代は、苦しいことがあったときは我慢せずに泣いたほうが良いと言われた。しかし、この大正・昭和初期生まれの人たちは「泣いては駄目」と教えられ、歯を食いしばって生きてきたのだ。

間もなく来るかもしれない死を覚悟して、八十代も、七十代も、六十代も、そして四十代の私も、一日一日を何とか生きていた。

十二月七日、退院した。入院中にまた一つ年を取り、四十五歳になった。

第五章　静かな戦場

銀座4丁目交差点に面したカフェから見える風景

私が「自己免疫性溶血性貧血」を抑えるために服用したプレドニン（ステロイド剤）は、「魔法の薬」と呼ばれる。広範な疾患を抑えることができ、とても有効だからだ。反面、副作用も多く、長期にわたって服用すると離脱がむずかしい。

私は二〇〇六年春にこの自己免疫疾患を患ってから、何度もプレドニンの減量に失敗したため、二年ほどは症状を抑えることができる一日四錠（二〇mg）を保ったままでいた。

プレドニンさえ一定量服用していれば症状は抑えられ、日常生活は無理をしない程度で何とか送ることができた。この自己免疫疾患の症状を抑えられているからこそ、再々発した悪性リンパ腫の治療や心臓のカテーテル手術、左耳の下の良性腫瘍の摘出手術など、いくつかの病気の治療もできた。自己免疫性溶血性貧血を抑えることは治療の優先順位の一番だった。だから、医師も家族も、「もう減量を試みることはせずに、現状維持で」と考えていた。

だが、私は二つの理由でこの「魔法の薬」の減量を切望していた。一つは副作用である顔のむくみに、ほとほと嫌気が差していたことだ。

世の中には病気や事故などで外見が変わってしまった人がたくさんいる。加齢のように徐々にではなく突然に、だ。この事実を受け止めて生きていくには、精神的な強さを求められるのではないかと想像する。私の父は六十三歳のときに患った脳梗塞の後遺症で右手がまったく使えなくなり、右足を引きずって歩く生活になっていた。外出時は杖を使った。まだ現役で働いていたときの発病で、退院してリハビリをしても元の体には戻らず、仕事を辞めた。このことについての愚痴は一度も聞いたことがないが、心の中では葛藤があったと思う。

私が国立がんセンター中央病院や他の病院で入院していたときも、手術などで外見が変わった人がたくさんいた。その人たちを見掛けるたびに、外見の変化を受け止めながら生きていくことの大変さを想像し、胸が痛んだ。私の顔の変化はその人たちに比べて取るに足らないことのため、「たかが、顔のむくみ」と自分に言い聞かせるものの、〝自分ではない顔〟のまま生活するのはやはり辛かった。友だちに会うのも、自分の顔をさらす外出も嫌で、厭世的な気持ちになった。「ひっそりと生きたい」と願い、意図的に社会から自分自身を隔絶させる日々を送っていた。過去の私を知っている人と久しぶりに会うという機会は最も避けていた。私が受けた治療の中で、外見に及ぼす薬の副作用としては、「また生えてくる」と希望が持てる頭髪の脱毛よりも、顔のむくみは辛いものだった。

薬の減量を望んだもう一つの理由は、次の妊娠・出産を諦めていなかったことだ。四十三歳で突然止まった生理がプレドニンの減量がきっかけでまた戻るのではとわずかな期待を持ち続けていた。また、最後の手段である凍結受精卵を子宮に戻すにしても、飲んでいる薬は微量であるという〝ほぼ健康な状態〟になることが前提だと考えた。

「娘にきょうだいをつくってあげたい」という気持ちは、いくら病気を重ねても、衰えることはなかった。いや、病気を重ねたからこそ、「娘にきょうだいをつくってあげたい」と切望するようになったのだと思う。これが目標になり、これでもかと襲ってくる病気を振り払い、前向きに生きられたように思う。

あくまでも感覚的なものだが、プレドニン一日四錠は、胎児に影響が出る量ではないか、と感じる量だった。プレドニンを服用している女性で無事妊娠・出産している人はいるという話を医療関係者から聞いていたが、その量は定かではなかった。妊娠そのものを反対され、かつ、健康な女性でも妊娠が難しい年齢で、妊娠を希望する旨を伝えて胎児に影響が出ない薬の量を聞くことはできなかった。だから、一般的な話として医師に聞いたり、インターネットで調べたりし、一、二錠なら「微量」として、安心できる量ではないかと考え、そのあたりまでの減量を希望していた。いろいろな病気が落ち着いたあと、私は減量の再挑戦を何度も主治医の飛内医師に申し出、ようやく了承してもらった。

二〇一〇年二月五日に三錠に減らして様子を見てヘモグロビン値に変わりがないことを確認し、四月二日に二錠に減らした。薬が減るうちに顔のむくみが少しずつ取れ、何年かぶりに心が晴れやかになった。

胸に赤紫色の斑点

朝、化粧をするためにバスルームの鏡で顔を見ていて、「あれっ?」と思った。胸の上に、ぽつぽつと赤紫色の斑点ができていた。四月二十八日のことだ。

手帳にはその四日前の二十四日に赤いペンで「白眼が赤い」と書いてあり、丸く囲ったその言葉から引いた赤い線は二十七日で終わっていた。そして、二十八日の日付の下に青いペンで書かれた「体に斑点~赤紫色」は同じく丸く囲み、五月十日までページをまたいで、青い線でつないであった。五月十日までに斑点は大きくなり、足や腕にもできていた。飛内医師に電話をした。

「国立がんセンター中央病院」はその四月に独立法人化し「国立がん研究センター中央病院」に名前を変えていた。この病院では、以前から、体調が大きく変化した場合、電話受付を通して医師に直接電話をすることができた。飛内医師はいつも電話に出てくれた。この日も電話に出てくれ、翌々日の十二日の外来に来るように指示を受けた。骨髄の検査と診察の予約を入れてくれた。

私は飛内医師に全幅の信頼を置いていた。その気持ちはいまも変わらない。にこやかで丁寧で、怒ることも、いらつくことも、心を患者に寄せ過ぎることもない。いつも淡々と患者に接する。豊富な経験と知識に裏付けされた、飛内医師の診断を私は信じていた。

また、その淡々とした表情が私の冗談で緩む瞬間も好きだった。私は常々、短い診察時間中、飛内医師を笑わせる機会を狙っていた。

「やはり、この状態では入院してしっかり診たほうが良いです。できれば、いますぐ」

血小板の値が〇・七万／μℓ（基準値は一二・五万～三七・五万／μℓ程度）と著しく低く、傷や打撲がないのに、血管から内出血を起こしていた。脳や肺からの出血が危惧される状態だった。外来での予想外の入院勧告。「また、入院か」とがっかりしたが、こう返した。

「先生、私は、入院準備は万端です。短期入院用のバッグと長期入院用のバッグを準備しています。今回はどちらを持ってくればよろしいですか？」

飛内医師は相好を崩し、「とりあえず、長期用を持ってきてください」と言った。

しかし、飛内医師への冗談は、行き過ぎは駄目なのも何度ものトライで知っていた。

その年の初め、ノロウイルスが疑われる十二日間の下痢で苦しんだあとの外来で、その報告をしたとき。「四キロも体重が減りました。一日、三、四十回はトイレに行っていました。トイレのそばに寝ていたぐらいです」では笑ってもらえたが、その後の「トイレットペーパー十二ロールを使い切りました。前日たまたまドラッグストアで買っておいて良かったです」では、真顔に戻ってしまった。冗談の追い討ちは駄目なのだ。だから、この日の軽口も、それ以上は控えた。

診察を終え、そのまま入院した。入院バッグは夫に持ってきてもらった。私はまた、電話で札幌の親に助けを請うた。

私は母が二十七歳、父が三十歳のときに生まれた。若いときの子どもだが、私の出産年齢が四十歳直前と高齢のため、必然的に、出産・育児の緊急時に親に助けを請いたいとき、親も高齢だった。このとき、母は七十二歳、父は七十五歳。右半身が不自由な父は、加齢により残された身体能力も徐々に衰えてきていた。そのため、私の入院時は、家庭内のことはすべて母に担ってもらっていた。食事の用意・あと片付け、食料品の買い出し、洗濯・掃除、娘の幼稚園のお迎えなど、本来私がすべきことすべてだ。

そして、前年の入院時は、膝など体のあちこちが痛む母の負担が重くなり、「頼むのはこれで最後」と決めていた。その後、ヘルパー派遣会社など調べているうちに日常生活にまぎれて、また入院となってしまったのだ。

「大丈夫よ。私に任せて」

相変わらずの明るさで、母は言った。本来ならいまは私が助けてあげる側なのに、逆に助けを請う自分が情けなかった。それまでも、入院するたびに助けを請うた。情けなかったが、助けてもらえる親がいるありがたさと幸せをかみしめた。

四人部屋、全員が母

四人部屋の同室の患者は、二人は四十歳、私は真ん中の四十五歳、一人は五十歳と切りの良い年齢だった。ずいぶん若い人が集まる病室だと思ったが、そこは病棟内で二番目に〝若い〟病室だった。一番若いのは三十代三人と四十代一人の病室だった。「ここ数回の入院で、若いがん患者が増えた」と感じていたが、それは逆に私が年を取ったということだった。

三十八歳で悪性リンパ腫を発病し、抗がん剤治療を始めたとき、私は若かった。多くの患者に、「どうしたの？　そんなに若いのに」と声を掛けられた。パジャマ姿でエレベーターに乗っていたとき、六十歳代と思われる男性患者に、「何で、君のような若者がここにいるんだ！　早く治して社会に復帰して頑張りなさい！」といきなりハッパを掛けられたこともあった。

しかし時を経て、私も〝がん適齢期〟に突入していた。もうだれ一人として私を同情の目で見ない。私は世の中に溢れるがん患者の一人だった。外来病棟にも入院病棟にも、私はすっかり馴染んでいた。

最初の入院では「職場復帰」を焦ったが、このときは「家庭復帰」を焦った。子どもを持ったことで、復帰を目指す先が変わったのだ。

以前、職場復帰を焦ったときは、自分のために焦っていた。日々、スピードと質が要求される仕事に戻れなくなることを焦っていた。会社に、そして同僚に迷惑を掛けられない、と焦っていた。実際に会社には大変迷惑を掛けたが、私の不在を埋めてくれる同僚はたくさんいた。それが会社という組織だ。

でも、家という小さな〝組織〟は違う。私の穴は他人では埋まらない。私がいなければ、家のことは回らない。娘、夫、両親にもう迷惑は掛けられない。この訳のわからない病気を早く治して、家に帰りたかった。そしてまた、家族の世話をするいつもの生活に一日でも早く戻りたいと思った。

同室の三人は、いずれも二人ずつ子どもがいた。幼児、小学生、中学生とまだまだ手のかかる年齢だ。

四十歳のIさんは、義理の親に子どもの世話を頼んでいた。もう一人の四十歳のKさんは夫に、五十歳のMさんは元夫に子どもの世話を頼っていた。三人は住宅ローンや教育費などたくさんお金のかかるこの時期に、多くの治療費が家計から出ていくことを気に病んでいた。私も同じ気持ちだった。

「家族に申し訳なくて……」

がんを発病したショック、死ぬかもしれないという恐怖は、皆あっという間に克服していた。そんな感傷に浸っている暇はない。三人とも自分のことは心配していなかった。「さっさと治して、家に戻り、手のかかる子どもの世話をしなければ……」と自分の不在中に家族に負担を掛けることを気に病み、一日でも早く家に帰りたがっていた。

「がんセンター」に初めて入院したときのことを思い出した。当時は共働きで自由な生活を送っていた。隣の病室には、おそらく四、五十代の四人の女性たちがいた。私はよくその病室に顔を出し、歓談していた。いずれも、主婦で子どもがいたと思う。

「子どもがいるの？」

と聞かれ、

「いません」

と答えた。

「良かったわね」

彼女たちはまさに、いまの私のように、家事・育児・介護の時間を〝やり繰り〟して、入院していた。

ある日、ピンクの配膳のカートがころころという音を立てて近付いてきた。一人が言った。

「いいわね。ここは上げ膳、据え膳で。家にいたら、いまごろ、家族の食事の支度で大忙しだったわ」

「そうね」

ほかの三人が大笑いして、同意した。

彼女たちは、家族の世話で「忙しい」と文句を言いつつ、スーパーに買い物に行ったり、食事の支度をしたり、洗濯したり、そんな普通の生活がどんなに幸せか気付いていて、でも、気持ちを奮い立たせるために、そんなことを言っているのだと思った。私はその言葉を重く受け止め、自分の病室に戻り、泣いた。彼女たちの笑いの陰に、悲しみを見たような気がしたからだ。

だが、彼女たちと同年代になって思い返すと、彼女たちは強がっていたのではないことがわかる。カートで運ばれる食事という、ほんの些細なことに、喜びを見出していたのだ。心の奥底の思いはさておいて。いまの私も同室の患者もそうだった。心配事は尽きないが、病院での些細なことに喜んだり、笑ったりしていた。

病名は特発性血小板減少性紫斑病

入院初日、血小板の輸血をした。自己免疫性溶血性貧血のときは赤い血を輸血したが、このときは、黄色い血だった。

入院二日目の五月十三日は血小板が一・五万／μℓに上がった。また輸血した。

入院三日目は二・二万／μℓに上がっていた。また輸血した。

入院四日目には、夫が見舞いに来てくれた。病室内を見渡し、私が窓側のベッドだったことに感動していた。

「これまでの入院で初めてだね。きっとグッドラックだよ」とうれしそうに言った。私たちはさまざまな経験を経て、こういう些細なことに〝病気の連鎖の終わり〟のサインを見出そうとしていた。幼稚園のお母さんたちも見舞いに来てくれた。彼女たちの家からは往復二時間はかかるこの病院に来てくれたことがありがたく、うれしかった。

輸血が奏功し、この日は血小板の数値が下がっていなかった。がん研究センターでは珍しく、女性医師・勝井智子医師が入院中の担当医になり、報告してくれた。

翌日の五月十六日は、前日札幌から来た両親が夫や娘と見舞いに来てくれた。「元気になるように」と黄色のガーベラをくれた。ガーベラは華やかで、気持ちが明るくなった。どんなときでも駆け付けてくれる親を持ってありがたいと、しみじみと感じた。高校時代からの親友も見舞いに来てくれた。たまたまランチをする約束をしていたため、キャンセルの電話をしたところ、仰天したという。「想像していたより、元気そうで安心した。むっちゃんのパワーで今回の病気もはね飛ばして！」と励ましてくれた。

血小板はまた下がった。一・五万／μℓだった。

入院六日目の二〇一〇年五月十七日の夕方、飛内医師と勝井医師から病名と治療の説明があった。夫も同席した。

今回の病気は、「特発性血小板減少性紫斑病」と最終診断がなされた。血小板に対する自己抗体をつくる病気だという。つまり、「自己免疫性溶血性貧血」と同様、自己免疫が自身の細胞を攻撃する病気だ。私のような、B細胞リンパ腫の患者に起こりやすいらしい。

治療方法は四つ。

①プレドニン
②リツキサン
③ヘリコバクター・ピロリ（ピロリ菌）の除菌
④脾臓摘出

リツキサンで治療

飛内医師が順番に説明してくれた。①のプレドニンの増量は、体重×一mg、私の場合は五十キロ×一mg＝五〇mg（十錠）を四週間投与し、効いた場合は徐々に減量していくという治療法だ。このとき一日二錠服用していたので、八錠も増やすことになる。②については、悪性リンパ腫の治療に使われる分子標的薬のリツキサンが効く場合があるらしい。③については、日本人とイタリア人でピロリ菌を除菌して、治癒する例があったという。④については、①②③が効かなかった場合の手段だという。

血小板が減少すると出血リスクが増える。一・〇万／μℓ以下だと歯茎や鼻、性器などの粘膜から出血する。〇・五万／μℓ以下だと臓器や脳から出血する恐れがあるという。しかし、血小板の輸血は、あまり好ましくないらしい。輸血を続けると、その輸血した血液のリンパ球に対して自己抗体ができ、輸血効果がなくなることがあるとの説明だった。

飛内医師は「第一選択はプレドニンの増量です。しかし、プレドニンによる顔のむくみについては常々村上さんからうかがっていましたので、今回はリツキサンにしましょう」と言い、同時にピロリ菌の除菌をすることになった。「プレドニンの増量だけは嫌です」と訴えていたことが聞き入れられ、うれしかった。

また、プレドニンのもう一つの副作用である骨粗しょう症についても私が不安を抱いていたので、骨のカルシウムの減少を抑える薬を飲むことになった。

治療方針決定を受け、早速翌日の十八日からピロリ菌の除菌をスタートした。

「本来なら私が……」

この日は隣のベッドのIさんが退院した。Iさんは肉腫で、あちこちに転移していた。地元の大学病院で治療をしていたが効果がなく、〝最終手段〟として新しい薬による治験（医薬品としての承認を得るために行われる臨床試験）に望みを託して、がん研究センターに転院してきていた。しかし、前日の検査で一カ月間の治験で肺やリンパなどにある肉腫が消えず、一カ所はかえって大きくなっていたことがわかり、地元の大学病院に戻ることになった。明るい人だったが、結果が出なかったことでやはり落ち込んでいた。夫に結果を知らせる電話で思わず泣いたと言った。Iさんは「これから、どうしようかなあ」とつぶやいた。


小学生と中学生の息子を近くに住む義母に預けていた。

「もう、義母もいっぱいいっぱいなの。子どもたちを迎えに行かなきゃ」と言う。前日は上の息子の運動会で、義母が早起きをしてお弁当づくりをしてくれたという話も聞いていた。

「義母は、自分の祖父母や父母のお世話をしてきて、今度は嫁の世話。かわいそうよね。本来なら、私が義母の世話をする立場なんだけど」と苦笑する。

「でも、仕方ないよ」と私とほかの二人の同室患者は、Iさんを慰めた。

四人とも、「本来なら私が……」という気持ちを抱えながら、治療を受けていた。

昼近くまでおしゃべりをしていったIさんは「では、皆さんお大事に」と言って、病室を去っていった。流行していた「Abercrombie & Fitch」のトレーナーを颯爽と着こなしていた。「だれも、Iさんをがん患者だと思わないだろうな」と思いながら、スタイリッシュなIさんを見送った。

入院八日目の五月十九日は、血小板値が一・三万／μℓまで下がっていた。リツキサンの治療がスタートした。

斜め向かいのKさんが退院していった。肺がんを患い放射線治療を受けていて、通院に切り替えることになったのだ。その日は夫が迎えに来ていた。

「お大事にね」と言うと、「長いおつきあいをお願いします」とKさんが笑って言った。Iさんと同様、Kさんともメールアドレスを交換していた。「ああ、素敵な言葉だな」と心が温かくなった。そう、がん患者同士長いつきあいをするということは、死なないということ。治療が成功しているということ。つまり、生きているということなのだ。

でも、たぶん、Kさんに私からメールすることも、彼女からメールが来ることもないだろう。帰宅して日常生活に戻り、家事・育児に忙しくしている間に時が経ち、ある日連絡しようかなと思い出しても、連絡ができないのだ。それまでの経験でわかっていた。電話をして、「この番号は現在使われていません」と機械の音声が聞こえてきたり、メールが「サーバーにたずね当たりません」と返ってきたりすることが恐ろしくて、連絡できないのだ。

実際に一度あった。「携帯電話を変えたのだ」と思い込もうとしたが、しばらく、寝込むほど落ち込んだ。そして、あれから二度と同室のがん患者には連絡をしていない。

Kさんのベッドには翌日、Yさんが入院してきた。四十代。小学生の子どもがいた。三年前に健診で肺がんがわかり治療したが、しばらくして脳に転移した。イレッサなどいくつかの治療を試みたが効かず、退院したIさんと同様、治験に参加していた。

「体が動くいまのうちに、家の近くに緩和ケアをしている病院を見つけておいてくださいと先生に言われたの」と苦笑した。Yさんは「緩和ケアと言われてもねえ」とため息をついた。Iさんも治療がうまくいかず、主治医に「緩和ケアの病院を」と勧められ、戸惑っていた。

子育て真っ最中の、まだ人生の折り返し地点という四十代の女性が直接医師から「緩和ケア」と言われて、いったいどう反応すればいいのだ？　とても重い言葉が、受け止める患者の心の動揺にあまり配慮されることなく使われているような気がした。

入院十日目の五月二十一日は、血小板が〇・七万／μℓまで下がり、四回目の輸血をした。

うれしいお見舞い

翌日の二十二日は土曜日で見舞い客が多く、病室の空気が明るくなった。

子育て中の女性が患者の場合、平日はほとんど見舞いがない。夫や親がその患者の不在を埋めるのに精いっぱいだからだ。私がいた病室も、毎日ひっそりとしていた。逆に子どもが社会人だったり、中年だったりする患者の多くは、夫や子どもが頻繁に見舞いに来るのでにぎやかだ。

この日は私にも幼稚園のお母さん四人のお見舞いがあった。お見舞いの品として、ハンディな顔のマッサージ器をもらった。

「睦美さん、暇でしょう。ベッドに寝ながら、使ってみて！」

私は大笑いした。素敵なお見舞いだった。

夫と娘が偶然にも同じ時間に来て、フロアの食堂で待っていてくれた。娘は私の体にくっついて甘えてきた。夫はいらいらしていた。というより、怒っていた。私が未知の病気にかかり入院したばかりというときに、タイミング悪く、翌日から十日間のアメリカ出張なのだ。

買ってきたスターバックスのコーヒーを私に渡し、こう切り出した。

「たった一粒の小さな薬のために、すべてが台無しなんだよ。一粒減らしただけで、君はまた病院に入り、僕はこういう状態の君を置いて、海外出張に行かなければならない。君の年老いた両親に頼んで、また来てもらって、お義母さんはあの歳で、家事も孫の幼稚園のお迎えもやらなければならない。君はあんなに元気だったのに」

「本当に、ごめんね」

「いいかい、いま、うちの家族は君が病院にいる余裕はない。五歳の子どもがいるんだよ。君がいなきゃ、家のことは回らないんだよ」

「わかってる」

「悔しいんだよ。たった一粒の薬でこんなことになって。いいかい、今回、プレドニンを増やしたら、ずっと飲み続けるんだよ。君がどれほどその薬を嫌がっているか、十分わかっている。だけど、あの薬を飲んでいたおかげで君の病気の一つは抑えられていて、家にいられて、皆ハッピーだったんだよ。自己免疫性溶血性貧血は病気そのものの治療法がないから、いまの段階ではプレドニンで症状を抑えるしかない。今回の血小板の病気だって、きっと同じなんだよ」

私は、うなだれた。夫は協力的で理解のある良い夫、娘の良い父親だ。私が倒れるたびに、仕事を早く切り上げ、娘のお迎えや食事づくりなど、文句一つ言わずにやってくれている。ただ、度重なる私の病気で疲れ切っていた。

治療法の選択、間違った？

二日後、入院して十三日目の五月二十四日は、血小板が一・〇万／μℓだった。五回目の輸血をした。ピロリ菌除菌の治療はこの日に終わった。

入院して初めて、寝られなかった。「私は間違った選択をしたのではないか」という気持ちになったのだ。

私は飛内医師が「第一選択」という治療法を選ばなかった。プレドニンの増量だ。私はプレドニンから脱却したかった。病気を抑えてくれるありがたい薬だが、一方で強烈な副作用があるこの薬が憎かった。飛内医師に再三お願いしていたプレドニンの減量が了承され、四錠が三錠に減り、三錠が二錠に減り、顔のむくみも取れて少しは見られる顔になったばかりだった。目立っていた耳の下の良性腫瘍を前年末に取り、外見の悩みも減って気持ちがようやく明るくなっていた。五年ぶりに昔行っていたヘアサロンに行き、帰りに街を歩き、夏物のワンピースを買ったばかりだった。なのに、新しく発現した病気の治療法はまた、プレドニンだったのだ。

プレドニンの次に飛内医師が提示した治療法は「ピロリ菌除菌とリツキサン」だった。特発性血小板減少性紫斑病はピロリ菌が原因で発病すると言われていた。私は若いころ何度も胃潰瘍に悩まされ、ピロリ菌検査が陽性だったために除菌をしたことがあったが、とても簡単な治療だった。リツキサンは分子標的薬といって、がんだけを標的にする薬だ。約五時間の点滴で、副作用は私自身が感じるものはほとんどない。私はこの二つの治療法に飛び付いた。ただし、これは日本やイタリアなどでプレドニンが効かなかった患者に効いたという症例があるだけで、治療法としては確立されていないという。この病気は、国の難病に指定されている。同じく指定難病の自己免疫性溶血性貧血と同様、そもそも原因がわからない病気なのだ。

私には「選択の自由」があった。主治医の説明を聞き、主治医の勧める治療法を聞いた上で、最終的に治療法を自分で決断できた。しかし、一回目のリツキサン投与のあとは、また血小板が下がり四回目の輸血。その後もまた下がって、五回目の輸血となったのだ。

翌日の二十五日の朝、飛内医師の回診があった。

「先生、私は間違った選択をしたのでしょうか？」と尋ねると、飛内医師は「一度決めたのですから、あれこれ考えないほうがいいですよ」と微笑んだ。そして、「リツキサンの投与により、血小板をたたく抗体の働きを弱めることと、体内にある小さなリンパ腫をたたく両方の効果を期待しています」という前向きな励ましをくれた。

夜、九時の消灯時間を少し過ぎたころ、勝井医師が来た。翌日に二回目のリツキサン投与を控えていた。「明日はリツキサンですね。効くように祈っています」と言ってくれた。科学的に裏打ちされたデータに基づき判断する医師からの「祈る」という言葉。私は「なんて素敵な言葉掛けなんだろう」と心がほんわかと温かい気分になった。

以前、自己免疫性溶血性貧血の治療をしてくれた渡辺医師は治療に不安を持つ私に「信じるものは救われる、だよ」と言ってくれた。飛内医師も薬の効果を「期待します」と言っていた。医師の、こうした観念的な言葉が私は大好きだ。これらの言葉に私は救われていた。

終わりなき闘い

翌二十六日、二回目のリツキサン投与を終えた夜、「見納めだよ」と同室の四人で窓から夜景を見た。翌日、二人が退院することになっていた。

「きれいねえ」

「あそこに見えるのは月島の月星シューズの星かなあ」

「お台場の観覧車、前は全部見えたのよ」

そして、夜景を堪能したあと、「もう、この景色を見ることがありませんように」と笑いながら、天に願いを掛けた。

入院十六日目の五月二十七日、病室から〝戦友〟二人が去っていった。残り一人も翌日、去る。それぞれが一時の家庭での休息のあと、また、この〝静かな戦場〟に戻ってくることになっていた。終わりなき闘い。それががんとの闘いだ。

この日の朝、紫色の斑点を左腕に見つけた。パジャマのズボンの裾をまくりあげると、右太ももと左ふくらはぎにもできていた。

午後七時、看護師が夜の検温に来た。私は看護師に訴えた。

「また出てきたの。リツキサン、効いてなかったみたい。今度はプレドニンの増量なの。もうプレドニンは嫌。四年も飲んでいるの。ようやく二錠まで減ったのに、また一からやり直しなの」

もう家族にも言えなかった。病気続きで、迷惑ばかり掛けてきた。友人たちにはほとんど連絡を取っていなかったし、親しい友人にもこんな弱音は吐けなかった。こんなことで連絡はしない。したとしても、笑い飛ばすしかなかった。だから、私は二週間前に初めて会い、数回担当してくれただけの若い看護師の前で泣いた。泣いて訴えた。「もう、プレドニンは嫌だ」と。

ベッドの周りのカーテンを閉め切ってパイプ椅子に座っていた私のそばに寄り、看護師は膝を折り私の目線になって、じっと聞いていた。そして「お辛いですね……」と私の肩をさすった。

私はそのしんみりとした言葉を聞き、また、泣いた。

久しぶりの外出

入院十八日目の五月二十九日は、入院後初めて外出した。落ち込んだ気持ちを持ち上げたかった。前日は血小板が一・〇万／μℓと低かったが、前夜輸血したため、とりあえず今日の血小板値は大丈夫だろうということで、外出許可が出た。

銀座三越まで歩いた。十五分ぐらいで着いた。正面入り口から店内に入り、まっすぐ地下一階の食品売り場に向かい、おいしそうなチョコレート菓子を買った。そして再び外に出て、四丁目交差点に面した「ル・カフェドトール」に入った。病気のことで気分がふさいだときは、いつもそこへ行く。ブレンドコーヒーを買い、外のテラス席に座り、交差点を行き交う人々を眺めた。私はそこから眺める銀座の雑踏が好きだ。そこにいると、自分の抱えているものが小さなことに思えるからだ。

コーヒーを飲み終え店を出て、交差点を渡り、銀座三越に面した歩道をぶらぶらと歩いた。銀座の通りを歩き、ウインドーから見えるマネキンの新しい洋服を眺めると、「生きたい」という気持ちが湧いてきた。私はガラスに映る自分を見た。少しすっきりとした自分の顔の見納めに、ウインドーに向かって立って、自分を眺めた。

気持ちを切り替え、がん研究センターに向かって歩き始めた。途中、書店を見つけたので立ち寄り、本を二冊購入し、スターバックスにも寄った。値段が高いので買うのを躊躇していたタンブラーを「自分へのプレゼント」と購入した。ブレンドコーヒーを入れてもらった。病院の近くの青果店で、イチゴを二パック買った。私はこの数時間の外出でまた、病気と闘う気力を取り戻し、病室に帰ることができた。

入院二十日目の五月三十一日、母から電話で大変な報告があった。前夜、娘が嘔吐と下痢を繰り返し、母が夜、昭和大学病院の救急外来に連れて行ってくれたという。

「ウイルス性の急性腸炎だったの。本当にかわいそうだった」

と母は言った。点滴を打っている最中も四、五回吐いたので、「このままでは心配で帰れない。娘も入院中なので」と医師に母が懇願すると、医師は嘔吐止めの座薬を入れてくれたという。しばらくして嘔吐も止み、家に戻ったのは深夜。ところが、家に帰ると父が吐いていた。実は、母も数日前から体調を悪くし、吐いていたため、一家全滅だった。夫はアメリカ出張中で、また母に動いてもらう結果となった。年老いた母に病院の行き来までさせてしまった。

娘の回復を祈りながら、娘がつくってくれたクッキーを食べた。「これ、母の日のプレゼントだよ。お母さんにプレゼントするために、子どもたちが幼稚園でつくったんだよ」と、母が十日前に持ってきてくれたのだ。食べるのがもったいなくて、病院の冷蔵庫に入れて、毎日取り出しては眺めていた。

娘が幼稚園でつくってくれた「母の日」のクッキー
＝2010年5月22日、病院で撮影

「娘の気持ちが私の体をめぐり、どうか病気が治り、早く家に帰れますように」と祈った。

この日の血小板は一・九万／μℓだった。

「緩和ケア」　戸惑う同室患者

翌日、飛内医師と勝井医師が回診で病室に来た。前日の一・九万／μℓという数字について、判断がつきかねている様子だった。

血小板値は入院となった五月十二日に〇・七万だった。十二日、十三日、十四日に輸血。十七日は一・七万に上がった。十九日にリツキサン。二十一日は〇・七万で四回目の輸血をした。二十四日は一・〇万で五回目の輸血。二十八日は一・〇万で輸血。三十一日に一・九万。輸血後にいったんは上がった血小板値が下がっているのは確かだが、減り方が緩やかなのだ。これはリツキサンの効果が出ているということ？　それとも、誤差の範囲？　と私は数字を眺めながら、考え込んだ。

医師が判断できない数字を、医学的知識のない私がわかるはずがなかった。

翌々日の六月二日の血小板は一・六万／μℓ。前々日より〇・三万／μℓ下がったものの、やはり、前週より減り方が緩やかだった。これが横ばいならリツキサンが効いている、と読むことができるだろう。でも、下がっているということは誤差の範囲なのだろう。

血液検査結果の一覧表をまじまじと見ていると、向かいのSさんが、担当医が病室を出たあと、ぽつりと言った。

「あと、〇・三やけどなあ」

「そちらも、小数点以下の攻防ですね」

「タンパクの数値が一・〇以下やないと、治験が受けられへんねん」

Sさんは子宮原発の肉腫。昨年春に全摘したが、一年後にみるみるうちにおなかが大きくなり再手術。病巣は三キロあったという。携帯で撮ったおなかの写真を見せてもらったが、まるで臨月のおなかだった。

肉腫も恐ろしい。地方の大学病院でさじを投げられ、ここにたどり着いた。肉腫は効く抗がん剤も少なく、治療法も限られていて、今回は最後の手段である治験を受けるために来た。しかし、そのタンパクの数値が一・〇以下にならないと治験が受けられないという。そしてその日のタンパクの数値が一・三。Sさんは「水を飲めば薄まるやろか思うて、ガブガブ飲んでいるんやけど……」と言う。

「このコンマ以下の数字で一喜一憂するのは、世の中広しといえども私たちぐらいでしょうか?」と私が返し、二人で笑い合った。

「治験せんと帰るんもなあ。せっかく来たのに。あとは向こうの先生に勧められたように〝緩和〟やねん」

またしても、「緩和ケア」だった。

この三週間でこの言葉を、まったく弱っているように見えない患者三人から聞き、私は違和感を持った。そのことについて、日記に長々とつづっている。

「最近、『緩和ケア』という言葉が気軽に使われるようになった気がする。少し前までは家族に対して慎重に使われていた言葉が、患者本人に対してあまり気遣いもなく使われているのではないか？　それとも、『緩和ケア』の定義が変わったのだろうか？　『緩和ケア』と言えば、終末期の患者に行われる治療ではないのか？

私が今回の入院で知り合い、医師から『緩和ケアをしている病院探し』を勧められたという患者三人は、いずれもほかの病院で治療をやり尽くし、がん研究センターに転院してきた。そしてこちらでの治験で効果がなかったり治験の最中だったり、治験準備期間の患者だ。三人とも最後の治療が効かなかった段階で『緩和ケアをしている病院』を勧められていたが、三人ともぴんしゃんしていた。確かに可能性のある治療はすべてやって効かなかった患者だが、まだまだ元気な患者にとって、『動けなくなったときのために、いまのうちに緩和ケアをしている病院を近くで探してください』と言われても、戸惑うだけなのではないか？　それよりも、動けて体力のあるうちは、自分を治療してくれる病院探しなど『生きる』ことにエネルギーを費やしたいのではないか？　『まだまだ自分は生きるんだ』と考えているのではないか？

医師が見立てた〝残された時間〟を有意義に過ごすために、生きるための治療ではなく、死ぬまでの間の痛みを取るための治療をすることを選ぶのか？　人間はやはり、生きたいのではないか？　生きる確率がコンマ一％でも、奇跡が自分に起こると信じたいのではないか？　それに希望を見出し、いや、それにすがって、生きるのではないか？

まだすたすたと歩ける患者に何も、そんな酷な言い渡しをしなくてもいいではないか？

数年前までは、『三人に一人はがんになります』だった謳い文句は、最近『二人に一人』になっている。長寿社会になったので当然だが、がん患者が増えている。機能分担しないとやっていけないのだ、医療機関側も」

治療をやり尽くした患者に「緩和ケア」をしている病院探しをするよう勧めるのは理解できた。それでも、地方や他の病院で治療し切れなかった患者が、最後の望みを託すこの病院の医師やこの病院に送り込んだ医師から、「がん研究センターで治らない場合は、緩和ケアを」と勧められて元の病院に戻されることの患者の心の衝撃について、もう少し配慮をしてくれてもいいのではないか？　と私はやりきれない気持ちになった。日記はこう締めくくっている。

「治せる患者と治せない患者を医師が選別して、各病院に送り込む。どこかで読んだ記事を思い出した。災害現場か戦場だったか。医師が救える患者と救えない患者に色分けしたテープを貼っていく話だ。意図は、足りない人手と医薬品を救える人に有効に使おうということだ。

あれと同様、私たちがん患者も患者自身には見えない色分けしたテープを貼られているのだ。この人はまだ治療できるから青のテープ。この人はもう打つ手はないから赤のテープ……。

ああ、これも医療なんだと思う。そして、これを受け入れることも人生なんだと思う。

私が医師に勧められたらどうするか？　やはり、緩和ケアを受けられる病院探しをするだろう。情報を収集して、決めるだろう。これまでさまざまなことについてそうしてきたように」


この日は、三回目のリツキサンだった。

翌日の六月三日、夫が海外出張から戻り、マクドナルドのフライドポテトとスターバックスのコーヒーを持って、見舞いに来てくれた。十二日ぶりだった。出張中の話題は尽きなかった。

七年目の落ち込み

六月四日は、十一B棟の六号室に移った。二人部屋の窓側のベッドだ。七年前に初めて治療したときもその病棟だった。あのあと、十三病棟に何度か入院し、またそこに帰った形となった。

窓から朝日新聞社の社旗がはためいているのが見えた。あのときは、あの社旗を眺めながら、早く自分の仕事に戻ることを願っていた。毎日、新聞を数紙買い込み、読んでいた。懐かしかった。あれから七年経ったのだ。

その七年を振り返り、私は落ち込んだ。入院二十四日目にして、落ち込んだ。

私は娘を産み、息子を死産し、悪性リンパ腫が二度再発し、心臓の手術をし、耳の下の腫瘍の手術をし、自己免疫疾患二つの治療をしている。そして、七年前と同じ眺めを見ている。あのときは廊下側のベッドから、今回は窓側からだ。

窓側であろうが、廊下側であろうが、験を担いで病院で使ったものを一切合切捨てようが、何をしようが変わらない。私は再発するか、新たな病気を得て、病院に帰ってくる。

私はいったい何をやっているのだ？　娘がまだ幼稚園生だというのに。入院している場合ではないのに。

その週の週末、五日、六日は夫と娘がお見舞いに来てくれた。

娘は、幼稚園のお母さんたちが「お見舞いに」と持ってきてくれた粘土セットで遊んで上機嫌だった。二日続けて描いた絵は、いずれもアンディと自分が手をつないでいる絵だ。娘も双子の弟が恋しいのだ。

夫がインターネットで、リツキサンの特発性血小板減少性紫斑病に対する治療結果について調べてくれた。夫の声は弾んでいた。

「四〇%が効いたらしいよ」

その数字を聞き、期待で胸が膨らんだ。

「そう！　じゃあ、ほぼ二人に一人が効いたのね。それ、どこの研究？」

「サウジアラビア」

「サウジアラビア人！　イタリア人に効いたという研究結果もあるんでしょ？」

夫と私はこうした会話をしながら新しい薬に期待をかけた。

血小板値上がり退院

翌日の六月七日の血液検査で、血小板値が二・四万/㎕まで上がったことがわかった。輸血ではなく、自力で上がった。いや、自力で上がったというよりは、自己免疫が血小板をたたく力が弱まったという捉え方が正しいのだろう。いずれにせよ、うれしかった。

夫と母に電話をした。二人とも心から喜んでくれた。

早速、勝井医師に「家族が大変なのです。もうこれ以上入院できません」と言ったところ、血小板が二・四万／μℓまで上がったことから、近く退院できるとのことだった。「明後日の水曜日にリツキサンを投与するので、木曜日には退院できるでしょう」と言ってくれた。

入院二十九日目の六月九日は、四回目、最後のリツキサンだった。

血小板値二・三万／μℓ。効果がなかったら、次はプレドニンだと言われていた。

この日、偶然にも同室だったIさんに病院内で会った。退院したときよりも、さらにきれいだった。地元の病院で手術をすると聞いてほっとした。

六月十一日は、血小板二・八万／μℓだった。入院三十一日目でようやく退院となった。

気持ちにくぎり

二〇一〇年六月三十日の朝、がん研究センターの外来診療に行った。血小板値は七・二万／μℓまで上がっていた。飛内医師は「プレドニンの増量が嫌だという執念で成功したようなものですね。執念の勝利ですね」と言ってくれた。飛内医師は、この病気に対して一般的に行われている治療法ではなく、違う治療法を試したいという私のわがままな要望を聞き入れてくれた。かつ、「結果が出ない」と焦る私に忍耐強く待つことを教えてくれた。プレドニンの増量なしにこの難病を治してくれた飛内医師に、心から感謝した。

午後、娘を体操教室に連れて行った。その間、私は教室近くの日本赤十字社医療センター内にあるカフェでコーヒーを飲み、時間をつぶした。そこは娘を出産し、息子を死産した病院だ。娘の健診に何度か行ったあとは、ずっと足が遠のいていた。病院は全面的に建て替えられ、当時の面影はまったくとどめていなかった。

ふと前を見ると目の前の売店に、見覚えのある看護師がいた。子どもたちを出産・死産したときにお世話になった貴家和江看護師長だった。私は思わず、駆け寄った。

「貴家さん。私、以前、娘の出産のときにお世話になった村上です。双子で、もう一人の男の子は死産でした。覚えていらっしゃいますでしょうか？　その節は本当にお世話になりました」

貴家さんの一瞬驚いた表情はすぐ、包み込むような優しい笑顔に変わった。

「ああ、村上さんね。もちろん覚えていますよ。あのときのあなたは立派だったもの」

あなたは立派だった――。その言葉を聞いた途端、私は不覚にも落涙した。貴家さんの優しさは、あのときのままだった。

「お嬢さんは？」

「今日は近くでお稽古事がありまして、そちらに行っております」

「いまはおいくつ？」

「五歳です。幼稚園の年長です。元気に育っています」

「それは何よりだわ」

「息子の夢をたまに見るんです。娘と同じくらいの背丈に成長していて……。以前見た夢では、マッシュルームカットの髪がそれはかわいらしくて……」

息子アンディのために買った服。下の左3枚は娘が幼稚園のときに着たサイズと同じ120cmの服

私は、息子の〝思い出〟を語った。

「そう。亡くなった子どもはいつまでもそうやって、かわいらしい姿で親の心に残るものなのよね」

「あのときは本当に皆さんに良くしていただきました。担当していただいていたM先生や笠井先生にも、娘は無事育っています、ありがとうございましたとお伝えくださいますか」

「ええ、もちろんですとも」

私の喜びと悲しみの原点とも言えるこの場所で、貴家さんに会い、胸の内を話せたこと、複雑な思いを抱いた医師にもお礼が言えたことで、私は一つの「くぎり」を付けられた気がした。そしてこれを機会に、私は娘と同じサイズの男の子の服を買うのをやめた。

第六章　四十五歳の願い

受精卵を凍結保存したクリニックに向かう道

クリニックに向かうなだらかな上り坂を、私はゆっくりと歩いた。辺りは秋が深まっていた。通り過ぎたばかりの「ツインズ不動産」という看板の文字が、心に浮かんでは消えた。この看板を見て、あの世にいる息子とこの世にいる娘が、また一対になることを何度、夢想しただろう。溢れ出そうな切ない気持ちを抑え込み、これからクリニックの院長に言う言葉を心の中で反芻した。「今日こそ、受精卵を子宮に戻すことを先生に承諾してもらうのだ」。そう心の中で〝決意表明〟し、気持ちを奮い立たせた。

受精卵の凍結継続の書類。2003年に凍結し、翌年から毎年手続きをした

三十八歳のときに凍結した受精卵は、毎年八月に凍結継続の手続きをしていた。いつか健康になって、この受精卵を子宮に戻す日が来ると信じていた。

だが、四十五歳のその夏、例年どおり凍結継続の手続きに行ったとき、思いがけず〝肩たたき〟にあった。「当院での治療は、四十五歳までです」と。受精卵を移植することができる体調になるのを待っている間に、自分の受精卵さえ移植することができない年齢になろうとしていた。もし、四十六歳で移植したい場合は、引き受けてくれる病院探しから始めなければならないのだ。いくつかの難病を抱えた四十六歳の私に受精卵を移植してくれる病院を見つけることは、困難を極めるだろうと容易に想像がついた。だから、二〇〇二年から八年間通ったそのクリニックで決着を付ける必要があった。

「こんにちは。どうぞ、お座りください」。いつもの診察室。院長は穏やかな声で、いつもの質問から始めた。

「村上さん。どうですか？　リンパ腫のほうは落ち着いていますか？」

「はい。リンパ腫は寛解状態で、自己免疫疾患のほうもプレドニンを一日二錠飲んで、落ち着いています」

「それは、良かった」

「先生、今日は受精卵の移植をお願いしに来ました。私は来月、四十六歳になります。こちらでの治療は四十五歳までと伺いました。いまは、健康状態もいいんです。お願いします。子宮に戻してください」

私は言葉を継いだ。

「受精卵を捨てるわけにはいかないんです」

院長は考えを巡らすように、しばし間を置いた。そして、「わかりました」と静かにうなずいた。年に一度の受精卵の凍結更新のたび子宮への移植を願い出る私に、院長は「あなたの健康が一番大切。いまいるお子さんのために長生きをしてください」と諭してきた。が、根負けしたのか、私の固い意志を受け止めてくれたのか、〝積年の思い〟を酌んでくれたのかはわからないが、移植をようやく引き受けてくれた。

肩の力が抜けた私は改めて、カルテに書き込みをする院長の顔を見た。このクリニックに通い始めたころを思い出した。この八年間で院長も私も年をとった。精悍な顔つきをしていた院長の目じりにはしわが刻まれ、表情も柔和になり、頭髪には白髪が目立っていた。そして、患者である私の顔もいま、しわ・しみだらけだった。

「まず、生理を戻すお薬を処方します。飲み方については、スタッフがご説明します。生理が戻りましたら、診察の予約を取ってください」

「よろしくお願いします」私は深々と頭を下げた。

「期待をしないように」

椅子から立ち上がり掛けた私に目を向け、院長はそう穏やかに付け加えた。

診察室の向かいの部屋で、スタッフの女性から説明を受けた。私は目の前に座っている若い女性をまじまじと見た。その女性は淡々と、飲み薬とおなかに貼るホルモンのシートについての説明をしている。彼女の体の中が透けて見えるような気がした。

九九％健康だろう。

サラサラな血。

順調な代謝。

正常な免疫機能。

病魔に冒されていない臓器。

良好なホルモンバランス。

月に一度の排卵と生理……。

私は彼女がうらやましかった。彼女の正常であろう、体の働きがうらやましかった。

でも、私も彼女の年ごろには、健康だった。仕事が喜怒哀楽のすべての、健康で元気な独身女性だった。将来への漠然とした不安を抱えながらも、人生を楽しんでいた。しかし、がんを発病して一転。いつも何かを治療し、薬は途切れず、何らかの副作用に苦しんでいる。そんな自分に、滑稽さすら覚えた。

そう考えを巡らせているうちに、彼女の説明は終わった。私はその女性にも深々と頭を下げ、ありがたく薬を受け取った。

クリニックを出た。外は快晴とはいかないまでも、穏やかな天気だった。私は気分が良かった。希望をつなげたことを素直に喜んだ。夫の反対を押し切り、主治医に相談もせず、決めたことだけれども。

年齢と健康状態からすると、妊娠の可能性などなきに等しい。もし、奇跡的に妊娠できたとしても、命懸けの出産になるだろう。それでも、私は妊娠を望んでいた。「さあ、私という生命体を使い切ってやるぞ！」と私は心の中で、的外れな気合いを入れた。

受精卵の行方

受精卵をどうするか、については常に夫と話し合ってきた。夫はもし受精卵が着床した場合、妊娠・出産により私の体調が悪化することを恐れて、反対した。特に血を止める働きのある血小板が減る「特発性血小板減少性紫斑病」を患ってからは、出産時に出血多量で私が命を落とすことを最も恐れた。私は最初の出産で帝王切開だったため、次の出産は帝王切開とほぼ決まっているからだ。

私はもう一人の子どもを切実に望み、受精卵を捨てることはできないと主張した。私たち夫婦はそれまでさまざまなことを話し合い、時に喧嘩をしながらも折り合いをつけて、一つの方向に進んできた。が、受精卵をどうするかについてはどちらも譲らず、話し合いは平行線だった。

不妊治療を受けて受精卵を凍結した夫婦は、その後母親の子宮に戻した受精卵以外について、「凍結を継続」するか、「破棄」するか、「医学の基礎研究のために提供」するかを問われる。たとえば、何回かの移植で子どもが授かり、それ以上の子どもは育てられないが、受精卵が残っている場合。もしくは、夫婦のいずれかが亡くなったり、または、私のように妻が病気をして妊娠・出産が困難になったりするケースもある。

「受精卵は人のいのちの始まりかどうか」は意見が分かれると思うが、多くの夫婦にとってはまぎれもなく「いのち」であり、破棄や提供は非常に難しい決断ではないかと考える。なぜなら、「さよなら」をした受精卵は、妻の子宮に戻せば、いま目の前で笑い、泣き、歩いている子どもと同様に、この世に生きられたかもしれないからだ。

私の友人で私よりずっと前に、体外受精で子ども一人を授かった人がいる。彼女は子どもを授かったことを喜び、何年かあとに再び凍結していた受精卵を子宮に戻した。それは着床しなかった。「もう一人授かればと思ったけど、駄目だった。でも、気持ちはすっきりした」とさばさばとした口調で語っていた。そのときは実感としてよくわからなかったが、私が同じ立場になったとき、理解できた。おそらく、「気持ちにくぎりをつけられた」という意味だったのだと思う。

もう一人子どもがほしい――と考えていた私にとっても、破棄や提供はどうしてもできない決断だった。私のような体調での受精卵移植については、「無謀だ」と思う人も多いだろう。もしかしたら「代理出産という方法もあるのでは？」と言う人もいるかもしれない。しかし、それは私の選択肢にはなかった。代理出産については以前から「医学が進歩したいまでも女性が出産で命を落とす可能性はある」という理由から賛成できかねていた。だから、心情的に破棄や提供ができない受精卵は、自分の体で決着を付ける必要があった。

受精卵移植を決断したとき、体調は万全とまではいかなかったが、すべての病気が治まっていた状態で、霧が晴れたように体調が良かった。長い間試行錯誤を繰り返し、体調を悪化させないすべを身に付けつつあった。論理性には欠けているが、何か「勘」のようなものが働き、「いまは大丈夫だ」と思えた。

がん研究センターの主治医である飛内医師に相談しなかったのは、たとえ全幅の信頼を置いていても、幾度も命を救ってもらい感謝をしていても、自分の人生の最も重要な決断について、医師の判断に委ねるわけにはいかなかったからだ。主治医の意見を尊重しなかったわけではない。尊重したからこそ、この決断は主治医の知らないところでなされた、とすべきだと思ったのだ。

受精卵を移植

一カ月後の二〇一〇年十二月十七日、私はクリニックの内診の椅子に座った。ピンク色の椅子は、背もたれと、両ももを乗せる部分が白く色あせていた。いったい、何人の女性がここに座ったのだろう。そして、そのうち何人の女性が喜びの涙を流し、何人が悲しみの涙を流したのだろう。

四十三歳で止まった生理も、薬のおかげでその十日前に戻った。妊娠に必要な子宮内膜を厚くすることも自力でできなかったため、それも薬に頼った。一連の治療は、受精卵を戻すためのものだ。

「子宮内膜はまだ薄いです。飲み薬を足しましょう」

そう、院長は言った。私は背もたれから頭を持ち上げ、深々と礼をした。

その前の一週間には二度、救急病院にお世話になった。一度目は、激しい動悸と動けないほどの身体のだるさで、手術で治ったはずの不整脈の再発か、薬で抑えているはずの自己免疫性溶血性貧血の再発を疑った。抗がん剤治療後に発病した、この二つの病気の共通の症状が、激しい動悸と身体のだるさだからだ。けれど、病院での検査で、異常は見当たらなかった。生理を戻すために飲んだ薬が作用したのかもしれない。

二度目は、夫と娘からうつされた、ウイルス性の腸炎だった。体力のある夫や娘は数度の嘔吐と下痢で済んだが、体力のない私は、激しい嘔吐と下痢が止まらず、夫に救急車を呼んでもらった。点滴で何とか、治まった。

一度目の騒ぎでは、一日二錠服用しているプレドニンの増量を覚悟した。それでも、産みたいと思った。年末の十二月二十七日に控えた、受精卵の移植日の延期は考えなかった。二度目も、「こんなウイルスでここまでひどくなるのなら、たとえ妊娠したとしても出産まで体力が続かないのでは……」と吐きながら思った。が、受精卵を戻す決心は揺るがなかった。

その二度の救急病院騒ぎで、神に問われたと思った。「それでも、お前は妊娠したいのか？」と。

私は心の中で、声を大にして、言った。「はい、したいです」と。

そして、二〇一〇年十二月二十七日を迎えた。待ち続けた、受精卵を子宮に戻す日だ。このクリニックで治療できる最長年齢の四十五歳でぎりぎり準備を始め、移植をするこの日は四十六歳になっていた。いつまでも諦めない私に、神がその時間をくれたのだと思った。「納得するまでやりなさい」と。

午後三時の診察室。院長はこう切り出した。

「先ほど、受精卵を解凍しました。生きていますが、やはり、良い状態ではありません。そもそも、採卵したときに良い状態ではなかったですからね」

「はい。あのときはがんの治療に入る直前で、体の状態が悪かったですから」

「今日、比較的良い状態の受精卵を二つ戻し、あとの二つは二日間培養します。本来でしたら、破棄するような卵なのですが、培養してみます。培養しても凍結できるような状態にならなければ破棄します。ご了承ください」

現在は個別に凍結するはずの受精卵だが、私の場合は二〇〇三年のことで四つ一緒に凍結されていた。そのため、解凍する際は一度に全部しなければならない。事前に、凍結した四つのうち二つは元から状態が悪く、さらに一度解凍すると再凍結が難しいという説明は受けていた。凍らせた食材は、一度解凍したら使い切らなければならないのと同じだな、と妙に納得した。

無理であることは十分承知していたが、「四つ一緒に移植してもらえないですか」と院長に頼んだ。が、「それはできません」と院長は首を縦に振らなかった。

私が受精卵を凍結したときは一度に三つまで移植できたが、母子への危険が大きい多胎妊娠を減らすため、日本産科婦人科学会が二〇〇八年に指針を改定し、一回に移植できる受精卵の数を二つまでに制限した。

「これで駄目なら、もう、自分の卵子ではできないのですね」

「ええ、ご自身の卵子では無理です。あのあと、何回かでも卵をとっておけば良かったですね。いま言ってもどうしようもできないことですが」

そう。さらに受精卵を凍結することなど考えなかった。というより、あのあとは病気治療中か体調が悪いかのいずれかの状態で、薬の副作用もひどく、新たな受精卵を凍結するどころか、すでに凍結してあった受精卵を子宮に移植することすらできなかった。そして四十三歳で突然生理が止まり、四十五歳の夏にクリニックでまったく予期してなかった治療の年齢制限について聞かされた。そして、慌てて調べてもらったら、もう卵巣には卵子がなかったのだ。だから、これが、私の子宮に移植される最初で最後の受精卵ということになる。

支度をするための部屋に通された。いくつかのベッドが並んでいて、ピンクのカーテンで仕切られていた。担当の女性にそのうちの一つに案内され、病衣を着るよう言われた。

「ショーツは脱いでください」

「上のセーターは？」

「着ても着なくても結構です」

女性は、口角を上げて微笑みながら事務的に答えた。

支度が済み、その隣にある処置室に通された。

「本人確認のため、お名前と生年月日をお願いします」

私より十歳も二十歳も若いであろう胚培養士や看護師の前で、私は下を向いたまま自分の名前と生年月日を答えた。

「昭和三十九年十二月……」

昭和三十年代生まれの女性に移植をするなんて……。患者にはもう昭和五十年代生まれの女性もたくさんいるだろう。彼らにとって、私は化石のような女性に違いない。

ベッドに仰向けに寝かせられ、やがて院長が来た。天井を見ていると、涙が頬を伝った。この日を夢見てずっと、ずっと、頑張ってきた。でも、これで終わりなんだ。あっけなく。妊娠の可能性などゼロに等しい。でも、たとえ〇・一％でも可能性を夢見て生きるのと、可能性ゼロを生きるのでは、意味が違う。涙は止まらなかった。

院長は私の気持ちを察してか、優しい声で言った。

「内膜は順調に厚くなっていますよ。十二ミリあります」

そして、院長は付け加えた。

「お話ししていました通り、解凍した残り二つの卵は状態が悪く破棄となりました」

子宮に入れられた器具を通して、受精卵が二つ戻された。とても簡単な処置だった。

七年前に行った採卵と今回の受精卵を戻す治療。抗がん剤治療やその副作用の苦しさと比べると、体への負担は少なく感じられた。これなら体力のない私にでもまだできる。でも、卵子がない私にはもう次はないのだ。看護師がティッシュをくれた。私は礼を言い、止まらない涙を拭いた。


一時間ほど休んで、クリニックを出た。

近くの駐車場に停めてあった車のエンジンをかけCDのスイッチを押すと、ジョン・デンバーの曲が流れ始めた。オーディオに記憶させた何十枚ものアルバムのうち偶然にもこれがかかったのだ。あの子だ。あの子がまた私にメッセージを送ってくれている。

「ママ、大丈夫だよ」

息子の声が聞こえるような気がした。私は曲を聴きながら、また泣いた。

諦めへの助走期間

受精卵を子宮に移植したあとは、おとなしく家にいた。移植の三日前から引いていた風邪がなかなか治らず、体調もいまひとつだったので、娘と一緒に年賀状書きにいそしんだ。年賀状を書きながら、この数カ月間のことをつらつらと振り返った。

そして、突然悟った。

妊娠検査を行う来年一月十一日までの二週間は、助走期間なのだ。妊娠を諦めるための助走期間。これが、諦めの悪い私に対して、神がくれた期間。普通なら「一人でも、子どもが持てて幸せ」と思うところを、この年齢にして、この健康状態にして、まだ望み続けた私に対して。

私は、はたと思いつき、娘に「お出掛けする?」と声を掛けた。娘はペンを置き、「うん!」と元気に答えた。最近、冬物のセールは十二月末から始まる。セールをのぞいてみようと思い立った。

二駅隣の商店街に出向いた。若い女性たちやカップル、子ども連れの母親たちでにぎわっていた。「GAP」で娘にセーターやスカートを買った。途中、幼稚園のお母さんたちに会った。外出の理由は同じ、子どもたちの服。「もう、こんなにオフになって……。あのとき、買わなければ良かったという感じね」と笑いながら、挨拶をし合った。複数の子どもを連れたお母さんたちをうらやましく思った。私は娘の手をぎゅっと握った。娘は「ねえ、ママ。ママは私のママになれて幸せ?」

と聞く。いつもの私の口癖をそのまま質問してきた。「うん、とっても幸せよ」と答えた。

そう、幸せなんだ。

娘は最近、将来は宇宙飛行士になると言い出した。

「いつか、ロケットに乗って天国に行って、アンディを連れ戻してくるからね」

無邪気な娘。愛おしい娘。娘と一緒に日々を過ごせて幸せだと思う。けれども、あの子も無事産めていたら、と考えずにはいられない。いまごろ、二人で楽しく毎日遊んでいたはずなのに。私がもし死んでも二人で支え合って生きられたはずなのに、と胸が痛んだ。

「これあげる」。友だちの輪に入りたくて、大事な花の種をにぎりしめ、友だちにあげた娘。「そんなもの、いらない」とはねのけられて、泣いて私のところに戻ってきた。「ママ、その種ほしいなあ。ママにちょうだい」と言い、一緒に泣いて帰った。

時間をかけて描いた絵を友だちにプレゼントしたけど、大きな×印をつけられて戻された。「こんなに素敵な絵なのにねえ。ママもらっていい？　×印は消えるから大丈夫だよ」と励ました。

小さな子どもならだれでもする、他者の気持ちを考えない言動に私は敏感だった。友だちの輪になかなか入れない娘を見て、「息子を無事に産んでいたら、友だちの輪に入れなくても、娘は毎日楽しく笑って過ごしていたはずだ」と悔やんでも悔やみきれない過去をまた、悔やんだ。

夜になると、私はおなかに四枚のシートを貼った。

膣の中に座薬を入れ、薬を飲んだ。いずれも、ホルモン剤だ。私はもう自力では女性ホルモンは出せないからだ。毎日、それらの空しい努力をし続けられることを、ありがたいと感謝した。

世の中、さまざまな理由で子育てをやり直したいと願う母親がたくさんいることはわかっている。

そして、一度でいいからママと呼ばれたかったと思っている女性もたくさんいることは十分承知している。

「出産へのプロセスをやり直したいのは私だけではない。それどころか、一人子どもに恵まれて幸せなんだ」と自分に言い聞かせるが、この溢れる気持ちは抑えられない。

私は赤ちゃんがほしいのだ。

娘にきょうだいをつくってあげたいのだ。

天国に行った息子に帰ってきてほしいのだ。

ああ、ＮＯの判定まで、あと十二日……。

第七章　奇跡の子

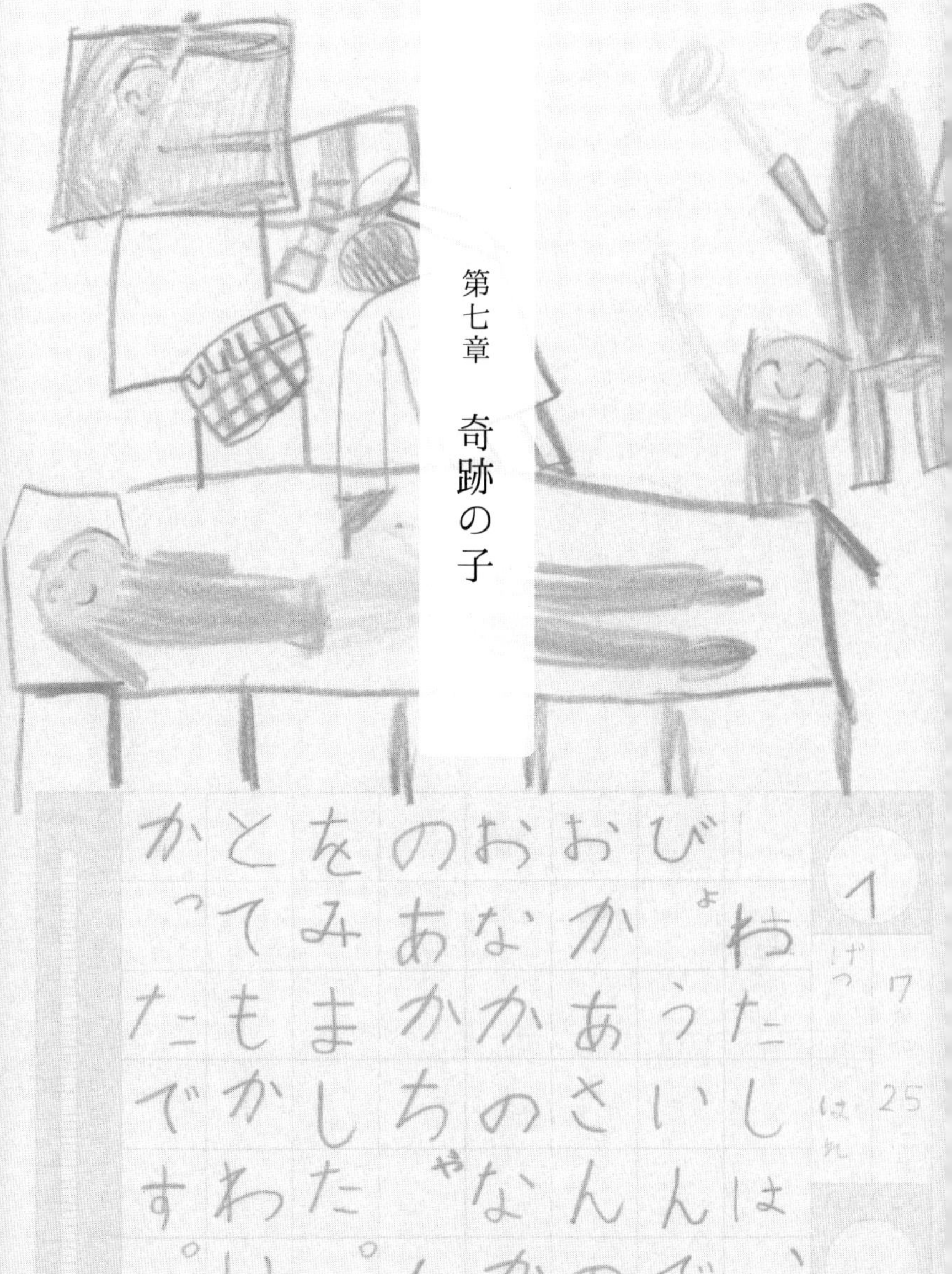

おなかの赤ちゃんを見たときの様子を描いた娘の絵日記
2011年7月25日

二〇一一年一月十一日「着床」

「朝、とても憂鬱な気持ちでクリニックに行った。が、予想に反して、検査の結果は『陽性』だった。『着床したということですか?』と質問すると、先生は『そうです』と答えた。が、『あまり期待しないでください。流産の可能性はとても高いです』と続けた。受診番号が七番で、血液検査をした部屋も七番。ラッキーセブンだったのだ。

妊娠四週四日ということだった。先生からもらった超音波の写真に、『ありがとう、アンディ』とキスをした。そして、この幸せな時間が少しでも長く続くよう祈った」

二〇一一年一月十七日「妊娠確認」

「クリニックへ。超音波検査で小さな袋が確認できた。妊娠五週と三日だ。来週、心拍を確認する。心の中は不安でいっぱいだ」

二〇一一年一月二十一日「母子手帳」

「午前中、がん研究センターに行った。頭頸科、皮膚科と回り、最後に血液内科に行った。飛内先生が、年末に撮影したCTの検査結果とこの日の血液検査の結果を知らせてくれた。いずれも、異常がなかった。

先生が『いま、プレドニンは二錠ですね……』とパソコンの画面を見ながら薬を処方しかけたとき、私は切り出した。

『先生、私、妊娠しているんです』

いつも冷静な先生が上半身をビクッと動かし、驚いた表情で聞いた。

『ご主人は知っているんですか？』

『はい、あの……私は四十六歳ですので、自然妊娠ではないんです。不妊治療でできたのです』

『治療をしていたのですか？』

『いいえ、これには説明がいります。実は私は、最初の治療の前、つまり七年前に受精卵を凍結したのです。それを今回戻したのです』

『そうですか』

いつもの、淡々とした表情に戻った。『では、次のＣＴの予約はやめましょう』とプリントアウトしてあった、ＣＴ検査予約票をゴミ箱に捨てた。

『クリニックの先生には流産するかもしれないと言われているんです』と私は話を続けようとした。

先生は言った。

『これは、患者さんご自身の決断です。私たちがどうこう言えることではありません。ただ、出産する病院は、村上さんの病気にも対応できるような病院を選んでください』と言った。

先生は、何の感想も言わなかった。事前に相談しなかったことを怒ることもなかった。私が『受精卵を戻していいですか』と聞けば、私の命を守る医師の立場から、『あなたの体の状態では、リスクが高過ぎます』と答えただろう。だから、あえて聞かなかった。信頼する医師の助言を聞いて、それに背くことだけはできなかった。また、第三者の意見を聞いて、自分の決断に影響が出るのも嫌だった。だから、当事者の夫以外だれにも相談しなかった。

病院を出て、娘を習い事の教室に迎えに行き帰宅途中に用事があって、区役所の出張所に行った。閉庁前ぎりぎりの午後四時五十分だった。用事を済ませたあとに、『母子手帳の申請について』という案内が目に飛び込んできた。

私は思わず、窓口の男性に聞いた。『母子手帳をいただくのに、医師の証明書などはいりますか？』

『いいえ、申請書をお書きになれば、すぐ差し上げられます』と、担当の男性はにこやかに答えた。手渡された申請書に名前を書くと、生年月日を記入する欄があった。『昭和三十九年……（四十六歳）』と記入した。また、週数を記入する欄には、『五週（二カ月）』と記入した。妊娠するには高過ぎる年齢と、妊娠週数の短さに私は恥ずかしさを覚え、『病院の住所がわからないので、また持ってきます』と男性に言った。その男性はまた、にこやかに『大丈夫ですよ。住所はこちらで調べられますから』と言った。私は勇気を出して、申請書を提出した。

もらった母子手帳は、双子を妊娠したときにもらったときと同じミッフィーの柄だった。『同じなんですね。六歳の娘を妊娠したときにいただいたのと同じ』と私は男性に話し掛けた。その男性は『ええ』と微笑みながら、『健診のつづりなどが入っていますので』と三センチほどの厚さの袋をくれた。

家に帰って、袋の中身を取り出してみた。健診のつづりのほか、妊婦への情報がいろいろと入っていた。あのときと同じ、『SIDS家族の会』の小さなカードも入っていた。アンディを死産してから、この小さなカードを見て、すがるように連絡したときのことを切なく思い出した」

二〇一一年一月二十四日 「心拍確認」

「クリニックへ。赤ちゃんは大丈夫だった。六週と三日だ。あと一週間様子を見て、大丈夫なようだったら病院への紹介状を書いてくれるということだった。心拍のようなものが見えた。うれしかった」

二〇一一年一月三十一日 「最後の診察」

「赤ちゃんは元気だった。七週と三日だ。先生に昭和大学病院宛ての紹介状を書いてもらった。『待ったかいがありましたね』と先生に言われ、涙が出た。『長い間、お世話になりました。このような、赤ちゃんがおなかにいる形で先生にご挨拶できると思いませんでした。本当にありがとうございました』と挨拶した。結婚して間もなく通い始めたこのクリニック。八年半通ったこのクリニックに来るのは今日で最後だと思うと胸が詰まった。希望を抱いたまま去れることに感謝しながら、クリニックを出た」

二〇一一年二月二日「大学病院へ」

「昭和大学病院に行った。クリニックからの紹介状を持参した。産婦人科の受付で渡された問診票に病歴を書いた。

悪性リンパ腫（二度再発。抗がん剤・放射線治療で寛解）
自己免疫性溶血性貧血（プレドニン服用中、一日二錠）
特発性血小板減少性紫斑病（同）
耳下腺腫瘍（摘出手術済）
発作性上室性頻拍（カテーテル手術済）

初診担当の年配の医師に開口一番、『これだけの病気を抱えて、四十六歳で、どうして妊娠したんですか！』と叱られた。

『どこのクリニックだ！　どうして、こんな患者に不妊治療なんてするんだ！』と怒りの矛先は、私の希望をかなえてくれたクリニックに向かった。私は慌てて説明した。

『受精卵は、三十八歳のとき、抗がん剤治療に入る前に凍結したものです。そのときに四つ凍結できて、そのうち二個を今回戻してもらったのです。残りの二個は状態が悪く破棄という形になりました。四十六歳になったのは、これまで病気が続き、受精卵を戻すまで体調が回復しなかったからです。クリニックでの治療は四十五歳までで、私の体調も良かったことから、先生には私からどうしてもとお願いして、受精卵を子宮に戻してもらいました』

『それにしても、よく着床したものだ……』と医師は続けた。私は平身低頭でお願いした。

『こちらの病院しかお願いするところがないんです。お願いします』

医師は首を振りながら、半ば諦めたように言った。

『あなたのように複数の重い病気を抱えた妊婦は、うちのような大きな病院でなければ無理でしょう。わかりました。引き受けましょう。ただし、条件があります。あなたの体に異常が出てきたら、妊娠の継続は諦めてください。いいですね』

医師は念を押した。

『はい、わかりました。ありがとうございます』

私はほっと胸をなで下ろし、医師に深々と頭を下げた」

二〇一一年二月七日「妊娠八週」

「午後から昭和大学病院へ。私を担当してくれるのは、穏やかな話し方の経験豊富そうな男性医師だった。昨日から微量の出血をしていたので心配したが、赤ちゃんは一・五センチに育ち、心拍も見えた。ほっとした。八週と三日。三カ月目に入った。夫はほとんど感情を出さない。喜んで、また落胆するのは嫌だ、という」

二〇一一年二月十七日「辛い」

「毎日、毎日、辛い。赤ちゃんが生きているかどうか不安で心配でたまらない」

二〇一一年二月二十六日「鬱状態」

「鬱状態が続いている。フラッシュバックのように過去のことが思い出される。おなかの赤ちゃんが生きていれば、十週になっている」

二〇一一年四月二日「飛内先生の紹介状」

「飛内先生の診察があった。昭和大学病院に紹介状を書いてくれた。封をしていなかったので、帰宅後、中身を見た。これまでの病気の経緯と共に、担当医へのひと言が添えられていた。

『このたび、凍結受精卵を用いた体外受精で妊娠された旨をお聞きし、大変驚いている次第です。いろいろとご面倒をお掛けするかと存じますが、よろしくお願いいたします』

見慣れた飛内先生の字を見て、目頭が熱くなった」

二〇一一年四月二十六日　「性別判明」

「超音波検査でおなかの赤ちゃんが男の子だとわかった。女性医師が超音波の画面を見て、『男の子ですよ。ほら、ついているでしょ』と言い、私に画面を見せてくれた。私の息子は元気に手足を動かしていた。涙が止まらなかった。

家では一週間ほど前からこいのぼりを飾っていた。昨日は娘が画用紙六枚をつなげて、ダイナミックなこいのぼりの絵を描いてくれた。〝屋根より高い、こいのぼり〟の絵だ。また、昨日はパソコン内の画像が画面に次々と出てくる中に、アンディのベッドの写真が出てきた。『アンディ』と名前が書かれた空っぽのベビーベッド。ブルーのタオルが掛けられたあの病院のベッド……。こいのぼりの絵とアンディのベッドの写真は、男の子だよ、というメッセージだったのだ」

二〇一一年五月六日　「血小板値下がる」

「がん研究センターでの診察の日だった。血液検査で血小板の値が五・一万／μlに下がっていた。残念。プレドニンを十錠に増やすかもしれない。薬はかなり気を付けて飲んでいたので、飲み忘れはないと思う。妊娠が原因なのだろうか？」

二〇一一年五月十日　「夫のいらだち」

「『これが一番恐れていたことなんだ』と夫は声を荒らげた。娘に支度を急がせ、慌ただしく朝食をとる、ありふれた朝だった。

私は前夜、抱える病気のうちの一つ『特発性血小板減少性紫斑病』についてネットで調べて、その結果を翌朝食卓で報告したのだ。『妊娠により再発する可能性が高い』と。

本来なら、受精卵を戻す前に調べておくべきだった。四十六歳という年齢、七年前の凍結受精卵であること、その質も悪かったことで、私も夫も、その受精卵で妊娠するなどとは期待していなかった。おそらくクリニックの医師もそうだったと思う。

『でもね、ネットでは、妊娠八カ月の妊婦が発症して、プレドニンでは効果がなかったけど、脾臓を摘出して良くなって、ちゃんと出産もできたケースも報告されていたよ』

その話は私にとって朗報だったが、夫には逆効果だった。

『八カ月の妊婦に手術？　八カ月まで来たなら、胎児も一緒に取り出せば良かったんだ』と夫は言った。手術する場所が違うでしょう、と思ったが私は黙った。夫は続けた。

『だから、反対したんだ。もう一人子どもを授かることは素晴らしい。でも、君の命や健康を犠牲にしてまで、ほしくなかった。それは何度も言ったはずだよ。僕は君と娘との三人の暮らしで十分幸せなんだ。僕はね、君と結婚するためにはるばる日本に来たんだよ。君が死んだら、僕は一人でここで、娘と生まれたばかりの赤ちゃんを育てるのかい？　いいかい？　この日本は僕の国じゃないんだよ。君のお母さんが十九歳のときに母親を亡くして、いまでも母親の話をすると泣くって君が言っていたじゃないか？　子どもが母親を早く亡くすことが、どれだけ深い傷を残すか想像できただろう？』

私には返す言葉がなかった。私と夫の英語での会話を理解しない娘は、磨いてきたばかりの歯を私に見せた。

『どう？　ピカピカでしょう？』

『うん、ピカピカね。ばい菌さんもいないわね』と私は娘の口の中をのぞき込んだ。支度ができた娘は玄関で靴をはき、元気良く『行ってきます！』と言った。夫は、『Take it easy,（無理するなよ）OK?』と私に言い残し、娘と一緒に玄関を出た。

いつものように道路まで出て、夫と、夫と手をつなぎスキップする娘の後ろ姿を見送った。娘のスキップに合わせるように、赤いランドセルと黄色い帽子が、上下に弾んだ。

そして午後、私は左足の膝上に、恐れていた紫斑を見つけた」

二〇一一年五月十三日「執行猶予」

「治療するかどうかの判断まで、十日間の猶予が与えられた。血小板の値が五・二万／μlと先週とほぼ同じだったのだ。

『この値だと、まだ治療する段階ではありません。少し様子を見ましょう』と飛内先生は言い、十日後に診察の予約を入れた。先週言われたプレドニン増量を覚悟していた私は、ほっと胸をなで下ろした。

この一週間、ほぼ毎日、血が止まらない夢を見た。あるときは生理の血が止まらない夢、あるときは胸の上一面に紫斑ができる夢。そして、飛内先生と連絡をつけたくてもつけられず、焦っているのだ。実際、右足と左足に直径数センチの紫斑ができていた。昨年はこれが、胸、腕などあちこちに大きく出て、結局は入院して治療することになった。

妊娠六カ月。毎日、胎動を感じ、赤ちゃんは五百グラム近くに育っていた。数日前、昭和大学病院産婦人科の主治医に、十錠までプレドニンを増量したら胎児に影響が出るかどうかを聞いた。主治医は『薬の影響が赤ちゃんに出る時期は過ぎましたので、大丈夫です。それよりも現段階で重要なのは、どう無事に出産するか、です。村上さんの場合は帝王切開になりますので、血小板を一定の値に上げなければなりません。いまは、そのために必要な治療をしてください』と答えた。胎児への薬の影響がないと聞き、私は胸をなで下ろした。

昨年、特発性血小板減少性紫斑病で入院治療したときは、顔のむくみをもたらすプレドニン増量を何としても避けたく、輸血をしながら、新しい治療法（分子標的薬のリツキサン）を試みた。これにより血小板値が上がり、私は幸運に感謝した。

しかし、今回は血小板値が下がっても昨年のリツキサンは使わない、と決めていた。インターネットで調べた限りでは、リツキサンを使うことによる妊婦や胎児への影響については、まだ検証できていなかった。夫に調べてもらうと、やはり米国でも、妊婦へのリツキサン投与は避けるべきだという現段階での結論が出ていた。

私の気持ちは昨年とはまったく違った。顔がむくもうが、骨がさらにもろくなろうが、赤ちゃんを無事に産めるなら、何でも引き受けるつもりだった。夫にそのことを伝えると、『普通はそういう犠牲がなく、ただ赤ちゃんの誕生を喜ぶものなのにね』と残念そうに返した。

飛内先生もリツキサンの妊婦や胎児への影響について、調べてくれていた。

『普通、この治療法を行う人はがんや自己免疫疾患などを患う方々ですので、医者は妊娠を勧めないのです。私も勧めません。まあ、相談されませんでしたが』と先生は笑った。私は恐縮して、すみませんと頭を下げた。先生は続けた。

『とはいえ、やはり、妊娠する人はいます。調べてみると、世界で百例ほど、妊娠中に投与した人、または治療後まもなく妊娠した人がいました。だいたい四分の三ほどは母子ともに無事で、四分の一は何らかの影響がありました』

『影響とは、具体的に言うと何なのでしょうか？　胎児が死んだとかですか』

『そういう例もありましたし、出産後女性が亡くなった例もありました。また、胎児に何らかの奇形があった例もありました。奇形というのは外見だけでなく、心臓など内臓に異常がある奇形も含まれます。ただ、健康な女性の出産でもこれらは一定の確率で起こりますので、すべてがこの治療法の影響だとは言い切れません』と説明してくれた。

私のことを気に掛けてくれ、ありがたかった」

二〇一一年六月十日　「血小板値上がる」

「血小板値が八・七万／μℓに上がっていた。飛内先生が『このまま上がればいいですね。あまり無理をしないように』と言ってくれた。うれしかった」

二〇一一年六月十二日 「娘からのプレゼント」

「娘が、私が昨夜話して聞かせた物語を絵に描いてプレゼントしてくれた。裏側に『ママ、大好き』というメッセージも付けてくれた。

魔法の車に乗って天国へ行き、アンディの家に行くという物語だ。絵にはアンディと娘が私と一緒ににこにこ笑っている様子が描かれていた。綿あめでできた雲、魔法の車、アンディの家と玄関前に立てられた『アンディ』という表札も、話のとおりに描かれていた。昨日、娘をちょっとしたことで叱ったばかりなのに、『ママにプレゼント』と絵を描いてくれる娘。その健気さに思わず、涙が出た。

夜、娘が『赤ちゃんがいるかなあ』と私のおなかに耳を当てる。ちょうど胎動が盛んなときだった。娘は『とんとん、押しているよ。絶対、赤ちゃんいるよ』と興奮気味に話す。そして『神様、元気な赤ちゃんが生まれますように。そして男の子になりますように』と祈ってくれた。男の子だよ、と心の中で娘に言う私。

アンディと娘がおなかにいたときは、それは幸せだった。幸せをかみしめると、必ず対処しきれないぐらいの不幸が訪れるこれまでの経験から、幸せいっぱいで有頂天にならないように気を付けている。が、やはり、おなかに赤ちゃんがいることはうれしい。この子は娘のように胎動が元気いっぱいだ。娘が言うように、元気な赤ちゃんが生まれますように」

二〇一一年六月二十九日　「さつま揚げ」

「血小板値が九・二万／μℓに上がった。飛内先生も喜んでくれ、『このままの数値でいけばいいですね』と言ってくれた。帰りは築地市場で、好物のさつま揚げを買った」

二〇一一年七月十九日　「赤ちゃん千八百グラムに」

「赤ちゃんを超音波で検査した。千八百グラムに育っていた。胎動も多く、元気な様子。臓器にも問題がなく、特に異常はないとのこと。とりあえずほっとした。赤ちゃんの顔がかわいかった」

二〇一一年七月二十五日　「出産日決定」

「今日、初めて夫と娘が超音波画像で赤ちゃんを見た。七年前に双子を妊娠したとき、夫は妊娠初期から病院に付き添い、超音波の画像を見に来たが、今回は一切来なかった。でも、今日は元気に動く赤ちゃんを見て、さすがにうれしそうだった。先生に帝王切開の手術日を八月三十一日と指定された。手帳を見ると仏滅になっていたので、不安が一気に増した。『他の日に替えられますか』と聞いてみたが、八月三十一日の前後の日は医師が少ないなどの理由で、駄目だった。仏滅はだいたい六日に一度巡ってくるので、妊婦のそういう要望をすべて聞いてはいられないのだろうと自身を納得させた。この元気な赤ちゃんなら大丈夫、元気に生まれてくると信じることにした」

二〇一一年八月二日　「切ない」

「今日、生まれる赤ちゃんのおくるみやベビードレスを買いに行った。これまでもあちこちのデパートへ行って出産準備品を買ったが、いつも思うのだ。もっともっと、娘にしてあげれば良かったと。

娘にはベビードレスを買っていない。その準備をする前に入院となった。お宮参りもしていない。それどころではなかった。洗礼式のときも、夫の姪たちが着たベビードレスを借りて着せた。

アンディを失ったことが悲しくて、せっかく生まれてきてくれた娘の成長を楽しむことができなかった。節目の行事も、〝こなす〟ことで精いっぱいで、ドレスを買いに行ったり、着せたりすることを楽しもうとは思いつかなかった。心の中は悲しみでいっぱいで、ただ、ただ、涙をこらえて、娘の世話をしていた。

切ない……」

二〇一一年八月十七日　「夢」

「『僕はこわいんだよ』

夫はそう言って私を見つめた。帝王切開での出産を二週間後に控えていた。夫は妊娠期間中、この妊娠を喜ばなかった。双子を宿したときはあれほどおなかに話し掛けていたのに、今回は臨月になってからようやく、おなかを触り、時折話し掛けるぐらいだった。

『先週、夢を見たんだ。君が赤ちゃんを産んだあと、手術台の上で死んでしまう夢を。自己免疫性溶血性貧血のときも、敗血症性ショックになったときも、君は死にかけたんだよ。心臓の手術のときだって、君が死ぬんじゃないかと思った。今回は出産だ。女性は出産で死ぬんだよ。医学が進歩したいまでも、若い女性でも。それが君のように四十六歳で、病気を複数抱えていれば、死の危険は何倍にも増す。僕は夢の中で途方に暮れているんだ。異国の地で、小学校一年の娘と、生まれたばかりの息子を抱えて、どうしようかと。君は絶対にいまの幸せに満足しないんだ。僕は何度も言ったはずだ。僕は幸せだ。娘がいて、病気を克服した君がいて、家族が仲良くて。これ以上の幸せはいらないと思っていた。でも、君は違う。現状に満足しない。そして、自分が望むものに命を懸けるんだ。文字通り、命を』

『……ごめんね』

『君はね、自分の命を危険にさらしているんだよ、自らほしいもの、つまり、もう一人の子どものために。君は僕と娘の暮らしで満足しないのかい？　幸せじゃないのかい？　君が死ぬと、僕とここですやすや幸せに眠っている、この娘はどうするんだい？　それは考えたかい？　君の夫と娘の幸せも危険にさらすんだよ』

『でも、あの子が私の元に帰って来たがっていたのよ。だから、いまおなかにいる子は男の子でしょ。あの子が帰ってきたのよ』

『僕はそんな考えは信じない』

私は泣きながら、夫に訴えた。

『あの子は、私のおなかに来るときを間違えたのよ。生まれる前に私のおなかの中で、〝あっ、間違えちゃった〟って、引き返してしまったの。その後、機会を狙っていたけど、私が病気続きで戻って来られなかったのよ』

夫は静かに首を振り、それ以上、私と言い争うのをやめた。そして、私を見つめて言った。

『いいかい？　絶対に死なないでくれ』

今日は、飛内先生の、出産前最後の診察日だった。

『いま、三十五週ですね』

先生が私の妊娠週数を覚えてくれたことに驚き、また、感謝しながら、私は『はい、そうです』とうなずいた。

『血小板は十四万に上がっています。あちらの病院で、超音波で赤ちゃんのことは調べましたか？』

『はい。いまのところ、問題は見当たらないようです』

『そうですか。無事に出産できるといいですね』

『はい、ありがとうございます』

次の診察予定は、出産予定日の四週間後となった」

二〇一一年八月二十日「臍帯血保存を決断」

「へその緒に含まれる『臍帯血』の中の『幹細胞』を、のちに必要になったときに使えるように保存しようと、民間の臍帯血バンク『ステムセル研究所』に電話をした。同研究所の担当者によると、公的臍帯血バンクは第三者のために使われるが、この民間の臍帯血バンクは自分の子どもに使えるという。

赤血球・白血球・血小板などの血液の元になる『造血幹細胞』は、白血球や再生不良性貧血などの難治性血液疾患の治療に役立つ。私は娘と息子が三つの血液の難病を患う私の遺伝子を引き継ぎ、将来、血液の病気になることを恐れていた。そして、親としてできることをしようと考えて、たどり着いた答えが、『臍帯血』の保存だった。

唯一の心配は、私のこれまでの治療、つまり抗がん剤やステロイド剤の影響だ。それについて聞くと、担当者は『薬剤は胎盤で濾過されるので、影響はありません』と答えた。

もし私の子どもたちが血液疾患になった場合、すでに血液疾患を持つ私の遺伝子が入った『造血幹細胞』を用いた治療を行い、効果があるのか、という疑問については、現段階では医学的知識のない私が、〝仮定の仮定〟の話をしても答えは得られないと判断し、この疑問を臍帯血保存の決断の材料にするのはやめた。

夫は、『子どもたちの将来の病気に備えるようで嫌だ』と反対した。夫の気持ちも十分理解できたが、その意見を聞き入れて諦めるには、もう二度と出産できない私にとって『臍帯血』はあまりにも貴重だった。夫に黙って、手続きをした。昭和大学病院産婦人科の主治医に、出産時に臍帯血を採取してもらえるかどうか聞いたところ、快く承諾してくれた」

二〇一一年八月二十九日　「娘の気持ち」

「近くの児童館に、入院中に娘を預ける手続きをしに行ったとき、娘が突然ポツリと言った。

『あさって、赤ちゃんが生まれるんだね。うれしいけど、残念。もう、子どもでいられないんだね』

夕食を取っている最中には号泣した。

『おねえちゃんになりたくない。ずっとママとダディの子どもでいたい。赤ちゃんはほしいけど、おねえちゃんになりたくない』

もっと、娘の気持ちに目を向けるべきだった。いつも、いつも側にいてくれ、私を愛してくれたのは娘なのに」

妊娠中、私は両親にも、親友にも、お母さんたちにも、妊娠のことは告げなかった。妊娠の喜びに浸り、また、どん底に突き落とされ、それを再び人に報告するのは精神的に耐えられないと思ったからだ。実際、そうなる確率は高かった。それに年老いた両親には、これ以上心配を掛けられなかった。

病気を理由に友人には会わなかったし、あらゆるリスクを回避したかったので、外出は必要最低限にした。四十六歳という年齢からか、おなかが大きくなってから近所で知り合いに会っても何も聞かれなかった。唯一、あっけらかんと「おめでた？」と聞いてきたのは、私の年齢を知らない知り合いだった。結果的に私の妊娠を知っていたのは、妊娠中期から後期に会った古くからの友人数人だった。

妊娠中は常に不安が心を満たしていた。また、突然おなかの子の心臓が止まるのでは、と恐れた。先天的に問題を抱えた子でも喜んで育てようと考えていたので、出生前検査は初めから受ける気はなかったが、医師からも勧められなかった。診断の指標となる数値には妊婦の年齢が影響するが、私のように出産年齢は四十六歳でも、おなかで育っている赤ちゃんは三十八歳のときの受精卵というのでは、出てくる結果に信頼性がないからという理由だった。

私は神に祈った。「どうぞ、この子を無事出産させてください」。毎日、毎日、そう祈り続けた。娘にきょうだいをつくることが、体の弱い私が娘にしてあげられる唯一のことだと信じ、この世に生まれてくるはずだった命をもう一度この世に迎えることが、私の使命だと考えた。
私は息子を生きている状態でこの世に迎え入れることしか、もう望まなかった。

第八章　アンディ

天国のアンディの家に遊びに行く物語を描いた娘の絵

二〇一一年八月三十一日、私は三千百二十三gの元気な男の子を産んだ。

麻酔で感覚のないおなかを医師が切り開いた瞬間、手術室に力強い、大きな泣き声が響き渡った。その産声を聞き、私は泣いた。医師や看護師から次々と「おめでとうございます」と声を掛けられながら、真っ赤な顔をくしゃくしゃにして泣く息子を胸に抱いた。「これが、普通の出産なのだ」という感慨に浸った。

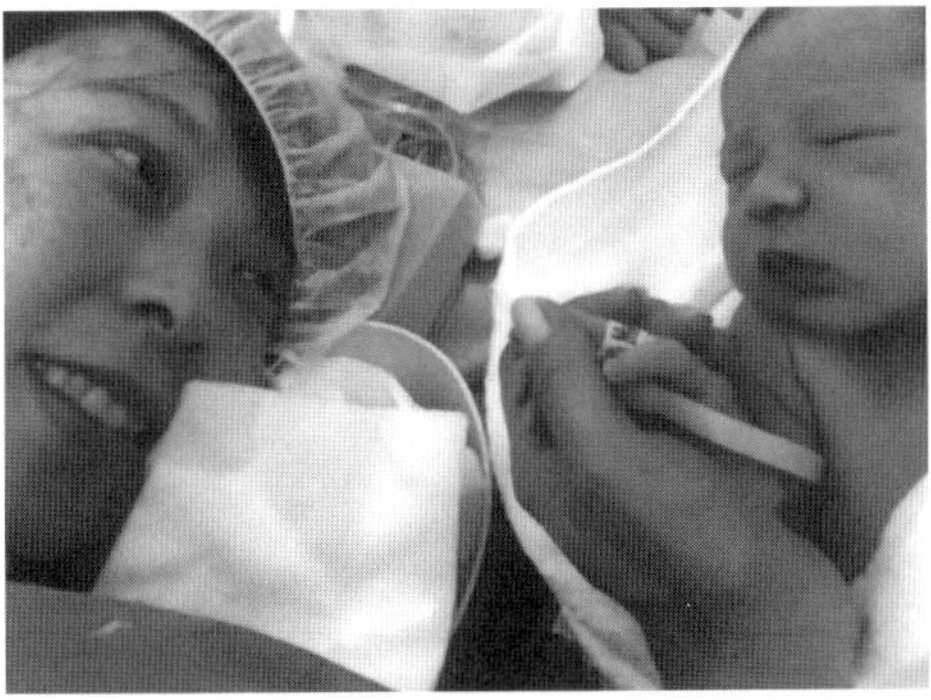

昭和大学病院産婦人科のスタッフが撮影してくれた出産時の写真＝2011年8月31日

七年前の悲しいお産を思い出した。弱々しく泣く娘と、娘のすぐあとに子宮から取り出された、産声を上げない息子を交互に抱き、安堵と悲しみが入り混じった涙を流したときのことを。

夫は「とても元気そうな、かわいい子だよ」と安堵の表情を見せた。夫は私が妊娠後期に入ると就寝中にうなされて飛び起きた。心配性の夫を、さらに心配させて申し訳なかったと思った。

きょうだいができることが不安だった娘は「ママ、赤ちゃん、ちっちゃくて、すごくかわいいの」とはしゃいだ。弟をかわいがる、娘の姿が思い浮かんだ。

ステムセル研究所の担当者に電話をして、出産時に無事採取できた臍帯血を取りにきてほしいと頼んだ。担当者が当日夕方病室に来て、臍帯血を持ち帰った。

心配掛けまいと妊娠を知らせていなかった両親には、私と生まれたばかりの息子の写真をメールで送った。

「突然ですが、今日出産しました。母子ともに無事です」。唐突で簡潔なメッセージを添えた。仰天した母は二日後、〝事実確認〟に病院を訪れた。そして、息子を見て「かわいい」と何度も言い、「睦美も、調子良さそう」と安心した様子だった。

そして、夫と娘だけで父母のところに遊びに行った夏休みのことに触れた。

「睦美から電話があって、『私は体調が悪いから行けないの。二人をよろしくね』と頼まれたときは、ああ、そんなに体調が悪いんだと思った。でも、一人でのんびりすれば、少しは体調が良くなるかなとも思ったの」と言った。そして、「二人とも、睦美がもう少しで出産なんて、これっぽっちも言わなかったのよ」と笑った。

さらに、帝王切開による出産でおなかが痛く、前屈みで点滴台を押しながら歩く私の姿を見て、「腰が曲がっているわよ。真っ直ぐ歩きなさい」と注意した。いつもの母だった。

だが、その気丈な母が、しばし考えてこう言った。

「初めは、おめでたいことなのに水臭いと思ったけれど、いろいろ考えたら、知らせてもらわなくて良かった。知っていたら心配で寝込んでいたと思う」

笑っていた表情が急にゆがんだ。下を向いた母の目からは、ぽたぽたと涙が落ちた。妊娠という人生で最もうれしい報告を母にできず、また、母はおなかが大きい一人娘の姿を見たかったかもしれないな、と申し訳なく思ったが、長い妊娠期間を心配させずに済んで良かったのだと、自分に言い聞かせた。

三日後、夢を見た。夢と現実の間のような不思議な体験だった。

寝ていた私の体から、私自身が引っ張られ、すっぽりと抜けた。

きれいな夜空をものすごい勢いで引っ張られた。そして、突然下に引っ張られ、海底に入った。きらきらと光る、きれいな海底だった。

アンディの声が聞こえた。今回は姿が見えなかった。

「ママ、いままでどうもありがとう。さようなら」

声とともに光が遠くへ消えていった。

八日後、私は息子と一緒に退院した。

よく晴れた日だった。娘は学校に行っていて、夫が一人で迎えに来た。病院の入り口前で息子を抱いて写真を撮ったあと、車に向かった。

後部席のベビーシートに息子を乗せ、私は助手席に乗り込んだ。

運転席の夫が、エンジンをかけた。その瞬間、それまでの笑顔が一転し、夫はハンドルに突っ伏して、せきを切ったようにむせび泣いた。

「あのとき、アンディもこうやって、一緒に家に帰るはずだったんだ。小さな骨壺じゃなくて、こうやって一緒に帰るはずだったんだ」

アンディへの思いについては、夫と温度差があるとずっと思っていた。

私がアンディへの思いを募らせて沈み込むのに反比例するように、夫はアンディのことはあまり語らず、娘を溺愛した。

悲しみの受け止め方は、夫婦であっても違うのだ。

私には三人の子どもがいる。夜は、三人と一緒に同じ寝室で寝る。白い小さなベビーベッドには生まれたばかりの息子が、私の左には娘が寝て、ベッドの右横にはアンディの遺骨が置いてある。

夜、息子と娘が寝静まると、私は三人に順に触れながら、その存在を確認する。三人をなでながら、私の胸は切なさでいっぱいになる。

エピローグ　母の日のクッキー

息子が幼稚園でつくってくれた「母の日」のクッキー

園庭から、子どもたちの笑い声や歓声が聞こえていた。幼稚園の二階の部屋では、年少組のお母さんたちの懇談会が開かれていた。約二十人の母親は四つのグループに分かれ、園児用の小さな椅子に腰を下ろし、談笑していた。幹事役の私はもう一人の幹事と一緒に、お茶の準備をしたり、ケーキを各テーブルに配ったりしていた。二〇一六年二月八日のことだ。

約一年間、送迎時に話をし、一緒にランチを食べたり公園で遊んだりしてきたお母さんたちは、お互いに気心の知れた仲になっていた。彼女たちの多くは、私より十歳も十五歳も若い。

専業主婦の人もいれば、パートタイムで仕事をしている人もいる。「男性に伍する仕事、家庭、子ども、すべてを持つことが可能」と信じて、がむしゃらに仕事をし、途中で両立を諦めたり、やっと手にした一つを手放したり、もしくは綱渡りのような状態で両立を続けたりしてきた私の世代とは違い、彼女たちの生き方は柔軟だ。立派な学歴や職歴を持ちながら、「仕事と家庭の両立」などと声高に叫ぶことなく、自分が選んだ環境の中で、自分が望む家庭を築き、子どもの成長や家計の事情に応じて、臨機応変に働き方を調整している。そんな彼女たちの生き方を心から素敵だな、と思う。

この日の話し合いのテーマは「自分はどういう育てられ方をして、それがどう子育てにいかされているか」だった。ケーキを食べながら、グループ内での話がなごやかに続いていた。娘がこの幼稚園に通っていたときも、私は一番年上だった。が、年の近いお母さんもいた。だから、「年を取ったママ」として自虐ネタを盛り込みながら話もできた。しかし、いまの私が過去の話をすれば、「昔話」になりかねない。だから、このときも話題を選びながら話をした。

私の斜め向かいのお母さんは、私より十七歳若い。専門職としてフルタイムで働いていたが、子どもを持つ前に、子育てをしながらの短時間勤務が可能な職場を見つけて、引っ越し。最初はフルタイムで働き、出産後はパートタイムに切り替え、お迎えの時間のあとは習い事にも連れて行っている。そのしなやかな生き方は、彼女の透き通った肌のようにまばゆい。肩に力が入っていた私には、できなかった生き方だ。

母親たちと話をしながら、前年、十数年ぶりに前の職場の女性記者と電話で話したときのことを思い出した。彼女は私と同い年。優秀な記者だった。結婚はせず、現在はある部署のデスクをしていた。

「すごいですね。デスクなんて」

「そんなことないですよ。村上さんだって子ども二人も産んで、すごいじゃないですか」

言葉にしなかったが、お互いに十分わかっていたと思う。私たちががむしゃらに仕事をした若いときに、多くの女性が「やりがいのある仕事も家庭も」求めたが、それを成し得たのは、ほんの一握りの女性だったということを。そして、結果的に仕事か家庭かどちらか一方を選んだとしても、どちらがより良いかなど言えないということを。

「一歳ぐらいになると親離れできないから、まだわけのわからない生後六カ月ぐらいに、保育所に預け始めるといいみたいよ」

子どもを持つ先輩記者のそんなアドバイスを真剣に聞いていたころ。保育所の保育時間のあとは二次保育、ベビーシッター、親など活用できるものはすべて活用して仕事に没頭していた人。職場の配属について、あえて会社側に配慮を求めず、家族を置いて転勤した人……。男性と同じ仕事をするために、彼女たちは多くの犠牲を払っていた。女性が家庭を持ちながら働き続けることの難しさは、きっといまも変わらないのだろう。

お迎えの時間が来た。私たちは二階から下りて、一階で待つ子どもたちを迎えに行った。先生が息子の名前を呼ぶ。息子が私に向かって、はじけるような笑顔で走ってきた。

「おかえり」

「ただいま。ママ、抱っこ」

息子が私にぶら下がった。私は息子を抱き上げた。

「むっちゃん、うれしそうよ」

若いお母さんたちにひやかされる。

「そう？　やっぱり？」

私はそう返しながら、息子をぎゅっと抱き締める。

「ママ、きついよぉ」

愛しい息子が私の胸に抱かれたまま、足をばたつかせる。

◇

「I Love You, Daddy」

二枚の絵にはそう書かれていた。中一の娘と幼稚園年長の息子が描き、二〇一七年六月十八日、「父の日」に夫に贈ったプレゼントだった。私からは、近所のスポーツクラブの会員権を贈った。三カ月分を前払いした期間限定のプレゼントを、ウエストラインを気にし出した夫は喜んだ。子どもたちが競うように夫に抱き付いた。

父の日のイベントが終わり、私は冷蔵庫に大切に入れてあった「母の日」のプレゼントをもうそろそろ食べようと思った。息子が幼稚園でつくってくれた、私の顔の形をしたクッキーだ。母の日の週にプレゼントしてもらい、食べるのがもったいなくて一カ月も冷蔵庫に入れていた。取り出して眺めてはまたしまう――を繰り返していたが、さすがに「賞味期限が過ぎてしまうのでは」と気になり始めていた。

息子の通う幼稚園では毎年、母の日の行事が行われる。サークル状に並べられたかわいらしい椅子に座った園児の後ろに、それぞれの母親が立つ。園児たちは子ども讃美歌「おかあさんだいすき」を歌い、手づくりのプレゼントをくれる。プレゼントの内容は毎年違い、幼稚園最後の今年はクッキーだった。目をつむって〝サプライズ〟でプレゼントをもらった母親たちは皆、子どもを抱き締めて礼を言い、隣の母親らとそれぞれのクッキーを見せ合い、幸せなひとときを過ごした。

その幸せなひとときを振り返りながら冷蔵庫を開け、クッキーを取り出したとき、ふと七年前の母の日を思い出した。娘が幼稚園年長だったときのことだ。そのとき私は入院中で、私の母が病院に、「これ、母の日のプレゼントだよ」と娘が幼稚園でつくってくれたクッキーを持ってきてくれたのだ。そのときももったいなくて、クッキーをしばらくベッド横の冷蔵庫に入れておき、毎日取り出しては眺め、娘を想っていた。

息子にもらったクッキーをなでながら、そのときの記憶がよみがえった。私は悪性リンパ腫の再々発のあと、患っていた自己免疫性溶血性貧血の薬を減量中に、別の自己免疫疾患の特発性血小板減少性紫斑病を発病して緊急入院という状態で、病気との闘いに疲れ切っていた。先の見えない治療で不安も多く、病気の連鎖のなか、「私はもう長くないのではないか」という予感もあった。そのような中、娘の手づくりのクッキーは私の心の癒しとなってくれた。が、娘がそのプレゼントを、だれにどういう状態で渡したのかということには思いが至らなかった。

あの幼稚園のあの部屋で、小さな椅子に座った、小さな娘の姿が心に浮かんだ。娘は一人ぽつんと、母親が後ろにいない状態で、この園で歌い継がれている「おかあさんだいすき」を歌ったのだろうか？　そのクッキーを手に持ち、皆が後ろを振り返り母親にプレゼントをしたとき、一人もじもじとしていたのだろうか？　手伝いに来てくれていた私の母が、後ろに立ってくれたのだろうか？　それとも、幼稚園の先生が立ってくれたのだろうか？　いずれにしても、寂しい思いをしたに違いない。

娘に、あのときの母の日のクッキーはだれに渡したのか、恐る恐る聞いた。娘は、きょとんとした顔で答えた。

「覚えていないよ。幼稚園の記憶はほとんどない。悲しいことも楽しいことも覚えていないの」

過去を振り返り、切なく思うのは大人だけなのだろうか？　それとも辛くて悲しいことは忘れてしまうという、防御反応が娘の脳に働いたのだろうか？

息子からもらったクッキーをパキンと割り、口に入れた。ほんのりと甘く、素朴で優しい味がした。記憶の中にある、病院のベッドでひとかけひとかけ味わって食べたクッキーと、同じ味がした。

あとがき

私はこの闘病記を娘のために書き始めました。二〇〇六年四月、悪性リンパ腫に続く病気「自己免疫性溶血性貧血」を発病し、国立がんセンター中央病院に入院したときです。「娘に何か残したい。残せるものは何か」と考え、闘病記を書くことを思い付きました。

緊急時の治療が落ち着き、ベッドに起き上がれるようになったときにペンを持ち、ノートにつづり始めました。当初のタイトルは「ある晴れた日に」でした。息子を送った日は、それは美しい秋晴れの日だったからです。

それからタイトルを二回変え、書き出しも二回変えました。一つの病気を克服し、その記録を書き足し前向きに生きようとしているときに、また病気になる。それを克服して書き足しているうちに、また病気になる――。いつまでも完結しない闘病記を書いているうちに、あっという間に時が過ぎていきました。

病気の連鎖から逃れられず、医師の見立ても良くなく、「私は長くないな」と実感する中、娘が成長し母親の助言を必要とするときには私はもうこの世にいないと思うようになりました。娘が私と話をしたいと思ったとき、この闘病記を手に取ってページをめくり、私はいつも娘の側にいると感じてほしいと願いました。これを読んで私を反面教師にし、もっとしなやかに健やかに生きてほしいと願いました。そのような思いから、この闘病記を完成させることが、私にとって大きな目標となっていきました。

ようやく書き終えることができたのは、病気が落ち着き、息子が幼稚園に入園して、少し時間に余裕ができたころです。あとがきを書き、原稿をプリントアウトし、最初のページに直筆で娘へのメッセージを記し、ミッフィーの柄の付いたファイルに収めました。それを改めて見たとき、「私が発病したとき、何冊もの闘病記を参考にさせてもらったように、私の闘病記もどなたかの参考にしていただけるのではないか」という気持ちが頭をよぎりました。

その方法を模索するため二〇一六年、第十四回開高健ノンフィクション賞に、「奇跡の子～がん治療と出産　両立九年の記録～」のタイトルで応募。最終候補作に残りました。それを元に加筆・修正し、改題して、このたび本にしました。

応募したときの原稿にエピローグを書き加えました。それはジグソーパズルの最後のピースのように、しっくりと収まりました。まさにこのタイミングで本にする原稿だったのだと実感しています。

この闘病記は書き始めてから完成まで十二年もの年月を要しました。そして、私はその間ずっと生き続けるどころか健康になり、将来を案じていた娘は中学二年になりました。そして、私の体調がほぼ回復したときに生まれた息子もすくすくと育っています。

これまで、たくさんの方にお力添えをいただきました。

執筆当初から伴走してくださったのはフリーのライター・編集者の江口絵理さんです。折々に相談をし、原稿を読んでいただきました。読者がすんなりと読めるか、読者や家族の受け止め方はどうか、私の言いたいことは正確に伝わっているか、といういくつもの視点で助言をいただきました。江口さんにはこの本が完成するまでの長い間、大変お世話になりました。

留学時代に知り合い、以来約三十年にわたり親しくさせていただいている新潟医療福祉大学名誉教授の岩崎テル子さんには、人生で最も辛いときに支えていただきました。常に私の目標である岩崎さんから頂戴した「この闘病記はきっと、病と闘いながらも子どもを産みたいと願う若い女性たちの参考になる」というお言葉は、とても励みになりました。

元西日本新聞社執行役員の藤井千佐子さんには、闘病中も闘病後も大変お世話になりました。また記事を書きたいと切望しながら、体調がなかなか回復しなかったときも「記者経験と闘病経験をいかし、あなたにしか書けない記事が書ける日が必ず来る」と励ましていただきました。藤井さんの激励は心の支えとなりました。

札幌の株式会社あるた出版社長の平野たまみさんにも、人生で最も辛いときに支えていただきました。平野さんにも原稿について、心温まる感想と助言を頂戴しました。事実を正確に詳しく、心のありようを正直に書こうとするあまり時に文章に家族への配慮が足りなくなる私に、「記者であると同時に妻であり母であるのだ」という大切なことを気付かせてくれました。江口さん、岩崎さん、藤井さん、平野さんの友情とご厚意に心より感謝申し上げます。

元北海道新聞論説委員で私の初任地・室蘭支社報道部のデスクだった山本卓さんにも原稿を読んでいただき、文章の表現や構成について幅広い読者を想定した助言を頂戴しました。山本さんには、「これを書くべきか、この画像を使うべきか」など判断に迷うことについてもご意見を伺い、その度に誠実なお答えを頂戴しました。心よりお礼を申し上げます。

同社で一緒に仕事をした鈴木徹記者、田村大丈記者にも原稿を読んでいただき、激励の言葉をいただきました。志子田敦子さんには、出版に向けての様々な相談に乗っていただきました。鈴木さん、田村さん、敦子さん、ありがとうございました。

私がフリーランスの記者として仕事を再開するきっかけをつくってくださったジャーナリストの倉澤治雄さんと横村出さん。お二人には本出版に向けての貴重な助言をいただきました。ご厚情に感謝申し上げます。

そして、国立がん研究センター中央病院で十四年にわたり私の主治医でいてくださった、飛内賢正医師（現・介護老人保健施設「リハビリケア船橋」施設長）に心より謝意を表します。先生に救っていただいた命を大事にし、これからも一日一日を大切に生きていきます。

最後に愛する家族にお礼を。天国で私を見守ってくれている父、献身的に私を看病し家族を世話してくれた母、いつも温かく私を見守り励ましてくれる義父母、私の一番の理解者であり支えである夫、私の希望であり宝である娘と息子、天国で首を長くして私を待ってくれている息子に、心からありがとう。私がこうやって生きていられるのは、あなたたちのおかげです。

この闘病記がどなたかのお役に立つことを願って。

二〇一九年一月

村上睦美

参考文献

- 飛内賢正監修『血液のガン　悪性リンパ腫と白血病』講談社・健康ライブラリーイラスト版、二〇〇五年
- 畠清彦著『心配しないでいいですよ　再発・転移悪性リンパ腫』真興交易医書出版部、二〇〇六年
- 国立がんセンターがん対策情報センター編『各種がんシリーズ　悪性リンパ腫』国立がんセンターがん対策情報センター、二〇〇八年
- 飛内賢正編『よくわかる悪性リンパ腫のすべて』永井書店、二〇〇八年
- 日本血液学会『造血器腫瘍診療ガイドライン二〇一三年版』
- エリザベス・メーレン著・白根美保子／福留園子訳『悲しみがやさしくなるとき　子どもを亡くしたあなたへ』東京書籍、二〇〇一年
- 流産・死産・新生児死で子をなくした親の会著『誕生死』三省堂、二〇〇二年
- 竹内正人編著『赤ちゃんの死を前にして　流産・死産・新生児死亡への関わり方とこころのケア』中央法規出版、二〇〇四年

- 島薗進著『いのちの始まりの生命倫理　受精卵・クローン胚の作成・利用は認められるか』春秋社、二〇〇六年
- 日本産科婦人科学会『生殖補助医療における多胎妊娠防止に関する見解』二〇〇八年
- 小林亜津子著『はじめて学ぶ生命倫理「いのち」は誰が決めるのか』筑摩書房・ちくまプリマー新書、二〇一一年

治療記録

2003年	**5月16日（38歳）**	**厚生中央病院　悪性リンパ腫「MALTリンパ腫」III期の診断**
	6月13日	**国立がんセンター中央病院　「MALTリンパ腫」IV期の確定診断**
	8月2日	不妊治療のクリニックで受精卵凍結に向けて治療開始
	8月15日	**受精卵凍結**
	9月2日	入院
	9月10日	リツキサン1回目
	9月12日	CHOP療法1回目
	9月24日	リツキサン2回目
	9月26日	CHOP療法2回目
	9月29日	退院
	10月10日	CHOP療法3回目
	10月22日	リツキサン3回目
	10月24日	CHOP療法4回目
	11月7日	CHOP療法5回目
	11月19日	リツキサン4回目
	11月28日	CHOP療法6回目（最終回）
2004年	**5月10日（39歳）**	**最寄りの婦人科医院で妊娠5週の診断**
	5月28日	**厚生中央病院で双子であることが判明**
	10月28日	**日本赤十字社医療センターの妊娠31週目健診で双子の一人が死んでいることが分かる**
	11月27日	**出産・死産**
2006年	**4月3日（41歳）**	**昭和大学病院緊急入院　「自己免疫性溶血性貧血」の診断**
	4月4日	がんセンターに転院　プレドニン50ml　輸血 輸血は4、5、6、7、8、9、12日の7回
	4月5日	プレドニン50ml

	4月6日	プレドニン10錠
	4月13日	ピロリ菌除菌スタート
	4月14日	**「MALTリンパ腫」再発の確定診断**
	4月20日	ピロリ菌除菌終了
	5月2日	プレドニン8錠に
	5月9日	プレドニン6錠に
	5月12日	退院
	5月16日	プレドニン5錠に
	5月23日	プレドニン4錠に
	6月5日	プレドニン3錠に
	6月20日	プレドニン2錠に
	7月19日	**「自己免疫性溶血性貧血」再発　プレドニン6錠に**
	8月14日	プレドニン4錠に
	9月5日	生理～14日まで
	9月15日	生理の大量出血～24日まで
	9月26日	がんセンター入院　出血量減少
	9月27日	再発したMALTリンパ腫の治療　リツキサン1回目
	9月28日	退院
	10月1日	生理止まる（27日間）
	10月4日	リツキサン2回目
	10月11日	リツキサン3回目
	10月18日	リツキサン4回目
	10月19日	プレドニン2錠に
	11月13日	生理の大量出血（29日まで）
	11月20日	**「自己免疫性溶血性貧血」再々発　プレドニン6錠に**
		リツキサン5回目
	11月27日	リツキサン6回目
	12月4日（42歳）	リツキサン7回目
	12月11日	リツキサン8回目（最終回）
	12月19日	プレドニン4錠に
2007年	1月10日	プレドニン3錠に

	1月19日	生理大量出血
	1月27日	入院　輸血
	1月29日	生理の出血が減り退院
	1月30日	昭和大学病院産婦人科へ
	1月31日	生理止まる
	2月1日	がんセンター頭頸科　耳下腺腫瘍（良性）が5センチに
	2月6日	昭和大学病院産婦人科医師に妊娠の可能性について聞く
	2月28日	がんセンター飛内医師に妊娠の可能性について聞く
	7月15日	生理大量出血（19日まで）
	9月7日	**「自己免疫性溶血性貧血」3回目の再発　プレドニン6錠に**
	10月11日	プレドニン4錠に。この後、自己判断で3錠に減らす。
	12月15日（43歳）	**「自己免疫性溶血性貧血」4回目の再発　プレドニン8錠に**
	12月25日	**昭和大学病院循環器科　「発作性上室性頻拍」の診断**
2008年	1月7日	「発作性上室性頻拍」の治療薬ワソラン1日3錠
	1月12日	プレドニン6錠に
	1月28日	ワソラン1日4錠に
	2月22日	プレドニン4錠に
	3月28日	**悪性リンパ腫「MALTリンパ腫」から「びまん性大細胞型B細胞リンパ腫」に変化して再々発**
	5月7日	C-MOPP療法スタート　抗がん剤1クール1
	5月14日	抗がん剤1クール2
	5月18日	生理（24日まで。これ以降、2010年12月に受精卵移植に向けて薬で戻すまで来ない）
	6月4日	リツキサン1回目
	6月11日	抗がん剤2クール1
	6月20日	抗がん剤2クール2

	6月27日	リツキサン2回目
	7月1日	救急車で昭和大学病院へ(発作性上室性頻拍)
	7月4日	リツキサン3回目
	7月11日	抗がん剤3クール1
	7月18日	抗がん剤3クール2
	8月1日	リツキサン4回目
	8月8日	抗がん剤4クール1
	8月15日	抗がん剤4クール2
	8月28日	心臓発作
	8月29日	リツキサン5回目
	8月30日	心臓発作
	9月4日	心臓発作
	9月5日	抗がん剤5クール1
	9月11日	心臓発作
	9月12日	抗がん剤5クール2
	9月26日	リツキサン6回目
	10月3日	抗がん剤6クール1
	10月8日	心臓発作
	10月9日	心臓発作
	10月17日	抗がん剤6クール2　白血球が500/dlのため中止
	10月21日	昭和大学病院入院
	10月23日	**心臓カテーテル手術　ワソラン服用終了**
	10月26日	退院
	10月31日	リツキサン7回目
	11月7日	抗がん剤7クール1
	11月14日	抗がん剤7クール2
	11月28日	リツキサン8回目（最終回）
	12月3日	抗がん剤8クール1
	12月12日（44歳）	抗がん剤8クール2（最終回）
2009年	1月14日	がんセンター飛内医師診断　リンパ腫は消えていない
	1月29日	放射線治療開始

	2月20日		放射線16回目
	2月23日		**がんセンターに緊急入院　敗血症性ショックの診断**
	3月4日		放射線治療再開17回目
	3月12日		放射線23回目（最終回）
	3月13日		退院
	11月30日		杏雲堂病院　入院
	12月1日		**耳下腺腫瘍の摘出手術　腫瘍の大きさ6センチ**
	12月7日	（45歳）	退院
2010年	2月5日		プレドニン3錠に
	4月2日		プレドニン2錠に
	5月12日		がん研究センターに緊急入院　血小板輸血開始。輸血は12、13、14、21、24、28日の6回
	5月17日		**「特発性血小板減少性紫斑病」の確定診断**
	5月18日		ピロリ菌除菌スタート
	5月19日		リツキサン1回目
	5月24日		ピロリ菌除菌終了
	5月26日		リツキサン2回目
	6月2日		リツキサン3回目
	6月9日		リツキサン4回目（最終回）
	6月11日		退院
	11月16日		**不妊治療のクリニックへ　受精卵移植に向け治療開始**
	12月7日	（46歳）	生理戻る
	12月10日		救急病院へ
	12月15日		救急病院へ
	12月27日		**受精卵移植**
2011年	**1月11日**		**血液検査で妊娠陽性の診断**
	1月17日		**超音波検査で妊娠確認**
	2月2日		**昭和大学病院に転院**
2011年	**8月31日**		**出産**

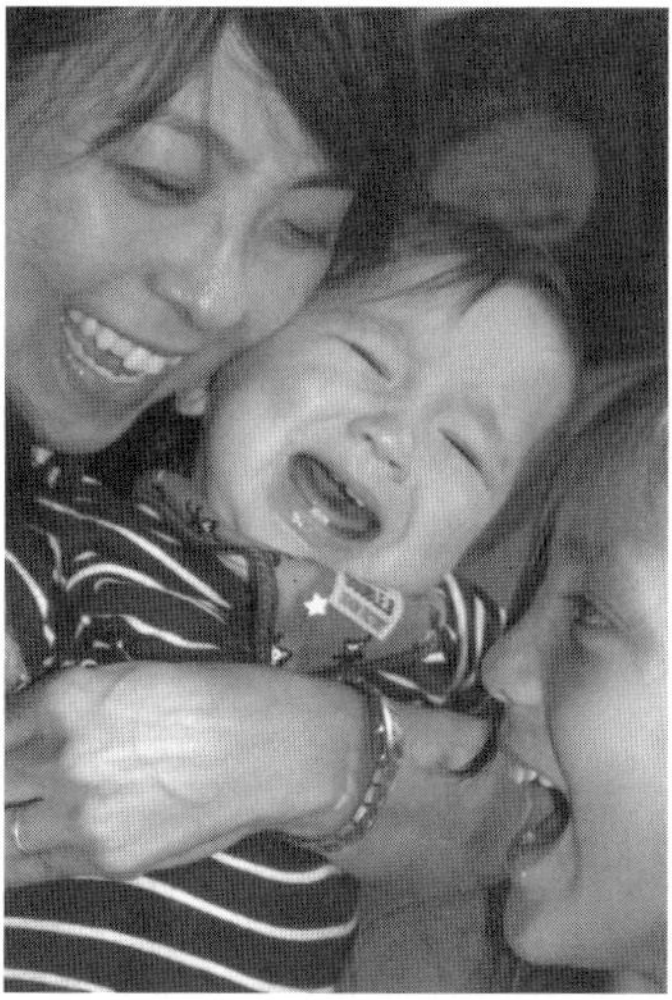

村上睦美（むらかみ・むつみ）

1964年札幌市生まれ。ウェスタンミシガン大卒。1992年、北海道新聞社入社。室蘭支社報道部、本社編集局生活部などを経て、2001年東京支社社会部。厚生労働省を2年間担当する。2003年、血液がん「悪性リンパ腫」を発病し、働きながら治療。2004年出産のため退社。その後、再々発したがんや2つの難病を克服し、2017年からフリーランス記者として活動を再開。医療問題を中心に取材・執筆している。2児の母。

がんと生き、母になる
死産を受け止めて

2019年3月24日　初版発行

著者　村上睦美《むらかみむつみ》

発行所　合同会社まりん書房
〒145-0071　東京都大田区田園調布1-44-14
電話 03-6715-6088

編集協力　江口絵理

校正　株式会社鷗来堂

装幀・組版　藤山めぐみ（PARADE Inc.）

制作協力　下牧しゅう（PARADE Inc.）

印刷・製本　創栄図書印刷株式会社

日本音楽著作権協会（出）許諾第1813199-801号

ISBN：978-4-9910578-0-9　C0095
Printed in Japan